Corações de alcachofra

SITA BRAHMACHARI

Corações de alcachofra

Tradução:
CAMILA DE MELLO SANTOS

1ª edição

GALERA
junior
RIO DE JANEIRO

2015

CIP-BRASIL. CATALOGAÇÃO NA PUBLICAÇÃO
SINDICATO NACIONAL DOS EDITORES DE LIVROS, RJ

Brahmachari, Sita
B798c Corações de alcachofra / Sita Brahmachari; tradução Camila de Mello Santos. – 1ª ed. – Rio de Janeiro: Galera Record, 2015.
320 p.: il.

Tradução de: Artichoke hearts
ISBN 978-85-01-09791-0

1. Ficção estrangeira inglesa. I. Santos, Camila de Mello. II. Título.

15-20846 CDD: 028.5
CDU: 087.5

Título original em inglês:
ARTICHOKE HEARTS

Publicado originalmente por Macmillan Publishers Limited.

Criação de layout e arte-final de capa: Marília Bruno

Texto revisado segundo o novo Acordo Ortográfico da Língua Portuguesa.

Impresso no Brasil

ISBN 978-85-01-09791-0

Para Maya, Keshin e Esha-Lily,
em memória da avó extraordinária
que tiveram, Rosie Harrison.

Quando eu ainda tinha 11 anos...

Minha barriga dói, e tem um gosto metálico na minha boca, aquele que aparece logo antes de você vomitar.

Pela janela do quarto, vejo Millie dando a volta na esquina. Fecho meus olhos e começo a contar... fazendo um acordo com Seiláquem Seiláoquê. Se ela estiver aqui quando eu chegar no zero, vou para a escola; se não, vou dizer que estou doente. Dez, nove, oito, sete, seis, cinco, quatro, três, dois, um, zer...

A mão determinada de Millie mexe na caixa de correio bem no "o".

Agora, o barulho usual de quando tentamos encontrar chaves.

— Quem *é* a essa hora? São só 7h30 da manhã, pelo amor de Deus — grita papai no topo das escadas.

— E se houvesse um incêndio? Todo mundo ia ficar trancado — berra mamãe na cozinha.

Como se estivesse escutando a conversa, o detector de fumaça dispara uma sirene aguda.

— Krish, você queimou a torrada de novo — geme mamãe e confisca a bola de futebol dele no meio do ar.

— Mas eu gosto dela queimada.
É verdade, ele gosta mesmo

Sempre sou a primeira a achar as chaves.

— É só a Millie — berro em resposta.

— A campainha *ainda* não funciona? — resmunga Millie, olhando ao meu redor para o espetáculo que é mamãe sacudindo um pano de prato enlouquecidamente para o alarme de fumaça.

Quando o som finalmente para, mamãe solta um suspiro fatigado. Só depois nota Millie parada diante dela.

— Ah, Millie! Você chegou cedo hoje — exclama, como se estivesse segurando a tampa de uma panela de pipoca prestes a explodir. A julgar pela expressão de Millie, ela sabe que mamãe esqueceu de alguma coisa.

— Mãããããe, Laila jogou mingau em mim de novo. Me sujou toda — grita Krish enquanto mamãe se vira, com o pano de prato nas mãos. Millie, que tem apenas uma irmã mais velha bastante sensata, fica olhando para o massacre que é nossa mesa do café da manhã. Laila dá seu maior sorriso inquieto para Millie, como se tivesse feito alguma coisa da qual realmente devesse se orgulhar.

— Não faça escândalo, Krish... suba e mude de roupa — pede mamãe.

— Laila, você é TÃO chata. Esta é a minha melhor camisa do Spurs — resmunga Krish, jogando a colher do outro lado da sala, batendo a porta e subindo as escadas com pisadas barulhentas.

— Por que tanto barulho? — berra papai, aparecendo no topo das escadas enrolado em uma toalha e com o rosto coberto de creme de barbear. — Ah, Millie, é você. — Papai ri sem graça e vai para trás do corrimão.

Millie pega a maçaneta, pronta para uma fuga rápida.

— Temos que chegar cedo no Clube de Literatura — anuncia.

Mamãe faz cara de paisagem.

— Para trabalhar com a escritora... A senhora já sabe, o projeto "Nascente da Escrita" — explica Millie para mamãe, cuja expressão de vazio não muda. — Não recebeu uma carta?

Não recebeu porque eu não a entreguei. Quando mostro uma coisa dessas para mamãe ou papai, eles ficam sempre tão interessados, tão entusiasmados, que não param de falar sobre como é importante se "expressar", então eu simplesmente não conto.

Mamãe balança a cabeça e olha para mim com ar de acusação.

— Você não falou nada, Mira.

— Esqueci. Desculpa.

Só quatro de nós aparecem. Acho que a Srta. Poplar, nossa tutora "podem contar comigo" do sétimo ano, está um pouco envergonhada porque foi ela quem organizou tudo. Fica falando que divulgou bem o grupo, mas a escritora apenas sorri amavelmente e diz que somos um "grupo do tamanho de uma joia".

A escritora se chama Srta. Print.

— Não riam, já ouvi todas as piadas com meu nome por ele significar "imprimir" — diz ela.

Ninguém ri.

A Srta. Print nos diz que, além de escritora, faz crítica de livros infantis para jornais. Está fazendo esses *workshops* como parte de sua pesquisa para entender os "hábitos de leitura" do público de 10 a 13 anos. Fica parecendo que somos uma espécie rara do *Animal Planet*.

— Quem sabe um de vocês vai escrever um livro que vai receber a minha crítica?

Isso é meio demais para mim. Acho que, de todos nós, talvez Millie pudesse escrever um livro... um dia.

A Srta. Print começa perguntando nossos nomes. Diz que temos que ter cuidado com escritores, pois eles não pensam duas vezes antes de roubar seu nome, se for bom. Diz que se você for inventar personagens em um livro, nomes são importantes. A Srta. Print quer que a chamemos de "Pat", mas não gosta de seu nome — diz que a faz pensar em pegadas de vacas... Pat Print. Agora que ela mencionou isso, dá para entender o que quer dizer. Pelo visto, era moda chamar as meninas com nomes de meninos na vila onde ela cresceu. Ela acha que é porque eram todos fazendeiros e, na verdade, só queriam meninos para trabalhar, então, se você nascia menina, eles simplesmente davam um nome que servia para meninos também.

A Srta. Print, quer dizer, a Pat se parece um pouco com um homem mesmo. Tem um rosto ossudo e cabelo encaracolado curto, cortado acima das orelhas e na base do pescoço. É o tipo de corte que meu pai odeia quando volta do barbeiro. Dá para ver que é uma mulher, no entanto, por causa do delicado pescoço de cisne... e dos olhos brilhantes e gentis; são cinza-esverdeados, a cor da ardósia. Os olhos, na verdade, parecem mais jovens do que ela. Pat Print é uma daquelas pessoas cuja idade é muito difícil de adivinhar. É alta e tem estrutura forte. Está usando botas que têm lama seca na sola. É difícil definir o formato exato de seu corpo porque está coberto por um cardigã largo azul-marinho, acho que de caxemira, com reforço nos cotovelos. Não usa joias, nem um anel. A Srta. Print, quer dizer, a Pat é obviamente muito grã-fina. Minha avó costuma dizer que não há pessoas "grã-finas", mas há, sim — Pat Print é grã-fina.

Ela começa perguntando nossos nomes, mas a maneira como faz isso não é como se estivesse registrando as pessoas. Parece que ela realmente quer saber quem somos. Mesmo assim, aqui estou eu, sentada ao lado dela, com medo do próprio som fino da minha voz quebrando o silêncio.

— Mira Levenson — sussurro.

Pronto, acabou.

— Millie Lockhart.

A voz dela é calma, baixa e confiante.

Ben Gbemi exclama seu nome como se estivesse chamando alguém em um campo de futebol. E, finalmente, Jidé Jackson fala. O estranho em Jidé é o quanto ele parece gentil em contraste com seus atos. Os dois não combinam.

— É Jidé com acento, e não Jide, rimando com lide; você diz o "e" em Jidé como o "e" em Pelé... Entendeu?

— Perfeitamente! — Pat Print sorri. — Agora que aprendemos isso, acho que podemos concluir que alguns pais claramente gostam de aliteração. Alguém sabe o que é aliteração?

Millie levanta a mão rapidamente.

— Não precisa ser tão formal — diz Pat Print, sorrindo de modo simpático para Millie, então pegando sua mão e abaixando-a. — Essa é a vantagem de um grupo pequeno. Alguma coisa me deixa nervosa quando as pessoas levantam a mão. É saudável ser interrompida... isso impede que as pessoas se sintam muito confortáveis com o som da própria voz.

Isso é engraçado, porque Pat Print é o tipo de pessoa que nunca interromperia ninguém. Alguma coisa nela me faz lembrar da vovó Josie, tipo quando ela diz o oposto do que você esperaria que a maioria dos adultos dissesse ou pensasse. Não acho que Pat "dá a mínima", como diria vovó, para o que achamos dela. Ao responder sua pergunta sobre aliteração, todos falamos ao mesmo tempo, então não dá para entender nada.

— Isso mesmo — diz mais alto que nós, como se tivesse escutado cada um separadamente. — Aliteração é Pat Print, Jidé Jackson e Ben Gbemi, com G mudo. Quanto à Millie Lockhart, apesar de não ter aliteração, seu nome saiu direto de um romance.

Millie dá uma risadinha, e quando eu já estou achando que me esqueceu, ela continua falando.

— E Mira Levenson é obviamente um nome de duas histórias. — Não respondo nada para que ela possa continuar falando, tentando me fazer entrar em sua conversa. — Se fosse arriscar, diria que um dos seus pais tem origem indiana... acho que Mira é um nome indiano, estou certa? — Faço que sim com a cabeça. — E Levenson. É judeu? "Leven" pode vir de "Lever", que quer dizer "erguer", e "son", de "filho"... Pode ser "filho do padeiro"? Estou dando um chute mesmo, mas esse é um dos meus maiores interesses... descobrir a derivação de nomes.

A maneira como fala mostra que realmente ama palavras, como se as estivesse degustando na língua. Ela faz uma pausa, esperando por uma resposta, mas minha reação é o vermelho de sempre nas bochechas. Não faço ideia se esse é o significado do meu sobrenome, mas ela tem razão quanto à origem indiada e judaica, então apenas faço que sim com a cabeça porque não consigo pensar em nada para dizer.

— E por acaso Jidé Jackson não é um "nome de duas histórias"? — brinca Jidé.

Não tinha pensado nisso antes, mas acho que deve ser.

— Imagino que sim, *e* você alitera — Pat Print sorri sem se deixar abalar. Jidé faz uma cara para ela como se dissesse "Você não tem nada a ver com isso". Jidé nunca quer falar sobre si, mas Pat Print não vai deixar barato. Pede que pesquisemos sobre nossos nomes para a próxima aula. Temos de descobrir por que nossos pais escolheram esses nomes e "as derivações" dos nossos sobrenomes.

— Nomes guardam histórias, então comecem a cavar — ordena Pat Print, mexendo em sua velha bolsa e entregando um papel com um trecho para cada um de nós.

Temos de falar o que achamos do texto que recebemos. A primeira coisa que noto é em que tempo verbal está escrito. Quando leio alguma coisa no presente, desapareço na leitura, como quando estou pintando. É como se eu não existisse mais; simplesmente me perco lá no meio dos personagens...

É difícil dizer exatamente o que me faz odiar tanto a escola. Começa no momento em que acordo e percebo que tenho de colocar meu uniforme verde-garrafa. É quando a pouca confiança que tenho começa a ir embora. Colocar a camisa... estou indo embora... a jardineira para me manter no lugar... e agora a gravata... para dar um nó apertado no bolo de palavras engolidas que incham minha garganta. Os dias se arrastam... horas e mais horas até às 15h30.

O que é que conseguem detectar mesmo através dessa armadura que é meu uniforme? Nunca consegui passar um pente pelo cabelo, mais fios crespos do que cachos — isso provavelmente não ajuda. As meninas devem ter cachos de cetim, não devem? Tudo o que quero fazer é trabalhar na fazenda, alimentar os porcos, subir em árvores e simplesmente ficar no pasto aberto, capturando a força do tempo, sem nunca usar essa droga de saia, nunca mais. Em vez disso, estou perfeitamente presa na minha fileira de carteiras de madeira, com Jacky dos cachinhos dourados enfiando a ponta de seu lápis apontado na minha coxa.

Pat vem até mim e pergunta como estou indo. Faço que sim com a cabeça. Digo que entendo a passagem... o texto me cativa. Tento explicar a questão do tempo verbal, mas por algum motivo não consigo.

— Fico feliz em saber que você gosta desse, porque é um dos meus. É uma memória do "dia mais feliz da minha vida"... ha ha!

Concordo. Quero dizer que sei exatamente como ela se sentiu, mas, para variar, as palavras não saem.

— A questão dos tempos verbais é realmente uma ideia complexa — concorda ela me cutucando para que eu responda.

Fico parada na frente dela, assentindo com cara de idiota. Sinto todos os olhos virados para mim, mas, felizmente, ela sente o mesmo, então se levanta e bate de leve na mesa, mudando o foco.

— Escolham uma frase do trecho que estão lendo, alguma coisa que lhes chame a atenção, só uma linha ou frase... alguma coisa que você gostaria de ter escrito. É um exercício que chamo de "Roubando Frases".

Sei exatamente quais palavras vou escolher sem nem precisar olhar de novo.

— Agora passem os textos para os outros para que cada um leia a frase preferida do outro — ordena Pat. — Vamos lá, quem vai começar?

— *Sou Rajvathan Rathour, rei dos Palácios Ancestrais de Patiala* — berra Ben Gbemi.

Jidé sorri ao ouvir sua frase preferida ecoando pela sala.

— O que você gostou nessa frase? — pergunta Pat Print.

— O personagem é tipo um super-herói? — grita Ben. Ele sempre grita, não importa o quão pequena seja a sala.

— Quer falar mais alguma coisa, Jidé?

— Ele é um personagem nobre, mítico... de uma terra ancestral. — Ele dá de ombros, ciente de que deu a resposta certa, mas fingindo que não liga para isso. Jidé tenta muito esconder o fato de que é o menino mais inteligente da nossa turma... provavelmente de todas as turmas do sétimo ano. Ele se esforça muito para não ser um aluno esquisito, porque a mãe dele é chefe do departamento de História, então se ele está aqui é porque realmente quer. Deve ter persuadido Ben a vir com ele, assim como Millie me persuadiu. Ele percebe que estou olhando para ele, e sinto o sangue subir pela minha nuca como uma cobra. O mundo todo pode ver a trilha quente de vergonha pela minha garganta e pelo meu rosto, e tudo isso porque acho que talvez Jidé Jackson possa ter sorrido para mim. Nem posso ter certeza disso, porque agora estou com a cabeça enfiada no texto de Pat Print, em uma tentativa patética de esconder minhas bochechas vermelhas.

— Exatamente. E qual foi a frase favorita de Ben? — pergunta Pat Print para Jidé.

Nem me lembro sobre o que estávamos falando.

— Não escolhi nenhuma — interrompe Ben.

— OK, da próxima vez você escolhe — diz Pat Print sem nem olhar para Ben.

— Millie, vamos ouvir o que você pegou.

— *... a gravata... para dar um nó apertado no bolo de palavras engolidas que incham minha garganta* — lê Millie.

Fico com os olhos presos na bolsa velha de Pat Print. Será que era a bolsa da escola? Fico me perguntando isso.

— Eu acho que é sobre uma pessoa que acha difícil se comunicar ou falar o que está sentindo — responde Millie.

— Isso era eu na escola. Agora não me calo mais! — Pat Print sorri. É estranho, porque a maneira como sorri para mim me faz sentir como se ela já me conhecesse.

— E a frase que Millie escolheu, Mira?

Até que não é tão ruim ler a frase da Millie... Acho que é porque não sou responsável pelo que vai sair.

— *No Tate, o sol moderno brilha durante um longo inverno* — leio.

— O que você acha? — Pat olha para mim e espera a resposta. Millie entra na jogada, como sempre faz, para me poupar do constrangimento.

— Eu gosto de "sol moderno" porque o Sol é tão velho, mas, de alguma maneira, é sempre novo. Todo dia tem um pôr do sol e um nascer do sol... Todo dia em que você acorda, é novo. Eu vi essa exposição no Tate Modern.

— Foi maravilhoso, não foi? — concorda Pat e percebe Ben com cara de tédio, jogado em cima da mesa e fazendo um desenho.

— Estou vendo que vou ter que arrumar alguma coisa mais interessante para você, Ben. Não queremos que morra de tédio. Do que você gosta?

— De andar de skate! — berra.

Pat Print parece se divertir.

— Não é uma das minhas especialidades, mas vou pesquisar.

Em seguida, fala para a turma:

— Vocês podem fazer uma coisa por MIM! Seu projeto é escrever um diário. Vamos dar o nome de "Diário May Day"; eu gosto desse nome, May Day é o dia do trabalho. — Pat Print sorri, contente por ter inventado o título.

— Tudo bem que ainda estamos em abril — grunhe Ben.

— Não precisa ser pedante, Ben. Isso se chama "licença poética"... uma das nossas ferramentas. É bem útil, pode acreditar em mim.

Ben e Jidé se olham de lado como se dissessem "No que foi que a gente se meteu?"

— Escrever tem a ver com escrever. Não dá para aprender se você não escreve. Se vocês nunca mais fizerem um diário no futuro, pelo menos terão capturado um mês de suas vidas para relembrar.

— E por que vamos querer relembrar? — murmurou Jidé por entre os dentes.

— Um dia, você não vai precisar fazer essa pergunta.

— Um dia quando?

— Qual o objetivo de fazer isso só durante um mês? — resmungou Ben acompanhando Jidé.

— Muita coisa pode acontecer em um mês, Ben. — Pat suspira como se tivesse se lembrando de uma coisa importante.

— Comigo, não. Meus dias são todos iguais — resmunga Ben.

Pat o ignora completamente, pega a bolsa e começa a arrumar suas coisas. Pronto! Ben foi dispensado.

— Mira, me ajuda a guardar esses papéis?

Na verdade, não tem quase nada para arrumar, mas professores sempre fazem isso quando querem falar com você em particular.

Todo mundo vai embora. Sabem o que vai acontecer.

— Achei o que você falou sobre o tempo presente fascinante. A passagem que você leu... Na primeira vez, escrevi tudo como uma memória... fui até o final e simplesmente não deu certo. Levei anos para descobrir o que estava errado, mas a coisa não ganhou vida até que eu reescrevesse no tempo presente.

— Acho mais fácil pintar do que escrever — digo para ela.

— Mira, nem todo mundo tem o dom da palavra. Pense nesse diário como uma pintura em palavras. Comece no tempo presente, se é mais fácil para você, mas pode ter certeza de que, em pouco tempo, o passado vai começar a surgir em algum lugar. Até mesmo na sua idade, há bastante passado. É isso! Até a semana que vem. — Ela me dispensa sem que eu nem erga os olhos.

Ao sair da escola, Pat deixa uma trilha de lama seca para trás.

Meu diário May Day
Sábado, 30 de abril

Um diário é uma coisa estranha, não é? Tipo, com quem você fala? Com você mesmo? Acho que sim... mas isso é esquisito. A única maneira que me vem à cabeça para fazer esse diário é imaginar que estou falando com alguém. Mas que tipo de alguém eu deixaria entrar na mente confusa e labiríntica que sou eu, Mira Levenson? Vou ter de imaginar que estou escrevendo para uma amiga, uma melhor amiga como Millie. O estranho, porém, é que eu costumava conseguir dizer tudo para ela, mas recentemente — não sei mesmo por quê — comecei a manter algumas coisas para mim... segredos. Talvez o melhor seja não pensar muito, apenas começar a escrever e ver aonde isso me leva.

OK, aqui vai. Fatos são mais fáceis, comece com os fatos. Faço 12 anos hoje. Doze anos e quatro horas. Nasci às sete da manhã. Então, para ser exata, tenho doze anos, quatro horas e 22 minutos de idade. Meu eu de 12 anos não é nem baixo nem alto, nem magro nem "cheinho", como Krish chama Laila. Meu eu de

12 anos tem cabelo comprido, bem liso e preto, e olhos castanho-escuros que meu pai diz que ficam pretos de emoção. Minha pele é morena, mas não é escura o suficiente para esconder minhas bochechas vermelhas. Quando me olho no espelho, o que tenho feito bastante recentemente, diria que não me amo (meus dentes cresceram meio tortos), mas não me incomodo tanto com minha aparência. Minha avó diz que sou "bela", mas isso é coisa de vó, não é?

Como disse, fatos são mais fáceis, mas nada disso diz muita coisa, diz? Talvez as palavras não sejam meu forte. Prefiro um pincel, sempre. Meus boletins da escola sempre dizem coisas do tipo "Agora Mira precisa se esforçar para criar confiança e contribuir nas discussões de classe". Isso é uma coisa que odeio fazer. O principal sobre mim é que sempre que vou dizer alguma coisa em sala, fico tão vermelha que, antes de abrir a boca, todo mundo já sabe que estou com vergonha, e depois disso eu me encolho e perco a vontade de viver. O louco é que não consigo parar de pensar. Acordo no meio da noite preocupada com coisas do tipo... como encarar uma hora de almoço se a Millie não estiver por perto... e, bem, acho que posso dizer isso aqui, não posso? Desde a aula de escrita de Pat Print, tenho acordado pensando no sorriso de Jidé Jackson.

Vivo rascunhando, sonhando acordada e enquanto durmo. Nas últimas semanas, tenho tido quase sempre pesadelos, coisas bizarras que me assustam. Na verdade, tenho me sentido meio estranha ultimamente — difícil dizer como exatamente, mas sinto como se estivesse andando numa corda bamba. Não tenho certeza de onde vou cair, mas definitivamente sinto que vou descobrir em breve

Estou na casa da vovó Josie com o resto da família; estamos reunidos para o tradicional chá de aniversário. Preferia não estar aqui. Mamãe e papai me deram um celular, um relógio de pulso e um diário. O celular parece uma pedrinha verde e cabe perfeitamente na palma da mão. O relógio tem uma pulseira de couro preto, frente de vidro, acabamento de prata e números. Com certeza é meu primeiro relógio de gente grande, e isso meio que parece um sinal. Sou ligada em sinais, presságios, superstições... do que você quiser chamar... geralmente eu chamo de "Seiláquem Seiláoquê". Esse relógio me faz pensar que alguma coisa está prestes a acontecer com o tempo. O sentimento que tenho hoje é de que é o fim de alguma coisa, uma contagem regressiva para o começo, disso, meu diário de capa de couro vermelho com bordas douradas em cada página.

— Cadê as datas? — pergunto para mamãe enquanto passo as páginas do diário.

— Achei que você fosse preferir preencher sozinha. Assim, você pode escrever o quanto quiser, muito ou pouco. Conhecendo você, acho que vai querer inserir detalhes artísticos estranhos. Quando eu costumava escrever em diário, alguns dias eu não tinha muita coisa sobre o que escrever e, outros dias, usava várias páginas.

É mais como um caderno de memórias, na verdade... para sua aula de escrita.

Então começo a escrever, assim como faria com qualquer outro dever de casa, porque Pat Print mandou. Só que, agora que achei um lugar no qual posso colocar meus segredos, não consigo parar; independentemente do que aconteceu comigo hoje ou do que vai acontecer no futuro, tem alguma coisa acontecendo neste instante. Tempo presente.

Vovó está inspecionando meu celular novo.

— É *bem* bonito, eu acho, mas simplesmente não entendo o objetivo de ter um telefone celular na sua idade... e tenho certeza de que li em algum lugar que a radiação pode causar tumores. Uma, você checou isso? — diz vovó para mamãe, que está no quarto ao lado. Acho que ela nem escuta. Está muito ocupada tentando fazer com que Laila fique quieta enquanto troca sua fralda suja.

— Quero dizer, para quem você vai ligar? Está sempre com sua mãe e seu pai ou comigo.

Jidé Jackson... é a pessoa para a qual eu mais gostaria de ligar, mas nunca terei coragem de fazer isso.

— Hein? — insiste vovó.

— Você, mamãe e papai, Millie, tia Abi, vovó Kath e vovô Bimal — listo.

— São cinco números. Não vou dizer mais nada.

É bem difícil discutir com vovó Josie, mesmo que você realmente discorde dela, como no caso do telefone. Mesmo assim, é claro que não digo mais nada. Ela está com os pés para cima, sobre meus joelhos. Passo minhas mãos na pele de suas solas de couro marrom fissurado. Nos lados de cada pé há caroços ossudos duros, protuberantes, bem onde meus pés são macios. Os dela estão gelados, como se tivessem acabado de sair do Mar do Norte, mas não está fazendo frio. Na verdade, é um dia ensolarado, as árvores cerejeiras estão floridas no jardim, como acontece todo ano no meu aniversário... mas vovó sente frio porque é muito magra. Tem sentido frio o tempo todo ultimamente.

Ela está deitada no velho sofá com seu xale roxo em volta dos ombros, e segura um presente para mim com ambas as mãos.

— Vem, Mira, não vai abrir seu presente?

O que amo na vovó é a maneira como sempre fica animada ao dar presentes. Mesmo estando tão doente, teve o trabalho de fazer um embrulho com papel-manteiga verde-claro e enchê-lo de adesivos de borboleta. Sempre abro os presentes que ela me dá com muito cuidado, porque é como se o embrulho fosse parte do presente, e você não quer abrir com pressa senão parece que é desajeitada.

É uma saia dobrada com mais papel-manteiga. É rosa-claro (por que as pessoas não conseguem perceber que você já passou da fase do rosa há, tipo, muitos anos?) e verde-claro, com paetês e borboletas costuradas... E tem outra coisa... uma pequena bolsa indiana fechada com um botão. É uma das bolsas da vovó, eu já a vi antes.

— Pode abrir — ordena.

Vejo o pulso vazio dela e logo adivinho o que tem na bolsa.

Desde que consigo me lembrar, vovó sempre usou uma pulseira de prata. É uma corrente delicada com apenas um enfeite no formato do que sempre achei que fosse uma flor, mas agora dou uma olhada de perto e vejo que, na verdade, é um tipo de vegetal.

— O que é isto? — pergunto para vovó, analisando o presente de perto.

— Uma alcachofra. Você nunca cozinhou uma alcachofra para eles, Uma? — pergunta vovó para mamãe.

— Provavelmente não! — responde mamãe, aborrecida.

O pingente de alcachofra é do tamanho de uma unha do dedo mindinho. Tem camadas e mais camadas de folhas de prata, pintadas nas pontas de verde. Cada folha fica menor e mais delicada quanto mais se aproxima do centro... um pequeno coração vermelho. Olho para o pulso da vovó, onde a pulseira sempre esteve — até hoje.

— Esta mão já não precisa de adornos — suspira, levantando o pulso ossudo até a luz e olhando para ele como se não reconhecesse como seu.

Entro no banheiro para trocar de roupa e me inclino com força contra a porta para que Krish não entre de repente. Não há trancas; vovó não acredita nelas. Há várias coisas nas quais minha avó acredita e não acredita.

Olho no espelho. A saia é linda, mas vai ficar melhor com jeans por baixo e um tênis, eu acho. Fico tentando fechar a pulseira da vovó, mas é difícil segurá-la e fechá-la ao mesmo tempo.

— Não consigo fechar a pulseira — digo para vovó quando saio do banheiro.

— Ah! Que linda — murmura ela, virando-se para mim.

Estico o pulso para que ela alcance o fecho.

— Não, não, não, não!

Fico sem entender por que ela está tão tensa, mas aí ela mostra os dois pedaços da corrente quebrada, um em cada mão, e o coração de alcachofra rola no chão.

— É brincadeira, não é? Eu uso essa pulseira desde sempre e ela tem que quebrar logo hoje.

O enfeite rola em direção à Laila. Seus olhos reluzentes seguem o caminho da joia pelo chão de tábuas e sua mão de caranguejo tenta pegá-la, mas chego primeiro, e, é claro, ela abre um berreiro aterrorizante.

— Tudo bem, dá para trocar a pulseira — suspira vovó, colocando o pingente de volta na bolsa. — O que importa é o coração.

Ela está chateada. Dá para ver que está chateada e tentando disfarçar. Ela dá importância ao fato de que a corrente arrebentou, e eu também. A julgar pela maneira como ninguém sabe o que fazer ou falar, dá para ver que isso significa mais do que deveria. Os aniversários são sempre assim, não são? Muita pressão.

Tia Abi fecha as cortinas. Estamos quase no escuro agora. É constrangedor, mas tenho de admitir que as velas trêmulas ainda me deixam sem fôlego de tão animada. Todos cantam "Parabéns pra você". É um daqueles "Parabéns pra você" que começa com cada um cantando baixo e em tons diferentes. Krish canta uma versão debochada, como sempre, mas o restante canta direito, tentando alcançar uma harmonia que nunca é alcançada em nossa família... É um alívio quando chegam no "vida".

Tia Abi, que cozinha muito bem, fez um bolo em forma de coração com cobertura rosa (é claro!) e marshmallows brancos no topo. Mamãe não sabe cozinhar porque não usa medidas e não é precisa o suficiente. Porém, os bolos da tia Abi são sempre muito lindos — mais do que os que podemos comprar nas confeitarias —, e mais gostosos ainda.

Antes de eu conseguir olhar mais de perto, Laila se joga nos marshmallows, queimando os dedos nas velas e dando um berro assustador. Mamãe afasta seus punhos fechados. Não há chance de ela soltar aqueles marshmallows. Agora que o doce esponjoso está firmemente guardado em suas bochechas de hamster, ela aperta os olhos e deseja que o doce derreta em sua boca.

Apago minhas velas de uma só vez. Gosto de acabar com isso o mais rápido possível. Krish gosta de toda atenção no dia do aniversário, mas eu, não.

— Faça um desejo — diz mamãe enquanto corto o bolo.

Fecho os olhos e começo a desejar que não seja meu aniversário... que tudo acabe logo, mas, no final das contas, desejo... bem, penso em Jidé. A verdade é que não consigo parar de pensar em seu sorriso. Desejos são assim, não são? Às vezes você não sabe o que pedir e aí alguma coisa, ou neste caso, alguém acaba vindo à mente...

— Cuidado com o que deseja. — Vovó quebra o encanto e abro os olhos. — Pode se tornar realidade.

Espero que sim.

Todos pegamos uma fatia do bolo, menos vovó, que promete que vai comer mais tarde, mas sei que não vai. Por baixo da cobertura rosa, o bolo é feito de uma gosma de chocolate; não tem só massa esponjosa, mas chocolate grosso feito pudim. Há um momento de silêncio enquanto nos dedicamos ao bolo de Abi. Observo vovó balançando Laila para cima e para baixo e fazendo carinho em seus pulsos fofos — ela os chama de "pulseiras de gordura".

A campainha toca, e todos damos um pulo. Papai vai atender, com Piper latindo e pulando pelo caminho no jardim atrás dele. Papai volta devagar e sussurra para vovó com cuidado.

— Bem, pode ir então, mande-o entrar — ordena vovó, colocando Laila no chão com cuidado e se ajeitando no sofá. Está sem fôlego, mas dá para perceber que quer receber esse visitante. Está esperando... por ele.

Um homem ridiculamente alto caminha pela entrada perseguido por Piper, que pula no ar, com as quatro patas fora do chão ao mesmo tempo. Seu maior pulo só chega ao joelho do homem.

— Um Norfolk Terrier— diz ele com graça abaixando-se e pegando Piper.

— Isso mesmo. — Vovó ri. — Meu fiel cão de guarda!

Logo percebo que vovó gosta desse homem gigante, que tem de se curvar para passar pela porta.

— Sou Josie. Você deve ser Moisés. — Vovó sorri e aperta a mão do homem, enquanto suas palavras saem sem freio. — Muito obrigada. Não estava esperando uma entrega expressa, mas fico contente porque tenho que terminar esse negócio agora. Quero pintar sozinha, entende, mas, se não fizer isso logo, temo que vou ficar sem energia ou tempo, ou ambos.

— É um privilégio para mim. — O homem chamado Moisés inclina-se para a frente e dá um sorriso cheio de dentes brancos para vovó, mamãe e tia Abi, especialmente para tia Abi. Vira-se para papai e assente. Sei exatamente o que papai está pensando: não dá para confiar em alguém com dentes tão brancos.

Papai sempre diz isso.

— Esse é meu filho, Sam — diz vovó, apontando papai.

Moisés estende uma das mãos, mas papai não retribui o cumprimento, não como devia, não como ensinou para mim e para Krish. Também não olha para Moisés nos olhos. Sua atenção está voltada para os pés de Moisés. Há serragem nas solas dos sapatos cor-de-rosa dele. São sapatos feitos à mão, como os que vovó está usando.

Moisés parece achar que papai é um tanto mal-educado por estar olhando para seus pés.

Vovó tosse.

— E essa é minha filha, Abi... e Uma. — Vovó aponta para Abi e depois para mamãe.

— Nos falamos ao telefone — lembra Abi.

— Claro, eu me lembro da sua voz.

— É a profissão dela, essa voz memorável — interrompe vovó com orgulho.

— Você é cantora?

— Atriz — murmura Abi e lança um olhar para vovó que diz "Mãe, a senhora tinha de mencionar isso?"

Mas é verdade. Tia Abi tem uma linda voz aveludada.

— E esses são meus netos, Mira e Krish.

Faço que sim com a cabeça. Krish diz "Oi!", e Laila emite um som alto, jogando ambos os braços no ar, exigindo ser levantada.

— Ah! Sem esquecer de Laila, é claro. — Vovó ri ao ver o espetáculo dos braços de Laila.

— Prazer em conhecer todos vocês.

Moisés fala devagar e um pouco baixo demais, então você tem de se inclinar para escutá-lo.

— De onde você é? — pergunta vovó.

— Dinamarca.

— Sabia. — Vovó ri, dando um leve tapa no ombro de Moisés. — Perceber sotaques é um passatempo meu.

— As pessoas geralmente acham que sou alemão — diz Moisés, jogando a franja comprida para longe dos olhos.

Moisés tem uma juba loura que vai até os ombros. É um hippie, sem dúvida. De costas, parece uma garota com sua blusa de linho verde e calças brancas largas, além de uma coleção de pulseiras e anéis. No pescoço, leva uma pedra branca com um furo no meio pendurada em um colar de couro. Moisés é o tipo de hippie que você sempre conhece quando está perto da vovó.

— Ah! Você também é amante das pedras com furos. — Vovó bate palmas de tanta alegria. — Tenho uma boa coleção delas no meu chalé em Suffolk.

— Que coincidência. — Moisés sorri e mostra a pedra. — Foi exatamente lá onde encontrei esta, em uma praia em Surf-folk. — Ele pronuncia o nome do lugar de um jeito diferente. — As meninas no museu me falaram que se chamam "pedras das bruxas". Se as colocamos na porta, elas mantêm os espíritos do mal longe de sua casa.

— Bobagem! Não acredito em nada disso. Eu as coleciono porque acho que, se têm um furo no meio, é porque já tiveram uma vida longa e interessante. Às vezes, me indago quantas vidas humanas levam para que um furo seja feito em uma pedra — balbucia vovó.

Dá para ver quando vovó está nervosa porque geralmente escolhe as palavras com cuidado.

Papai ergue o olhar e sorri para mamãe, mas concordo com Moisés: é realmente uma coincidência o negócio das pedras com furos porque é uma das coisas com as quais vovó é obcecada. Temos nossa coleção em Suffolk, e ela sempre carrega uma no bolso, e me deu uma de suas favoritas, que eu nunca tiro, nem mesmo na escola (bem, não é uma "joia" de verdade, é?). Vovó costuma dizer que uma pedra com um furo tem histórias melhores do que uma pedra inteira. Minha avó é de dizer essas coisas. Nunca dá para entender de cara o que significa.

Moisés ainda está sorrindo de orelha à orelha. Dá uma olhada em todos os objetos e pinturas da vovó. Gosta especialmente da que está em andamento no cavalete, a que tem um bebê elefante indiano de pé em uma pétala gigante e cor-de-rosa de lótus.

— São suas pinturas? — pergunta Moisés, caminhando para olhar mais de perto.

— Algumas delas — diz vovó, acompanhando o olhar de Moisés pelo cômodo.

Ele sorri e se inclina para ela em sinal de admiração, depois se vira para papai.

— Vou precisar de ajuda para carregá-lo do carro até aqui.

— Claro — murmura papai com um ar de quem preferia não ajudar.

Papai e Moisés vão para o jardim juntos.

— O jardim é lindo — declara Moisés.

Escuto papai contando para ele que costumávamos viver aqui mas que, desde que saímos, vovó transformou o jardim. É verdade — quando morávamos aqui, era uma bagunça.

Esta é a casa onde eu e Krish nascemos. Você entra por um portão de madeira em uma parede alta de tijolos que fica coberta de rosas no verão, como se você estivesse adentrando um jardim secreto de um livro de fotos. Quando você atravessa a porta, está em um caminho inclinado de pedras — o caminho "espinhado", como mamãe chama. Quando morávamos aqui, o jardim era cheio de árvores grandes e a grama era terra porque costumávamos andar de bicicleta em cima dela, mas vovó cuidou do jardim. Hoje, assim que você entra, é agraciado com o cheiro de botões de cereja, jacintos e o cheiro doce de madressilva. Vovó diz que isso prova que a beleza vai além da superfície. Eu queria que ainda morássemos aqui.

Vovó segue papai e Moisés pelo caminho. Mamãe pega Laila do chão, e vamos em grupo pelo caminho espinhoso, passando pelo portão alto até a rua. Moisés parou o carro em fila dupla, apesar de não parecer estar com pressa. Ele tem um daqueles Volvos azuis que dão a impressão de caber qualquer coisa atrás — crianças, cachorros e malas —, só que o carro dele não tem nada disso.

Uma fila de carros está se amontoando atrás do Volvo. Uma mulher dirigindo um jipe preto novinho joga as mãos para o ar, buzina e começa a berrar com Moisés, que caminha lentamente até a janela dela.

— Mil desculpas por fazê-la esperar. Não vai demorar muito mais — diz ele com voz educada e paciente.

Ela fica ainda mais irritada, e os outros carros começam a buzinar também, como se fossem um eco da raiva dela.

— Fique à vontade! — berra para Moisés. Ele a ignora.

— Por que você não vai se ferrar?! — grita papai com ela.

— Sam! — berra mamãe para ele por ter xingado, apesar de ele, assim como vovó, ter um repertório de palavras que não são exatamente palavrões.

Aí Charlotte, a mãe de Lizzie que mora no outro lado da rua, aparece na frente de casa.

— Isso está virando um espetáculo. — Vovó ri.

— Está tudo bem? — pergunta Charlotte para mamãe, preocupada.

— Bem, estamos tentando colocar *isso* — mamãe aponta para o carro de Moisés — lá dentro. Seria melhor se tivéssemos uma garagem.

Charlotte olha para o carro. Vejo seu rosto ficar branco quando ela finalmente vê o que tem dentro do carro.

— Entendi — concorda, olhando para vovó. Seus olhos se enchem de lágrimas antes de ela se recompor e tomar uma atitude. — Claro. Vou tirar meu carro. Eles vão ter que dar ré.

Charlotte está redirecionando o trânsito, correndo para dentro de casa para pegar as chaves, saindo da vaga, forçando todos os outros motoristas a darem ré para que Moisés consiga estacionar nas quais ela estava estacionada, do lado de fora da casa da vovó. É como naqueles quebra-cabeças nos quais você tem de mover as peças na ordem certa para que as coisas se encaixem.

A essa altura, o rosto da mulher do jipe está roxo; há buzinas desde o começo da rua, e vovó Josie, Krish e eu estamos gargalhando.

— Fico feliz por acharem isso tão engraçado! Tem gente aqui que está com pressa — berra a mulher do jipe pela janela.

Vovó fica séria de repente. Ela faz isso mesmo... simplesmente muda de humor em questão de segundos. Está indo em direção à mulher do jipe e pronunciando cada palavra como se a mulher não entendesse inglês.

— Aquilo ali é o meu caixão, no carro que está na sua frente. E, se você não se acalmar, vai sair do seu glorioso jipe direto para um daqueles. Agora concentre-se na sua respiração e se acalme. Estamos respirando o mesmo ar, sabia disso? Seria bom se você não estivesse envenenando todo mundo.

Vovó gira sobre os calcanhares com o nariz em pé e anda mais calma do que nunca para a calçada. Ela geralmente anda rápido. Papai, que agora está gargalhando, coloca um dos braços ao redor dos ombros da vovó e a beija na bochecha.

— Uhuuuuu! É isso aí, garota — canta Krish. A cabeça de Moisés está balançando para a frente e para trás com a gargalhada. A mulher do jipe olha para vovó como se ela fosse o demônio e rapidamente aperta o botão que fecha a janela, como se vovó fosse atacá-la.

— Parece até que somos *nós* que estamos em um veículo de guerra — berra vovó para ela. — glorioso Jipe! É necessário mesmo, no meio de Londres? Ninguém liga para o aquecimento global? Os filhos dela estão fritos!

Vovó está com tudo.

Agora que Charlotte resolveu a situação do estacionamento, se oferece para cuidar de nós, "crianças". Observo Moisés e papai pegarem o caixão, que é basicamente uma caixa recentemente pintada de branco. Tiram do carro e entram com ela pelo portão. Vovó vai atrás deles, mas logo para. Mamãe parece não saber o que fazer. Olha para nós, como se *nos* pedisse para decidir. Aí, de repente, vovó pega Krish e eu pelos ombros e se vira para Charlotte.

— O negócio é que hoje é o aniversário da Mira, então estamos fazendo uma festa, mas obrigada por oferecer ajuda.

Charlotte me olha com cara de "coitadinha de você", mas deseja feliz aniversário mesmo assim.

— Obrigada — murmuro.

Papai e Moisés estão levando o caixão para a sala da frente. Têm dificuldade em equilibrá-lo porque Moisés é muito mais alto do que papai. Moisés anda para a frente e papai para trás, então o caixão parece estar caindo, forçando seu peso sobre ele.

— Podem jogá-lo aí no meio — ordena vovó, orientando os dois como uma agente de trânsito. Esse não é um objeto que dá para você "jogar", na verdade... um caixão? Vovó fica parada, olhando para ele por alguns minutos, como se estivesse inspecionando um novo móvel.

— Ótimo — assente. — Exatamente o que eu queria... uma tela em branco.

Moisés pergunta se podemos mandar uma foto para ele quando estiver pintado para que possa usá-la no catálogo da Eco-Fins, mas, pelas expressões em seus rostos, não acho que papai ou tia Abi gostem da ideia.

— Acho que podemos tentar. — Vovó sorri, solícita.

Moisés dobra as pernas até a metade, encolhendo seu corpo até ficar o mais baixo que pode — o que não é tão baixo assim. De repente, seus braços estão em volta da vovó e ele a está abraçando! Vovó parece ficar um pouco surpresa, mas não o afasta.

Ele olha para ela bem nos olhos e diz, com uma voz muito séria:

— Bem, Josie, desejo que tenha um fim feliz.

Vovó ri.

— Isso me lembra alguma coisa... — Ela sonda o cérebro em busca das palavras exatas. — Frida Kahlo falou alguma coisa desse tipo em seu leito de morte...

Vovó ama Frida Kahlo. É uma de suas artistas favoritas. Fala horas sobre ela. Quer me levar para ver sua exposição em junho.

— Como foi que Frida falou? — pergunta vovó, como se "Frida" fosse uma de suas melhores amigas em vez de uma artista falecida. — Acho que foi alguma coisa do tipo: "Desejo uma saída alegre, e nunca mais voltar." Sinto exatamente o mesmo.

Moisés dá uma risada nervosa, como se não soubesse exatamente o que dizer. Então diz apenas adeus, move-se de costas bem devagar e faz uma reverência antes de sair.

Depois que Moisés se vai, nós nos sentamos e ficamos olhando para o caixão.

— Então essa é a cara da Morte! — murmura papai.

— Quem é a Morte? — pergunta Krish.

— Moisés — resmunga papai.

— Pare de falar besteira, Sam! Eu gosto dele — diz vovó.

— Claro! Um hippie dinamarquês. É bem seu tipo! — implica papai.

— Um pouco jovem e intenso demais para mim. — Vovó dá risinhos como se fosse uma garotinha.

O caixão da vovó está no meio da sala e interrompe a conversa.

Vovó sempre usava o nome "caixa" quando falava sobre ele, mas agora que está ali, ela passa a falar "caixão". Por algum motivo, "caixa" é mais leve e simpático, como se você pudesse fazer um piquenique em cima dela, ou colocar roupas... mas um caixão é simplesmente fúnebre. Pergunto à vovó por que começou a chamar de caixão de repente.

— Por que não chamar as coisas do que realmente são, Mira? — Ela dá de ombros.

Por alguns minutos, ninguém chega perto, ninguém o toca.

Aí de repente, Krish levanta a tampa e começa a pular lá dentro. O meu irmão é assim, que nem uma rã — uma hora você o vê, outra não. Nunca dá para saber por onde vai pular.

— Krish, o que você acha que está fazendo? Saia já daí! — Mamãe cospe as palavras como se Krish realmente tivesse feito alguma coisa terrível.

— Prefiro isso, Uma, ao silêncio. — Vovó suspira e toca mamãe no braço para acalmá-la.

Krish pula para cima e para baixo, dentro e fora do caixão, fazendo caras engraçadas para Laila. Ela ri. Cada vez que ele aparece na borda do caixão, Laila ri mais alto. Geralmente, quando Laila ri, todo mundo ri, mas não hoje.

— Você é um bom menino por estar entretendo sua irmã. Nosso pequeno palhacinho — diz vovó, mexendo em seu cabelo longo e castanho-claro. — Nunca deixe que ninguém corte esses cabelos, é sua coroa gloriosa — diz vovó para Krish e o beija na testa. Ele sorri para mamãe. Ela não diz nada, mas dá para ver que está chateada. Passou a semana toda tentando convencer Krish a cortar os cabelos!

Eu estava aqui no dia em que tia Abi teve de fazer a pesquisa para achar a empresa dos caixões. Chama-se Eco-Fins porque fazem funerais "ecologicamente corretos". Isso significa que não usam madeira que cause destruição nas florestas. Algumas pessoas usam cestas de vime ou plantam uma árvore onde são enterradas, esse tipo de coisa. Lembro que, quando tia Abi ligou para eles, perguntaram várias coisas no telefone, e ela falou que vovó queria pintar seu próprio caixão. Tia Abi disse que o homem no telefone, que era Moisés, achou a ideia fantástica. Disse que ia rapidamente fazer um caixão de tábua, pintá-lo de branco e levá-lo de carro para Londres. Tia Abi ficou em silêncio depois disso e falou que ligaria mais tarde. Vovó ficou tão animada. Queria saber quanto tempo levaria para receber o caixão.

— Ainda não encomendei. Precisam das suas medidas exatas. — Tia Abi pareceu ficar tão triste de repente quando falou isso, como se tivesse acabado de se tocar de que era vovó quem entraria no caixão.

Vovó me mandou procurar sua fita métrica. Quando a encontrei, ela se levantou do sofá e se deitou no chão.

Tia Abi ficou parada olhando. Sem dizer mais uma palavra, mediu vovó dos pés à cabeça.

— Anote isso... cinco pés — disse Abi.

— Cinco pés e mais quanto? — perguntou vovó.

— Cinco pés e mais nada, mãe — sussurrou Abi, o que fez com que vovó risse, embora não houvesse sinal de riso no rosto de Abi.

Depois, tínhamos de medir a parte mais larga da vovó, mas a verdade é que era difícil achar uma parte mais larga. Abi me pediu que anotasse "menos de um pé", e essa medida incluía espaço de sobra.

— Só *você* para fazer com que sua filha e sua neta lhe medissem para seu caixão — gemeu Abi.

— Bem, alguém tem que fazer isso. Vamos lá, tenho que pintar isso enquanto ainda tenho vida em mim. Pegue o telefone e fale minhas estatísticas vitais para ele! — mandou vovó.

Tia Abi ligou para a Eco-Fins e pediu para falar com Moisés. Vovó estava bebendo água, mas quando ouviu o nome "Moisés" começou a gargalhar, cuspindo para todos os lados.

— Pergunta se esse é o nome verdadeiro dele!

Isso fez com que tia Abi risse, mas era um tipo de risada que podia virar choro a qualquer momento. Vovó ainda estava engasgada quando Abi finalmente se acalmou e deu as medidas para Moisés.

— Cinco pés... não, desculpa, você vai ter que fazer a conversão. Somos muito conservadores aqui, só usamos pés como medida. — Abi ficou escutando, e seus olhos se encheram de lágrimas. — Ele quer saber se temos certeza. Parece que esse vai ser o menor caixão para adultos que já fizeram. Moisés disse que devíamos fazê-lo um pouco maior, senão vai parecer que é um caixão para uma criança.

Vovó deu os ombros.

— É perfeito para mim.

E eu me lembro do frio na espinha... Um caixão de criança... isso não devia existir.

Assim como previu Pat Print, o passado realmente volta. Fazer o pedido daquele caixão estava no passado, mas agora ele está bem na minha frente, no presente. Não é um bom presente, é? Não tem graça nenhuma; nem mesmo Krish pode nos fazer rir agora.

No silêncio, ouço o tique-taque do meu relógio novo, como se alguém tivesse aumentado o volume... *tique... taque... tique...* é como se o caixão estivesse esperando a morte da vovó.

— Mira, a ideia é você comer seu bolo, e não se sentar nele! — implica Krish, apontando para uma mancha marrom atrás da minha saia nova.

Não consigo mais aguentar nada do que está acontecendo hoje, então corro para o banheiro e me apoio contra a porta, girando a saia para a frente para ver o estrago. Tiro a saia e a lavo na pia, mas a mancha não sai. E daí? Está tudo arruinado mesmo. Deixo-me cair sentada na privada. Aí vejo a mesma mancha na minha calça jeans. Tiro a calça e lá está. Não é o bolo de aniversário, e sim uma mancha de sangue marrom.

— Mira! — chama vovó, batendo na porta. Coloco a calça rapidamente, mantendo um pé contra a porta enquanto termino de fechar o zíper. Aí deixo-a entrar.

Ela segura minha mão e coloca o pingente de alcachofra na minha palma, fechando-a com seus dedos.

— Sinto muito que isso tenha que acontecer no seu aniversário, mas quero explicar uma coisa para você. Eu lhe dei isto, Mira, porque você é especial para mim... Como posso explicar? A maioria das pessoas, quando ficam velhas, cultivaram pequenas conchas duras em volta do coração. Os bebês, como a Laila, começam com corações delicados, amorosos e confiantes, mas gradualmente, aprendem a se proteger e, com o passar dos anos, criam camadas cada vez mais duras. Olhe isso! As camadas externas da alcachofra são tão duras que nem podem ser comidas, mas ficam mais macias ao se aproximarem do coração. Essas camadas externas mais duras lhes impedem de sentir muitas coisas, então as pessoas vivem com coraçõezinhos endurecidos que não podem ser tocados por ninguém. É claro que há pessoas que não têm escolha; elas simplesmente nunca aprendem a se proteger... Isso pode ser uma bênção ou um fardo.

Tudo o que quero é que vovó pare de falar sobre o pingente e deixe que eu me arrume. Só quero que vovó não perceba a mancha de sangue.

— Que tipos de pessoas não têm escolha? — pergunto para tentar desviar sua atenção da saia.

— Pessoas que precisam de pingentes! — Ela sorri, beijando minha cabeça. — Você vai saber quem são quando encontrá-las. Mira querida, me perdoe pelo caixão ter chegado hoje, foi na hora errada, eu acho, mas... queria pedir... você me ajudaria a pintá-lo?

Faço que sim com a cabeça.

— Sabia que ia dizer sim — sussurra e leva minha cabeça até seu ombro.

Assim que chego em casa, procuro pelos absorventes que já vi mamãe guardando no armário. Tiro a fita adesiva e o colo na minha calcinha. Ficar menstruada devia fazer com que me sentisse adulta, mas, na verdade, isso me lembra as fraldas da Laila. Não dói, e mamãe já havia me dito que não doeria, mas sinto cólica e um gosto enferrujado na boca. Acho que *devia* contar para mamãe, mas ela faria um estardalhaço e ia tentar comemorar ou coisa do tipo. Acho que chega de comemorações por hoje, mesmo que agora eu já possa fazer um piercing na orelha. Foi quando mamãe permitiu (quando minha menstruação começasse), mas por enquanto esse é um presente de aniversário que vou guardar só para mim.

Estamos refletidas no espelho do banheiro, vovó e eu. Estou usando minha saia de aniversário. Meu cadarço está frouxo, então me abaixo para amarrá-lo, mas logo ao lado do meu sapato há um pequeno círculo de sangue, do tamanho de uma moeda.

— O que é isso? — pergunto para vovó, mas, quando me levanto de novo, ela não está lá. Corro para a sala da frente para procurá-la, mas está vazia; todos os móveis foram retirados; tudo menos o caixão.

O caixão da vovó está pintado com ondas azul-claras, golfinhos saltitantes, borboletas e pássaros; pássaros por toda parte. Bem na ponta, olhando para mim, há um pequeno cachorro que se parece com Piper. Quando olho mais de perto, vejo que o cachorro tem uma das patas levantadas e faz xixi no mar. Dou uma risada. Aí eu a vejo... vovó Josie deitada em seu caixão aquoso... flutuando... com o rosto semicoberto. Pego sua mão através do frio gelado. "Acorde, vovó, acorde", sussurro, mas ela não abre os olhos. Tento levantar seu corpo, mas ela cai de volta. Aí eu vejo alguma coisa se movendo embaixo de sua blusa e acho que está viva — deve ser o coração batendo — então, levanto a blusa e milhares de pássaros voam. Olho para vovó. O caixão está vazio, madeira lisa, sem água. Um cachorro late loucamente e a pintura de Piper pula para fora do caixão e corre para o jardim. Folhas caem e pequenos pássaros voam em círculos na sala.

Agora as ondas começam a ficar agitadas. Os golfinhos surfam nas ondas, mergulhando nas profundezas. Os pássaros entram em pânico, batendo as asas contra as janelas, desesperados por liberdade. Escancaro as janelas e os deixo sair para o jardim. Eles se reúnem e se vão em correntes de ar, separados e depois juntos, pássaros migratórios, combinando a hora da partida. Estão tão altos agora... são pontos distantes nas nuvens. Fico observando até que o céu fique limpo.

Volto para dentro da casa e encontro a coleira vermelha de Piper. Saio para o Hampstead Heath Tento andar mais rápido mas as pessoas me param e perguntam, "Como vai a Josie?" e respondo, "Acho que Josie voou para longe." As pessoas continuam me seguindo. Mais e mais pessoas, pessoas com cachorros, perguntando onde está vovó várias vezes. Tento fugir delas, mas me seguem até o monte do parlamento, centenas de pessoas com cachorros. Cães grandes, pequenos, todos os tipos de cães. "Para onde ela foi?", perguntam sem parar. Começo a correr.

Subo ao topo e olho para trás, mas as pessoas desapareceram. Há centenas de cachorros correndo livremente no Heath, todos menos um cachorro negro, como um urso, subindo o monte vagarosamente — o velho terra-nova da vovó, Claude. Ao lado dele está minha avó Josie com seu chapéu vermelho de crochê e longo cachecol esvoaçante. Sorri para mim. Piper começa a latir, puxando a coleira o mais forte que pode para ir ao encontro dela. Ela acena para mim e sobe nas costas de Claude. Ele trota. Então cavalga em nossa direção com suas patas gigantes de urso. No momento em que tento pegar a mão da vovó, as patas da frente de Claude saem do chão... um último impulso com as pernas de trás e ele está voando. O chapéu da vovó cai e seu longo cabelo negro voa atrás dela como a rabiola de uma pipa. Piper late que nem maluco e pula para alcançá-la.

Estou correndo com Piper agora, batendo meus braços com força para voar atrás dela. Estou descendo o monte do parlamento, batendo as mãos, dando impulso com os pés, mas, por mais forte que tente, não consigo sair do chão, e é neste momento que o vejo: Jidé Jackson cada vez mais perto do monte com os braços abertos para mim.

— Você estava se mexendo um pouco — explica mamãe. Está deitada ao meu lado na cama.

— Estava tentando voar. Eu e Piper estávamos tentando alcançar a vovó — conto, ainda sem fôlego.

— Onde estava a vovó? — pergunta mamãe.

— Voando nas costas do Claude.

— Foi apenas um sonho — diz mamãe. Parece *O mágico de* Oz, quando a Dorothy acorda e descobre que a história toda foi de mentira, até mesmo os pesadelos. Eu queria que fosse apenas um sonho; exceto pelo final. Queria poder bater os saltos dos meus sapatos vermelhos e fazer com que tudo se acabasse... o sangue, o caixão... que tudo terminasse... exceto Jidé Jackson.

23h59. Espero pelo fim do último minuto do meu aniversário de 12 anos antes de tirar meu novo relógio. Se eu não usar o relógio, talvez o tempo vá passar mais devagar e tudo vá voltar ao normal. Desde que o coloquei no pulso hoje de manhã, alguma coisa estranha aconteceu com o tempo. Ouvi suas batidas o dia todo, embaixo da superfície de todas as coisas.

Domingo, 1º de maio

— O que é isso? — pergunta vovó, apontando para uma espinha no meu rosto que inchou durante a noite, como mágica. É como pensei... essa marca vermelha está fazendo o que pode para destruir meu disfarce.

— Ah! Mira querida. Que pena... E você sempre teve uma pele de pêssego tão perfeita — exclama vovó, tocando a bolha dolorida e fazendo com que eu me afaste.

Mamãe olha para vovó com uma cara de "Precisa mesmo fazer isso?", mas ela não percebe.

— Tudo começa a mudar a partir de agora. Logo virão os namorados e as menstruações. Você sabe que não vai demorar muito, Uma — anuncia vovó, dando uma última olhada para mim antes de se virar para mamãe. — Estão começando cada vez mais cedo, sabe. Tem a ver com o peso delas. Quantos anos você tinha?

Ótimo! Agora ela está falando sobre meu peso como se eu nem estivesse presente. Sei todos os detalhes sobre menstruação. Não há nada que mamãe não tenha me contado sobre por que menstruamos, como nos sentimos, e, sim, sei quando mamãe começou a menstruar — tinha 12 anos, como eu, e vovó Josie tinha 14. Tia Abi, 13. E talvez este seja o momento de contar, agora, só que é capaz de vovó se vestir toda e fazer alguma dança cerimonial, ou acender uma vela ou alguma coisa assim para comemorar o fato de eu ter me transformado em uma *mulher*. Então não conto nada porque é para isso que serve um diário, não é?

— Difícil acreditar que tenho comprado materiais de arte com o Dusty há meio século. — Vovó suspira enquanto comemos o resto do bolo. Até ela está caseira hoje.

— Vamos ver como o velhinho está indo.

Vovó se levanta e sacode os pedaços de bolo da roupa. Está determinada a fazer essa viagem.

Meio século. Nem consigo imaginar cinquenta anos. Na verdade, não consigo imaginar nada em números. Sou péssima em matemática. Se alguém me perguntasse algo do tipo "Se sua avó nasceu em 1931 e viveu até 2005, quantos anos tinha quando faleceu?" (é claro que ninguém faria uma questão dessas), eu saberia responder, mas demoraria mais do que todo mundo. Krish teria a resposta bem antes de mim. Eu passaria anos olhando para os números, e, quando vejo números, minha mente fica vazia.

Minha avó tem 74 anos. Parece ser muito para mim, mas ela não se sente como uma velhinha. Minha professora de matemática está sempre me perturbando para que eu aprenda meus "fatos numéricos". A verdade é que não acredito em fatos numéricos porque vovó tem 74 anos mas, para mim, é mais nova do que a maioria das mães e professoras da escola. Não estou me referindo às aparências, mas... elas simplesmente não são tão joviais ou divertidas quanto vovó: elas não se animam com coisas como pintura ou música ou embrulhar presentes, não como vovó Josie. Talvez, se você deixa de se animar com as coisas, aí é que envelhece. Quando penso nisso, vejo que é exatamente o oposto de Laila porque ela é tão nova, apenas dez meses de idade, mas parece que esteve em nossa família desde sempre. Então não acho que a idade seja um fato numérico. Vovó diz que nunca se sentiu mais velha do que 16 anos, mas o tempo não percebeu o que ela sentia — ele continuou passando.

Estacionamos bem ao lado da loja de arte de Dusty Bird. Vovó se apoia no meu braço enquanto eu e mamãe a levamos para dentro. Ela quer tintas acrílicas à base de água. Vovó diz que é muito importante escolher as cores exatas que tem em mente. Não consigo acreditar na quantidade de tons da mesma cor que você pode comprar. Primeiro, passamos pela prateleira dos brancos. Quando você olha com atenção, a maioria das tintas não são nada brancas. Vovó lê meus pensamentos.

— É uma boa aula sobre relatividade, não é? Uma coisa que parece ser branca quando está perto do vermelho, pode parecer lilás perto de outro tom de branco. Faz sentido? — pergunta.

Assinto. Faz algum sentido.

— Não é tudo branco, né mesmo! — Vovó tem um sotaque terrível.

— Olhe só. — Ela pega o branco titânio opaco, que é um branco bem vivo, e depois pega uma tinta chamada lilás pérola, que faz com que o branco titânio pareça lilás.

— Entendeu o que quis dizer? — Vovó levanta o frasco para a luz.

Entendi.

Depois, passamos pelas fileiras dos amarelos; vovó sabe exatamente qual cor está procurando.

— Ah! Amarelo ocre. Você vai usar muito deste.

Vovó fala comigo como se eu já fosse uma artista, como se ela soubesse alguma coisa sobre mim que eu ainda não sei. Papai diz que é natural que os avós queiram que os netos sigam seu exemplo. Entendo isso, mas quando vovó Josie fala sobre arte não é sobre o que vou ser no futuro. É sobre o que sou agora. Às vezes, ela me envergonha quando me apresenta para seus amigos, dizendo coisas do tipo...

— Esta é minha neta, Mira, uma artista também.

Estamos passando por um corredor de cores douradas. A preciosa tinta dourada está na prateleira mais alta, mas vovó é tão pequena que não alcança. Dusty Bird, que é tão baixo quanto vovó, vem com uma escada. Quando ele sobe, escuto seus joelhos estalarem a cada degrau. Dusty Bird parece ser mais velho do que a vovó, ou talvez seja porque eu não a veja como uma velha porque a conheço.

— Que tipo de dourado você quer, Josie?

— Nada amarelado, nada claro ou luminoso, mais como um dourado profundo queimado, Dusty.

— Você sempre teve classe. — Dusty Bird dá uma olhada por cima dos óculos para o fim da escada, onde vovó está, e pisca.

— Obrigada, Dusty. — Vovó ri passando os dedos pelos cabelos brancos espetados, como se estivesse se lembrando de como foram longos e sedosos um dia.

Amo a maneira como vovó fala sobre cores, como se achasse que cada uma tem certa personalidade. Dusty desce com alguns frascos. No final, ela escolhe o dourado escuro.

Estamos andando pelos corredores de cores de Dusty Bird, passando por um arco-íris... vermelho (só de ver sinto aquele gosto de lata de metal na boca), amarelo, rosa e...

— É este: lago verde dourado. — Vovó lê o rótulo com afeição, como se tivesse acabado de encontrar um velho amigo.

Dusty Bird nos segue com a escada, oferecendo ajuda enquanto vovó busca em sua memória os nomes das cores que já usou. Lilás, laranja e...

— Vamos pintar o mar... acho que ultramarino, Dusty.

— Azul-ultramarino claro? — adivinha.

— É isso, Dusty. — Vovó sorri e bate palmas.

É um novo jogo, no qual Dusty tem de relacionar a descrição à tinta.

— Turquesa? — pergunta vovó, testando Dusty.

Há cerca de dez tons diferentes, mas ele escolhe o azul-turquesa escuro.

— Este é o de sempre, Josie.

Vovó concorda com a cabeça e coloca o frasco na cesta cheia de tintas que mamãe está segurando enquanto tenta distrair Laila para que ela não pegue todos os potes de tinta que consegue alcançar nas prateleiras.

— Só me lembro do cinza — geme vovó. — Cinza Dolores. Bom nome, Dusty, porque se a dor tem uma cor, definitivamente é cinza.

Dusty Bird dá uma olhada na vovó com um questionamento nos olhos, mas não pergunta nada. Quando finalmente chegamos ao caixa, oferece um lugar para vovó se sentar.

— O que tem feito esses dias, Josie?

— Estou cuidado da morte neste momento. — Vovó sorri para Dusty como se não tivesse dito nada fora do comum. — Esse caixão é meu ato final. Tudo vai virar fumaça, Dusty... é por isso que não pode ser a óleo, entende — explica vovó, sorrindo para ele.

Dusty Bird sorri de volta.

— Você é original, Josie. Damien Hirst não chega a seus pés.

Laila começa a balbuciar e Dusty Bird vai para o outro lado do balcão para brincar com ela.

— É sua última?

Vovó faz que sim. Soa engraçado, como se Laila fosse filha da vovó. Ele parece não perceber a presença da minha mãe.

— Coisinha linda, não é? — Ele desvia o olhar de Laila e olha para mim. — Outra beleza, assim como sua avó. — Dusty Bird pisca para vovó de novo. Ela o empurra como se dissesse "Pare de falar besteiras", mas ao mesmo tempo está satisfeita com o elogio.

Dusty pega a mão de vovó e a guia até o carro. São como bebês engatinhando, ajudando-se mutuamente... uma menina delicada de cabelos grisalhos e um menino gorducho careca. Quando vovó finalmente entra no carro, sua pele já está sem cor. Parece não conseguir recuperar o fôlego; é como se estivesse correndo. Dusty caminha rapidamente de volta à loja e retorna com um copo de água. Vovó dá goles pequenos, mas faz um esforço enorme para engolir.

— Essa droga de dor — diz vovó, engasgada.

Continua bebericando, inspirando profundamente e, por fim, sua respiração se estabiliza. Dusty Bird se inclina para dentro do carro. Eles se olham bem nos olhos por anos — a sensação é essa, mas provavelmente são só os segundos passando devagar. Aí ele segura vovó pelo rosto e dá um beijo em seus lábios... o tipo de beijo que significa alguma coisa.

Quando alguém está morrendo, tudo o que você diz ou faz significa mais do que normalmente. Quando alguém está morrendo, você percebe coisas... na verdade, tudo. A vida toda fica em câmera lenta. Os olhos de Dusty Bird se enchem de lágrimas. Minha avó segura a mão dele por um momento e aí ele rapidamente fecha a porta do carro e dá um tapinha no teto. O tapinha diz: "Vá, saia daqui. Não consigo dizer adeus."

Ele fica em pé na frente da loja e acena. Mamãe espera por uma brecha no trânsito. Eu me viro para olhar para Dusty Bird enquanto ele entra na loja. A última coisa que vejo é ele com "choro de homem" (é como mamãe classifica aquele choro engasgado). As costas dele, arredondadas como a casca de uma tartaruga, sobem até as orelhas e depois descem de novo. Ele coça os olhos com os punhos de maneira bruta, como se estivesse com raiva de si, mas as costas de tartaruga continuam subindo e descendo, subindo e descendo.

Finalmente achamos um espaço no fluxo de carros e viramos na rua.

Quando passamos pelo The Forum, onde uma fila de pessoas, todas com o mesmo penteado no estilo Elvis Presley, alinha-se para comprar ingressos para um show, vovó finalmente já havia recuperado o fôlego, o suficiente para rir dos "personagens", como os chama. Vovó acha que, comparando com os anos 1960, vivemos em um mundo chato e inflexível onde todo mundo tem a aparência igual.

— Dusty Bird sempre teve uma queda por mim. Costumávamos expor quadros juntos no Embankment. Ele flertava comigo descaradamente, e aí ele e Kit começavam a brincadeira de sempre... "Qual seu segredo, velhinho?", perguntava para Kit, e seu avô sempre respondia da mesma maneira... "Charme, Dusty. Se você pergunta é porque não tem." "Então cuidado para não perder o seu", respondia Dusty brincando...

Vovó olha para fora da janela. Nem sei se está falando conosco ou com ela mesma. É como se suas memórias a estivessem levando de volta no tempo, como um caleidoscópio.

— Ele até que era bonitão naquela a epoca. Tinha uma juba de cabelos encaracolados pretos e olhos verdes, um toque de cigano, um *beatnik* de verdade

— O que é um *beatnik*, vó? — pergunto

— Um pessoal de artes, escritores, nós todos dos anos 1950 e 1960... rebeldes, manifestantes. Não aguentávamos que nos dissessem como pensar ou como nos comportar. Tínhamos várias batalhas para enfrentar. — Ela suspira. — Éramos jovens! Espero que um dia você faça o mesmo.

Por alguma estranha razão, quando vovó fala sobre batalhas para enfrentar, não consigo evitar pensar em Jidé Jackson. Mas também, acho que não consigo evitar pensar nele, não importa o comentário.

— Achei que você tivesse sido uma hippie — digo.

— Nós evoluímos. — Vovó riu.

Impossível imaginar Dusty Bird como um *beatnik* ou um hippie, ou qualquer outra coisa. É careca, bem gordo e velho. No entanto, quando olhou para vovó, acho que a viu como ela era quando jovem, e ela também o viu assim. Às vezes, você só pensa nas pessoas como velhas e não pensa em quem foram ou no que fizeram com suas vidas.

É mais fácil para mim imaginar vovó quando jovem porque tenho fotos dela, e era mais linda do que a maioria das pessoas que já vi, até mesmo nas revistas e nos filmes. Tinha longos cabelos grossos e negros com uma franja curta, e enormes olhos castanhos. Era pequena e magra... pequena como eu. Era muito parecida com aquela atriz dos velhos filmes que gosta de assistir — acho que o nome dela é Vivien Leigh.

Não são só as fotos que fazem com que fique fácil imaginá-la enquanto jovem. Vovó ainda veste roupas dos anos 1960. Tia Abi chama de "uniforme de época", mas vovó diz que são suas roupas originais de uma loja de Londres chamada Biba. As roupas sempre couberam nela. Ela diz que está esperando por uma nova moda que a faça descartar seu visual antigo, mas ainda não se convenceu. Parece que agora "a roda da moda deu um giro completo".

Vovó Josie deve ser a pessoa mais estilosa que conheço. Sempre usa miçangas, joias e alguma coisa — um cachecol, um anel, uma bolsa, qualquer coisa mesmo — que ninguém mais tem porque ninguém saberia onde comprar essas coisas que ela usa. Entendo por que Dusty Bird queria sair com vovó e entendo por que chorou o choro de homem por ela e a beijou na boca, apesar de ser careca, velho e gordo, e vovó Josie ter 74 anos de idade e estar morrendo de câncer.

Quando chegamos em casa, levamos vovó para o quarto. Está tentando respirar mais devagar. Mamãe tira os sapatos dela e a coloca na cama. Depois abre um pote de creme de lavanda e começa a massagear seus pés. Desde que somos crianças, mamãe sempre massageou nossos pés, então eu meio que sei fazer isso. Pego o outro pé da vovó e passo o creme na pele dura. Vovó expira todo o ar dos pulmões, como se estivesse agradecendo. Seu pé fica cada vez mais pesado em minhas mãos. Mal dá para ouvi-la respirando agora e, pelo peso do pé, dá para perceber que ela caiu no sono. Cobrimos ela com o lençol, aí Piper pula na cama e se deita sobre os pés dela. Acho que ele gosta do cheiro de lavanda. Eu geralmente gosto também, mas agora está me deixando um pouco enjoada.

Tento manter Laila entretida lendo livros para ela, mas ela não fica parada por muito tempo; está sempre engatinhando em busca de confusão. Está bebendo a água do pote do Piper agora, mas quando trago o copo dela, dá um berro alto daqueles que fazem você dar o que ela quer.

Mamãe está na cozinha, fazendo sopa para vovó. Depois de mais ou menos uma hora, sinto o cheiro na casa. Meu estômago ronca, e nem gosto de lentilhas. Escuto vovó sair da cama e se arrastar até a sala...

— Alguma coisa está cheirando bem.

Nós nos sentamos à longa mesa onde eu sempre analiso quais pedaços novos de comida, joias ou materiais de arte caíram nas fendas. Provavelmente todas as pessoas que já se sentaram àquela mesa deixaram um pouco da comida que estavam comendo nos espaços entre as tábuas de madeira. Laila come algumas colheradas e depois descobre como fazer bolhas de sopa, espalhando gosma laranja amarronzada pela mesa. A sopa escorre pelas fendas e se mistura às outras comidas derrubadas. Tentamos ignorá-la com toda força, mas vovó tem de se virar para que Laila não veja que está rindo. Agora sinto vontade mesmo de vomitar.

Vejo o caminho da sopa por entre a madeira e sinto... sinto alguma coisa mudar. Vou até o banheiro da vovó, tentando fazer com que tudo pareça estar o mais normal possível. Foi o que pensei... a mancha marrom virou... qual seria o nome de acordo com as etiquetas de Dusty Bird? Vermelho-sangue.

Segunda-feira, 2 de maio
Feriado May Day — dia do trabalho

Mamãe passou a manhã toda transformando a sala da frente da casa da vovó em um estúdio de arte. Há potes de plástico branco com tinta, bastões para fazer mistura, todos os tamanhos de pincéis e esponjas, e uma palheta. Agora mamãe tira tudo da mesa e a cobre com papel e, quando termina, eu a ajudo a levantar o caixão e colocá-lo na mesa. É bem pesado para mim, mas consigo colocar uma das pontas sobre a mesa, deslizando o resto com a ajuda do pano que botamos embaixo. Isso me faz lembrar de um truque mágico; se ao menos conseguisse fazer com que esse caixão desaparecesse.

Mamãe diz que vai sair por duas horas, mas para eu não me preocupar porque, se precisar dela, pode estar de volta em cinco minutos. Nossa casa, quer dizer, a da vovó, fica a uma rua de Hampstead Heath, onde Krish pratica corrida.

— Se precisar de mim — murmura mamãe e me entrega seu número de celular.

— Tenho gravado nos meus contatos, mãe.

— Ah! Sim, o celular. Já usou? — interrompe vovó. — Pode usar a linha fixa se tiver que ligar para sua mãe.

— Mas ela não conseguiria *me* ligar se eu não tivesse celular — explica mamãe.

— Que é o meu argumento. *Você* precisa de um celular, não a Mira.

Mamãe pisca para mim como se dissesse "Não se preocupe." Vovó é assim — quando cisma com uma ideia, não desiste, o que pode parecer maldade porque o celular foi presente da mamãe para mim.

Por um momento, penso nas razões que poderia ter para ligar para mamãe. Se vovó ficar sem fôlego, eu a ajudo a se deitar. Se...

Olho para vovó, que parece saber o que estou pensando, como sempre.

— Estou em um bom dia hoje, Mira. Tenho uma missão e nada vai me atrapalhar, exceto Laila, talvez! — brinca ela, segurando minha mão.

Mamãe tem de lutar com Laila para colocá-la no carrinho. Ela está arqueando o corpo, deixando as costas duras como pedras. Mamãe tenta de tudo para distraí-la, mas, no final, tem de apertar a barriga da Laila com força para que ela se dobre, como uma boneca. Rapidamente, mamãe a prende, antes que a próxima onda de protesto comece.

Laila está revoltada, e a rua toda sabe. Sinto pena dela porque não tem escolha sobre o que quer fazer. Estou ajudando vovó, e Krish já saiu para se aquecer, mas Laila é simplesmente arrastada para os lugares. Ela acha que devia poder escolher o que vai fazer também. Mamãe diz que, quando eu era pequena, ela tinha mais tempo para mim. Acho que Laila decidiu que prefere ajudar vovó e eu com a pintura, mas não há chance de isso acontecer! Sinto pena dela mesmo, mas não *tanta* pena assim.

A casa está cheia dos resmungos de Laila. Dá para ouvi-la berrando lá fora.

— Uma excelente manifestante — brinca vovó, tapando os ouvidos com as mãos.

Nós nos sentamos à mesa e olhamos para o caixão branco, escutando o berro agudo de Laila ficar cada vez mais longe.

— Alguma ideia do que pintar?— pergunta vovó.

Falo sobre meu sonho — não todo, não sobre o afogamento. Não quero chateá-la, porque é disso que vovó mais tem medo... de se afogar. Falo como o caixão estava no meu sonho, sobre as pombas brancas, as borboletas prateadas, os golfinhos saltitantes e o pequeno cachorro fazendo xixi no mar. Ela ri quando conto sobre o cachorro.

Ela coloca um CD. É italiano, e eu gosto da música, mas não entendo as palavras. A voz da mulher parece estar pulando: "diddli di diddli di diddli di, di di, di di di". Vovó mistura tintas e mergulha a esponja nas cores. Coloca azul, branco e verde no caixão. Enquanto pinta, conta sobre o que a mulher está cantando... é uma casa, mas a casa que está descrevendo é, na verdade, o mundo todo. Vovó escuta e traduz.

Quero uma casa... com cores vivas para... satisfazer os olhos.

Quero uma casa, onde possa ouvir... canções de pássaros.

Quero uma casa cheia de riso e... luz... e... amor.

Quero uma casa onde ninguém... tem fome... ou se sente só... ou triste.

Quero uma casa,

Quero uma casa feliz, diddli di diddli di diddli di, di di, di di di.

— Eu consigo traduzir a parte do diddli di — digo para vovó. Ela ri.

— Você vai fazer com que toquem isso no meu funeral, não vai, Mira?

Faço que sim com a cabeça, apesar de não saber se a decisão vai ser minha. E se ninguém mais concordar comigo? Vou acabar com a voz da vovó no meu ouvido. É esse tipo de coisa que me faz acordar no meio da noite preocupada. Enfim, não quero pensar no funeral da vovó porque agora ela está bem viva.

Ela me dá outra esponja para que eu comece a pintar a tampa. Depois, pega o pincel e a tinta lilás pérola e começa a fazer as ondas do mar... ondas e dobras delicadas. Fico observando ela mexer nas cores. A tinta ainda está fresca, então as cores se misturam: azuis, verdes e ocres fluindo ao mar. Vovó me dá o pincel para terminar as ondas do outro lado do caixão. Aí ela pega outro pincel e começa a pintar o primeiro golfinho pulando para fora das ondas.

Minha avó consegue transformar um caixão de madeira maciça com sua imaginação. Ela o faz dançar... *diddli di diddli di diddli di, di di, di di di.* Outro pincel na tinta branca, desta vez o branco titânio, faz uma pomba branca emergir das ondas. Vovó não para nem por um segundo. Ela está nas ondas, pulando com os golfinhos, voando com as pombas brancas. Por último, pinta o cachorrinho com a perna para cima na quina do caixão. É um Piper com pelo marrom encaracolado.

— Aqui, Mira, pegue o amarelo-ocre; Piper precisa fazer xixi! — ordena, entregando-me o pote.

Pego um dos pincéis mais finos e me preparo para colocar o xixi no mar. O jato amarelo atinge o lado do caixão e o rosto da vovó.

— Você fez xixi em mim — diz ela, rindo.

Aí ela coloca o pincel na tinta azul e, com o dedão, sacode o pincel em mim! A tinta cobre meu rosto

— Você está parecendo Shiva — diz ela com admiração.

Quando paramos de gargalhar, vovó coloca a mão na tinta azul e pressiona sua palma contra a minha, como em um cumprimento. Ela segura meu punho e pressiona minha mão direita com força contra o lado do caixão. Depois coloca sua mão esquerda ao lado da minha e faz sua própria marca, como se fôssemos uma pessoa com a mão direita e a esquerda do mesmo tamanho. Duas marcas azuis de mãos, uma esquerda, uma direita, uma minha, outra da vovó. Só dá para perceber que são de duas pessoas diferentes se você olhar as linhas nas palmas das mãos.

A campainha toca. Escuto a voz de Krish antes de abrir o portão. Ele passa por mim praticamente me derrubando. Mamãe estaciona o carrinho de Laila embaixo da varanda.

— Adivinha qual foi minha colocação? — berra Krish.

— Shhh — diz mamãe, apontando para Laila, que está dormindo.

— Vó, vó, adivinha em que lugar fiquei?

— O que era? A corrida para até 10 anos?

— Isso!

— Qual a distância?

— Cinco quilômetros, e o começo foi em cima do monte do parlamento. Foi muito difícil!

— Quantos corredores?

— Uns cem.

— Considerando tudo... eu diria que você ficou.. nos primeiros vinte.

Vovó brinca com Krish como um gato brinca com um ratinho.

— Não.

— Não sei, Krish... Em décimo?

— Outra chance.

— Quinto? Quarto? Terceiro? Segundo?

Vovó sabe que ele chegou em primeiro porque Krish não estaria fazendo barulho se tivesse chegado em segundo ou terceiro ou qualquer outra posição, a não ser em primeiro.

— Não!

— Primeiro lugar! — berra vovó, batendo palmas de alegria e dando um abraço em Krish. — Tem que ter muita histamina para fazer o que você faz. Eu costumava tentar correr quando tinha a sua idade, mas não conseguia continuar.

Acho que nem eu.

Descobrimos que Krish era bom em corrida quando ele tinha 6 anos. Estávamos na casa da vovó Kath e do vovó Bimal no Lake District e fomos em uma feira, onde tinham todos os tipos de esportes, incluindo corrida vertical, que basicamente significa que você tem de correr até o topo de uma montanha e depois descer. Por que alguém ia querer fazer isso? Mamãe disse que as pessoas inscritas na corrida deviam ter treinado muito, então não era boa ideia, mas Krish simplesmente foi até a tenda e se inscreveu. O homem colocou o número oficial da corrida na camisa do Krish. Número 52. Nós ficamos olhando ele correr, acima do lago Grasmere, subindo por quilômetros e quilômetros na chuva torrencial e finalmente desaparecendo nas nuvens. Não gostei de não conseguir vê-lo; nem a mamãe. Ela ficou andando de um lado para o outro mordendo os lábios enquanto analisava todos os lados da montanha, procurando por uma pista da blusa azul-clara do Krish. Eu o vi, o meu irmão, escorregando morro abaixo coberto de lama dos pés à cabeça. Só dava para ver os olhos no meio da sujeira, como se tivesse caído em um pântano. Quando Krish apareceu em meio à chuva, vovó Kath deu pulos, como se estivesse em uma cama elástica. Ela anunciou para todos ao redor que o número 52 era o neto dela e que seu próprio avô Billy, meu tataravô, havia sido famoso em corrida vertical.

Tudo indicava que Krish ia chegar em terceiro. Aí de repente, bem no final, ele deu impulso com os braços e as pernas e passou pelos outros dois meninos.

— É, não tem como negar, o menino tem o dom correndo nas veias — disse um senhor de chapéu verde que estava em pé ao lado da vovó Kath.

Krish tinha uma expressão de total determinação no rosto, como se simplesmente *tivesse* de ganhar. Vovó Kath, mamãe, papai e eu, e o senhor de chapéu, estávamos todos torcendo por ele. Vi vovô Bimal, que estava sentado no carro, dar um soco no ar quando Krish correu para a linha de chegada.

Depois da corrida, Krish teve de ficar em pé no meio do pódio, no primeiro lugar, que é o degrau mais alto, e os dois outros meninos, que vieram em segundo e terceiro lugar, ficaram um de cada lado dele, debaixo da chuva torrencial. O alto-falante tocou *God Save the Queen*, o hino nacional, como se fosse nas Olimpíadas. Papai disse que aquilo foi meio exagerado, mas achei que Krish teve sorte de estar em cima de um pódio no meio daquelas montanhas... Mesmo com chuva, é um dos lugares mais lindos que já vi. É como se ele pertencesse àquilo. Krish, em pé no pódio, pareceu mesmo uma ocasião histórica em nossa família, apesar de terem anunciado que o vencedor era outra pessoa... "Chris Levenson".

Foi quando vi vovô Bismal se levantar do carro e andar bem devagar até a Caravan onde estava o homem com o alto-falante. A próxima coisa que ouvi foi a voz dele.

— Tenho um pedido de desculpas a fazer. Estou aqui com...

— Dr. Bismal Chatterjee — interrompeu vovô.

— Certo, e o doutor mora aqui, é casado com uma jovem de Cúmbria... — Isso fez com que vovó abrisse um sorriso. — Foi o neto dele quem acabou de ganhar a Corrida Guias Junior. É a criança mais jovem a vencer esta corrida, e peço desculpas porque pronunciei seu nome da maneira errada. Não é Chris Levenson...

Ouvi a voz do vovô de novo pronunciando corretamente do nome de Krishan, e sua pronúncia soava bem diferente da nossa.

— É Kri-shan Levenson. — A voz grave dele ecoou pelas montanhas e, por um momento, as pessoas pararam para ouvir, como se estivessem tentando identificar o canto de um pássaro. Parecia que as montanhas também estavam ouvindo a notícia de que havia outro corredor na família. Talvez o velho estivesse certo... está no sangue.

Desde que comecei a menstruar, toda vez que penso em qualquer coisa, há sangue envolvido em algum lugar. Krish nunca terá de se sentir como me sinto agora; pode simplesmente correr em liberdade sem se preocupar com o que está acontecendo dentro de seu corpo. De repente, Krish e eu estamos vivendo em universos separados por causa do sangue. Acho que nem conseguiria correr hoje, e nunca na vida me senti tão longe de voar.

Krish e eu sempre fomos diferentes, até na escola primária. As coisas que gosto de fazer não são relacionadas a vencer. Até a aula de arte na escola não é o mesmo que é com a vovó. Sei que consigo, mas odeio o tipo de projeto em que você tem de olhar o trabalho do artista, tipo o *Girassóis* do Van Gogh, e aprender sobre as técnicas que ele usou e aí pintar o seu próprio vaso de flores. Fica todo mundo tentando fazer a mesma coisa e nem chegam perto de fazer tão bem quanto Van Gogh, o que, para mim, não é o objetivo da arte. Com esse tipo de arte você não tem chance de trabalhar com a própria imaginação, a não ser uma vez na escola primária quando teve uma competição e podíamos fazer o que quiséssemos. Fiz uma colagem com fotografias, comida e flores. Usei a parte de dentro de uma bandeja de plástico de uma embalagem de biscoitos e pintei cada compartimento com uma cor diferente, dependendo do que estava colocando dentro... a que tinha uma fotografia minha nadando no mar, pintei de cinza prateado pálido e coloquei uma pequena pedra com um furo dentro. Depois, pintei outra, com uma foto do meu pai e do Krish antes de irem para o jogo do Tottenham, de azul-escuro... esse tipo de coisa. Coloquei uma moldura dourada antiga da vovó em volta da bandeja e prendi com supercola. Quando terminou, me senti secretamente orgulhosa, mas mesmo assim eu sabia que as outras pessoas achariam que estava estranho, então tentei levar meu trabalho para a escola embaixo de uma toalha, mas, é claro, no meio do caminho, eu tinha de esbarrar com a Demi.

— Qual é o grande segredo? — perguntou ela, olhando embaixo da toalha.

— Nada — menti, afastando o trabalho dela. Mas, antes que eu pudesse reagir, ela tirou a toalha. Fiquei em pé no meio do pátio segurando aquela moldura enorme. Senti como se estivesse pelada.

— *Isso* é para ser o quê? — exclamou em voz alta, o que, como um ímã, atraiu um grupo de pessoas. Era mais fácil ter levantado um cartaz anunciando uma oportunidade de acabar com Mira Levenson... e é claro que seus amigos vieram correndo.

O pior é que eu ganhei aquela competição.

— Um trabalho muito original — anunciou o Sr. Needham ao examinar a moldura com expressão de curiosidade. Tive de passar pelo corredor com risadas às minhas costas. Sempre que penso nisso, ainda sinto vontade de me esconder. Posso imaginar o que estavam pensando (troque "original" por "estranho"). Isso não é nada comparado com a glória de vencer uma corrida, não é?

— O que aconteceu com você? — Mamãe me leva de volta para a sala, olhando fixamente para vovó e para mim. — Entrou em uma briga de tintas ou alguma coisa do tipo?

— Estamos nos divertindo para valer. — Vovó ri. — O que você acha, Uma? — Vovó vai para o lado para que mamãe veja o caixão que nós mais ou menos terminamos.

Krish dá uma volta nele, e seus olhos se enchem de água.

— Vocês fizeram com que se pareça com um quadro.

— *É* um quadro, seu mongo! — digo.

— Não é não, é um caixão — berra Krish, lágrimas enchendo os olhos.

— É um caixão pintado — explica vovó, dando um abraço em Krish.

— Eu não entendo. Qual o objetivo de pintar isso se vai ser queimado?

— Qual o objetivo de participar de uma corrida? — argumenta vovó.

— Porque eu amo correr.

— Bem, eu amo pintar. Esse caixão provavelmente vai ser minha obra de arte mais valiosa.

— Eu não entendo, vovó — diz Krish, desanimado.

— Porque os golfinhos e as pombas e as ondas vão ficar na memória das pessoas... assim como você, vencendo aquela corrida hoje. Aposto que sua mãe nunca vai se esquecer daquilo — disse vovó, virando-se para mamãe, que concorda com a cabeça e sorri, mas não diz nada porque está prestes a chorar também.

Krish se joga no sofá da vovó, com as pernas finas como palitos dobradas embaixo do corpo.

— Você parece cansado — diz vovó, sentando-se ao seu lado.

— A senhora também — retruca Krish.

Vovó levanta o queixo de Krish e beija sua bochecha. Ele escapa do toque da vovó e tenta limpar a tinta azul que ela deixou em seu rosto.

— Acho que podemos todos ficar azuis juntos. — Vovó suspira.

Terça-feira, 3 de maio

Arrumo a mochila da escola.

Celular

Livros

Estojo

Kit da educação física

Almoço

e...

Absorventes grossos e finos, com e sem abas... até absorventes internos... alguns... por precaução. Até os nomes são um pesadelo. Tipo, "absorvente" — não conseguiram inventar um nome pior? Aí eu me imagino trabalhando em uma empresa de publicidade e tendo de inventar um nome para todas essas coisas de menstruação, e adivinhe em que consegui pensar? Em um branco gigante. A propaganda que acho mais engraçada é aquela em que os absorventes têm asas e há pequenas figuras de passarinhos voando em círculos, porque a última coisa que você sentiria vontade de fazer quando está menstruada é voar. Quer dizer, até parece, com aquele absorvente enfiado dentro da calça e a cólica.

Para mim, não era assim que tinha de acontecer. Millie seria a primeira, igual a quando começamos a usar sutiã. Até agora, Millie sempre fez tudo primeiro. Foi assim que imaginei. Millie começaria a ter seus ciclos e eu também, uns dois meses depois. Eu não gostaria que fosse muito tempo depois, só o suficiente para que Millie se tornasse uma especialista nessas coisas. Teríamos uma das nossas sessões loucas na casa dela sem mais ninguém, que nem fizemos quando estávamos tentando descobrir nosso tamanho certo de sutiã. Acabou que não tinha um tamanho pequeno o suficiente (!), mas ainda assim experimentamos os sutiãs de seda da mãe dela enquanto Millie comentava sobre como a "dica de moda" da estação era vestir sutiãs grandes demais do lado de *fora* das roupas.

— Prada é tão coisa do passado! *Proudbra* é o item indispensável dessa estação.

Aí, quando ouvimos a mãe da Millie chegando, praticamente morremos de rir tentando abrir o fecho do sutiã que eu estava usando e colocar todas as roupas íntimas de volta na gaveta dela antes que fôssemos pegas.

Então, na minha cabeça, Millie e eu iríamos rir sobre todo o pesadelo da menstruação e, quando eu chegasse no estágio de arrumar minha bolsa, definitivamente saberia o que usar (e como usar) porque Millie teria me contado. Em vez disso, estou me sentindo enjoada de tanto me preocupar com isso tudo.

— Está pronta, Mira? — berra mamãe para cima das escadas. — São quase 8h30. O *que* você está fazendo aí em cima?

O que estou fazendo é colocando um pouco da base da mamãe na minha espinha gigante, mas a maquiagem só deixa a espinha mil vezes mais óbvia, então acabo tirando tudo.

Só mais uma última coisa que preciso falar ao ver a bolha do tamanho de um vulcão no espelho... fecho os olhos e imploro para Seiláquem Seiláoquê que, por favor, por favor, por favor, faça com que Jidé Jackson não vá à escola hoje para que não me veja nesse estado. Por um momento, penso em tentar fingir que estou passando mal de novo, mas aí a caixa do correio bate e Millie decide para mim.

— Tudo bem? — pergunta Millie, seus olhos focando diretamente na minha espinha.

Millie é muito educada para fazer qualquer comentário. Eu devia contar agora. Este é o momento em que devia contar, e aí, quando *ela* começar a menstruar, seria como o sutiã de novo mas ao contrário, eu a estaria ajudando. Só que não vai ser assim. É tão injusto da minha parte, mas me sinto um pouco irritada por ela não poder me ajudar. Não é culpa dela que eu tenha começado antes, mas de alguma maneira, sinto como se ela tivesse me decepcionado.

— Tudo bem — respondo.

Existe um Seiláquem Seiláoquê no final das contas! Na chamada da manhã, a Srta. Poplar anuncia que Jidé e Ben estão em algum evento esportivo. Pelo menos é uma coisa a menos para me preocupar. Talvez a espinha tenha diminuído até amanhã.

Toda vez que vou ao banheiro, estou convencida de que alguém vai me ouvir abrindo a mochila e pegando os absorventes. Juro que a acústica nos banheiros das meninas é como a de uma casa de shows. Só abrir as drogas dos absorventes, cada um com sua própria "proteção discreta", faz tanto barulho que tenho de empurrar a cadeira ao mesmo tempo em que abro o pacote e tiro a fita adesiva. Se você faz tudo na hora certa, funciona.

Na chamada do almoço, a Srta. Poplar quer falar comigo. Sorte a minha que é dia de ela inspecionar as anotações dos professores na minha agenda.

— Mira, há alguma razão especial para que você tenha se atrasado para todas as aulas da manhã?

Visto que ela devia ser a tutora especialista em sétimo ano, era para ter adivinhado.

— Desculpa, professora — resmungo.

Talvez eu devesse contar para ela, porque a cada minuto eu me mexo na cadeira e olho para trás a fim de ter certeza de que não vazei.

— Mira Levenson, o que está havendo com você hoje? — pergunta a Srta. Poplar. — Tem formigas nas suas calças?

Ao ouvir a menção às "calças", sinto como se fosse morrer. Evidentemente, fico vermelha, e Orla, Demi e Bo começam a gargalhar.

Durante toda a tarde, entro no banheiro sempre que passo por um... por prevenção.

— Tem certeza de que está se sentindo bem? — pergunta Millie.

— Estômago ruim — minto.

— Até mais tarde, cara de espinha! — exclama Bo ao me empurrar a caminho dos portões da escola, o que é estranho, porque a testa de Bo e praticamente seu rosto todo são cobertos por acne.

— Como foi seu dia? — pergunta mamãe quando volto da escola.

— Bom.

E foi, sim, um bom dia porque Jidé não estava lá e porque ninguém descobriu.

Quarta-feira, 4 de maio

Hoje é dia de natação, mas eu não vou porque temos uma "aventura", como chama vovó. Para ser honesta, eu não me importaria em nadar hoje porque minha menstruação acabou. Achei que fosse durar mais do que isso, mas quando procurei informação no livro *Perguntas que você talvez não queira fazer aos seus pais*, que mamãe deixa "por acaso" no banheiro há anos, diz que é bem comum que sua primeira menstruação seja realmente leve. Não foi tão ruim assim, na verdade, exceto pelo aparecimento da espinha da menstruação, e até isso diminuiu pela metade da noite para o dia. Quase dá para dizer que é uma espinha de tamanho normal hoje. Então, se não fosse pelo passeio com vovó Josie, eu teria ido nadar. Gosto de nadar em piscina, mas amo muito mais nadar no mar, onde as ondas vêm e estouram em cima de você!

Começamos as aulas de natação no sexto ano. Eu me lembro de achar que era um pouco tarde porque, se algum de nós fosse se afogar, teria feito isso antes dos 10 anos, então sempre deduzi que todo mundo sabia nadar... mas lá estava Orla, que nunca havia sido levada a uma piscina, nem uma vez na vida. Não é *tão* incomum, de acordo com a professora de natação, que, de uma forma não muito sutil, berrou do outro lado da piscina para ela:

— Não se preocupe, querida. Tem sempre pelo menos um "não nadador" em cada turma.

Acho que ela estava tentando fazer com que Orla se sentisse melhor.

Agora que estamos no sétimo ano, enquanto todos nós brincamos na piscina maior, Orla ainda fica na outra, que chama de "piscina do xixi", com as mães, os bebês e os iniciantes. Na maioria das vezes, no entanto, ela finge que está com "dor de barriga". Na última vez que fomos nadar, uma das professoras disse:

— Você não pode ter dor de barriga *toda* semana.

Orla olhou para a mulher e disse, bem alto:

— Na verdade, eu estou *menstruada*, professora.

Como se fosse normal falar isso!

Então, por causa de todas as humilhações aquáticas que Orla já sofreu, ela inventou uma estratégia de vingança. Ela e suas "assistentes glamourosas", como chama Demi e Bo, organizaram uma competição sobre quem tem o melhor (e o pior) corpo. Funciona assim. Elas atribuem notas de zero a dez para cada parte do seu corpo. Quando o assunto é julgar, Orla é definitivamente a mais crítica. Literalmente, vai dissecar você membro a membro. Você pode tirar nota seis para as pernas, quatro para a barriga e três para os braços. Se tem peitos crescendo, recebe uma nota baixa de Orla porque isso é simplesmente constrangedor. Ela avalia os meninos também. Ben Gbemi sempre tira dez porque ele tem se esforçado para conseguir um abdômen definido. Jidé geralmente vem em segundo lugar. Se dependesse de mim, eu invertia a ordem.

Orla nunca dá dez para as meninas porque acha que *ela* tem o melhor corpo. Orla definitivamente é a mais magra de nossa turma. Dá para ver os ossos da cintura e as costelas marcando no maiô de natação. Se você tiver qualquer gordura no corpo, recebe uma nota baixa na avaliação de Orla. Só recebo quatro porque sou meio arredondada. Millie recebe uma nota corporal muito boa, apesar de Demi sempre fazer algum comentário horrível do tipo "Pena que tem quatro olhos". Mas Millie não liga para o que dizem, e nem eu.

Vovó tem um discurso brilhante sobre como isso tudo é uma besteira, essas pessoas se preocupando tanto com o quão magras conseguem ser.

— Não têm nada melhor com o que se preocupar? Que chato ser tão obcecada com o peso!

Outro dia, quando eu estava sentada com a vovó e ela me viu reparando em sua magreza, disse:

— E pensar que algumas pessoas querem usar tamanho zero.

Ficou acariciando minha bochecha sem parar.

— Nunca entre nessa besteira toda de dieta. É a qualidade da sua pele e a sua forma arredondada que me fazem querer pintar você várias vezes. Você é linda, Mira Levenson.

Fico com muita vergonha quando vovó fala assim, mas sei que é sincero, e a verdade é que, na maioria das vezes, não penso muito sobre minha aparência e detestaria ser ossuda que nem a Orla. Eu sou do jeito que sou.

Ontem, mamãe foi conversar com a Srta. Poplar e me deu permissão para tirar os dois dias seguintes de folga em sinal de "compaixão". Vovó Josie quer que todos nós vamos para seu chalé em Suffolk. Acho que ela vê isso como um tipo de peregrinação familiar. Na verdade, acordei cedo esta manhã e não consegui voltar a dormir pensando em Jidé Jackson e no grupo de escrita de Pat Print.

Pá, pá, pá. Separei minhas chaves ontem à noite para não ouvir tanta reclamação.

— Estamos atrasadas. Já são 7h45 — diz Millie, olhando pela fenda da caixa do correio e fechando-a quando destranco a porta.

— Estou pronta, Millie.

— Eu também estaria pronta se fosse você; só tem que vir na melhor parte do dia!

Ela literalmente corre para a escola. Eu fico para trás, seguindo-a, porque, quando acordei hoje de manhã, fiz um dos meus pactos do tipo "não me pergunte por que faço isso" com Seiláquem Seiláoquê. Se eu pisasse em uma única fenda do chão no caminho para a escola, nosso carro quebraria na viagem para Suffolk. Não é um pacto incrível de se fazer porque a probabilidade de nosso carro quebrar é bem grande, ele é decrépito.

Por que fiz isso? Se ele realmente quebrar com a vovó lá dentro vai ser muito ruim, e agora, sem motivo nenhum, exceto por ter tido esse pensamento idiota, vou sentir como se *eu* tivesse feito isso acontecer. Não só isso, mas o pacto significa que pareço uma lunática costurando o caminho para a escola quando podia estar andando em linha reta.

— Pelo amor de Deus, Mira, que diabos você está fazendo? — grita Millie enquanto piso com cuidado, como uma idiota, por entre as fendas no chão.

Quando chegamos ao "porto seguro" do nosso bloco do sétimo ano, que a Srta. Poplar tentou deixar todo confortável para não nos chocar porque nosso ensino médio novo é uma das maiores escolas de Londres, Ben e Jidé já estão falando com Pat Print e mexendo com o sheepdog dela. Mas quando Millie e eu entramos, o cachorro gira, praticamente nos nocauteando com seu rabo frenético.

— Moisés, comporte-se, meu filho. Você está tão agitado que vão achar que ainda é um filhote. — Ela ri, arrastando-o pela coleira de volta ao seu lado. Ou Pat Print não dá a mínima, como vovó, ou simplesmente não sabe que cachorros não são permitidos na escola. Eu amo a maneira como ela fala com ele, como se o cachorro conseguisse entender exatamente o que ela está dizendo.

— Por que você deu o nome Moisés para ele? — pergunto, e assim que eu falo, Ben cutuca Jidé com o ombro. Jidé o cutuca de volta como se fosse para ele calar a boca. É claro que não consigo olhar em seus olhos, mas o que percebo é que Jidé passou gel na parte da frente do cabelo, que não está usando sua gravata e que sua camisa está para fora da calça. Fico vermelha de novo, apesar de não haver como Jidé Jackson saber o quanto venho pensando nele, até sonhando com ele... Um dia, alguém vai fazer uma fortuna inventando um dispositivo antirrubor. Sempre que você sentir que tem uma onda de vergonha vindo, pode simplesmente apertar um botão e parar o processo no meio.

— Você vai ter que ler meu livro, se quer descobrir isso. Eu coleciono cachorros abandonados! — diz Pat, sorrindo para mim.

É estranho como isso acontece. Antes da semana passada, nunca tinha ouvido falar de alguém chamado Moisés, a não ser o da Bíblia, e agora em uma semana conheci o Moisés da Eco-Fins e Moisés, o sheepdog.

— Então, o que vocês descobriram sobre seus nomes? — pergunta Pat. Só aí me lembro o que tínhamos de fazer. Ela olha em volta da sala e deixa que seus olhos parem em Jidé.

— Meu nome completo é BabaJidé. É um nome africano... significa "o pai retornou"; foi o que Jai, meu pai, disse. Ele disse que Grace gostava do "Baba" quando eu era pequeno, mas quando comecei a crescer eles tiraram essa parte e passaram a me chamar só de Jidé, e mamãe diz que combina com o nome do papai... Jai.

Eu acho que soa muito estranho chamar sua mãe e seu pai pelo primeiro nome, principalmente se sua mãe é professora na escola... ela é Srta. Jackson para todo mundo.

— Interessante, não é? Alguns nomes são melhores para bebês e outros parecem muito adultos para uma criança — comenta Pat Print.

Jidé não responde. Parece perdido em seus pensamentos, então Pat Print volta sua atenção para Ben. Ele é engraçado porque simplesmente se joga nas coisas; geralmente me dá susto. Dou uma olhada no caderno dele. Ben sempre faz o mínimo de trabalho possível. Tem só umas três anotações, mas ele fala para Pat Print toda a história épica de seu nome sem quase nem olhar para o caderno. Parece não ter paciência nenhuma.

— Bem, minha mãe e meu pai não conseguiam decidir que nome me dar. Não conseguiam concordar com nenhum nome antes de eu nascer. Minha mãe é irlandesa e meu pai é nigeriano... é daí que vem meu sobrenome "Gbemi"... da Nigéria. Meu pai disse que "Gbemi" significa "o favorecido". Há muito tempo atrás, o nome costumava ser "Fagbemi", que significa algo do tipo "o favorecido pelo Oráculo", mas em algum momento nós tiramos o "Fa". Minha mãe achou que eu devia ter um primeiro nome irlandês, mas papai queria um nigeriano, e, mesmo depois de eu nascer, eles não conseguiam decidir. Então a mamãe conta que ficou lá na cama do hospital pensando em como ia me chamar. Aí um dia ela olhou para o Big Ben, porque estava no hospital que fica perto, e pensou "É isso". A resposta estava na cara dela e explodindo em seus ouvidos o tempo todo. Foi por isso que me chamou de Ben, e papai disse que soava bem com Gbemi. Então, é por isso que me chamo Ben Gbemi.

Ben definitivamente fala como se estivesse projetando a voz para toda Londres. E ele é alto também, provavelmente o mais alto do sétimo ano.

Pat ficou sorrindo durante toda a explicação de Ben.

— Big Ben! Estou prevendo uma carreira ambiciosa para você em radiodifusão!

— O que é radiodifusão? — pergunta Ben.

— Acho que... você podia ser um apresentador, não, talvez mais ambicioso... um jornalista transmitindo uma notícia enquanto luta contra os elementos da natureza, terremotos ou tempestades, ou até em uma zona de guerra...sobrevivendo nas piores condições e, ainda assim, trazendo notícias para nós. — É óbvio que Pat Print está se divertindo inventando uma história para a vida de Ben.

Jidé ri e bate nas costas do amigo.

Não tem como não sorrir, porque dá para ver Ben Gbemi em um trabalho como esse.

— O que vem primeiro: o nome ou a personalidade? — pergunta Pat Print. É uma daquelas perguntas que ela não espera que respondamos.

Ben olha para os pés e tenta não mostrar que está sorrindo por trás de seus cachos acobreados reluzentes.

— Quem é o próximo? — O olhar aguçado de Pat cai sobre mim. — Mira?

— Desculpa, Srta. Print, não fiz minha pesquisa. Mas escrevi o diário. — Lá está de novo, minha vozinha fina.

— OK! Você me conta mais tarde. Me chame de Pat, por favor. Millie, o que você tem para mim?

Millie não precisa de incentivos.

— Meus ancestrais são escoceses e, mais no passado, franceses, desde 1066. Meu pai me contou isso, mas é um pouco complicado. Parece que um dos meus ancestrais tinha o coração de Roberto, o Cruzado ou Saqueador, em uma caixa.

— O que ele foi? Um cruzado ou um saqueador? — pergunta Pat Print, entretida.

— Qual a diferença? — pergunta Ben.

— Boa pergunta. — Pat ri. — Desculpa, Millie, interrompi seu raciocínio.

— Bem, o trabalho dos meus ancestrais era manter o coração do Roberto, o Alguma Coisa, trancado em uma caixa. É por isso que me chamo "Lockhart", que quer dizer "tranca coração".

— Por que ele tinha que manter o coração trancado? — intercede Jidé, esquecendo sua própria regra de se interessar.

Millie suspira, cansada de ser interrompida.

— Fascinante, Millie. — Pat sorri. — É um ótimo nome, "Lockhart"; um ícone lindo. O coração é tema de várias histórias maravilhosas. Aposto que, se pedisse, todos vocês poderiam escrever uma história de amor diferente. Agora vocês me deram uma ideia.

Ben e Jidé gemem ao mesmo tempo... de volta ao ato em dupla.

— Escrevam quantas palavras vierem à mente quando eu digo a palavra "coração". Apenas façam uma lista. Vou dar quinze segundos para que não fiquem pensando muito, apenas rabisquem o que vier à mente... começando AGORA! A palavra é "coração".

alcachofra
sangue
amor
camadas
quebrar
porco
sangue
pudim preto
corajoso
pare de bater

É tudo o que escrevo em quinze segundos.

— Agora PAREM! Troquem os papéis e leiam os dos outros — ordena Pat.

Eu ia trocar com Millie, como sempre faço, mas, antes de conseguir fazer isso, Jidé Jackson troca os papéis comigo. Na verdade, ele está sentado bem ao meu lado, e essa proximidade me faz ficar com a cor mais vermelha do mundo no rosto. Pelo menos posso manter a cabeça baixa enquanto leio a lista dele.

amor
ódio
assassinato
sangue
facão
perdido

cicatriz
mãe
pai
irmã
pano
vazio
rio

— Agora vejam quais palavras vocês têm em comum e escolham uma da lista sobre a qual gostariam de perguntar ao seu amigo — instrui Pat.

Dou uma olhada de lado para Jidé e, por um segundo, faço o que nunca consigo... olhar em seus olhos Jidé faz um pequeno movimento com a cabeça que me pede para não perguntar nada sobre suas palavras, então conversamos sobre pudim preto e sangue de porco e sobre como a amiga da minha avó Kath me fez comer isso dizendo que era um legume.

— E você acreditou! — Jidé ri.

Aí ele me pergunta sobre a alcachofra, então conto sobre o coração da vovó Josie e o que ela me falou sobre ele, e o tempo todo fico falando e pensando em qual pode ser a história *dele* por trás daquelas palavras.

— Vamos ouvir alguns exemplos — anuncia Pat Print, e Jidé e eu voltamos a evitar o contato visual entre nós e com ela. Por um momento, até esqueci que estávamos em uma aula. Agora que analisei de perto, vi que os olhos de Jidé têm um brilho castanho neles.

Demoro um tempo para voltar à sala, e, quando consigo aterrissar, Millie está lendo a palavra "transplante" na lista de Ben, porque o que ele não nos contou mais cedo é que foi um dos bebês mais jovens na Grã-Bretanha a fazer um transplante de coração. Difícil acreditar que Ben Gbemi foi pequeno e frágil um dia.

— Eu tenho os recortes de jornal. Posso trazer tudo e mostrar, se vocês quiserem — ressoa Ben.

Impossível não pensar no pequeno coração infantil de Big Ben.

— Viu? — Pat Print sorri. — Você tinha acabado de nascer e já estava famoso.

Aí Ben lê a palavra de Millie: lealdade.

— Conversamos sobre o ancestral da Millie, guardando o coração — diz Ben. — Ele devia gostar muito da pessoa cujo coração estava protegendo para ter permanecido leal durante tanto tempo, ainda que o outro estivesse morto.

O pai de Ben saiu de casa há alguns anos. Aposto que Ben estava pensando sobre isso, mas não é do tipo de pessoa que conversa sobre essas coisas.

Pat concorda.

— O coração provavelmente é o símbolo mais poderoso na vida e na literatura. Acho que o ancestral da Millie podia estar ou protegendo o coração porque era um símbolo tão precioso, ou evitando que ele retornasse ao povo como uma recompensa ou um troféu macabro. Talvez você tenha que pesquisar mais a fundo para descobrir — diz Pat Print à Millie. — Então, o que vocês acham? Se Millie pesquisasse, vocês gostariam de ler essa história?

— Eu gostaria, com certeza... É disso que eu gosto... aventura, mistério, esse tipo de coisa — responde Ben, animado.

— Com certeza. Você tem um romance histórico épico nas mãos, Millie Lockhart. Se alguém consegue fazer isso, é você. Por que não escreve o parágrafo introdutório para a semana que vem? Vamos ver se conseguimos ajudar. Jidé, se você estivesse lendo esse livro, o que prenderia você?

Ele nem precisa pensar antes de responder.

— Ela vai ter que fazer uma conexão entre ela e a história, como uma aventura através dos tempos.

Millie concorda.

— Acho que vou simplesmente me demitir — brinca Pat Print. — Com um conselho desses, acho que posso pegar minhas coisas e ir para casa.

Um som que nunca sai da minha boca na escola preenche a sala. É estranho e baixo e alto e choca a todos — é a minha gargalhada. Acho que, exceto por Millie, os outros nunca a ouviram. É tão constrangedor. Nem sei por que estou gargalhando.

— Essa é a primeira vez, hein? — Jidé Jackson mexe no meu braço de brincadeira.

Meu rosto fica quente e vermelho, como se eu estivesse com febre alta. Como foi que isso escapou? E agora a minha gargalhada e o toque de Jidé elevaram a minha temperatura ao ponto de fervura e deixaram um sorriso idiota que não consigo tirar do rosto. Não consigo nem levantar a cabeça. Pat Print deve perceber que estou paralisada de vergonha, porque se vira para Jidé.

— Jidé. E o seu sobrenome? Descobriu mais alguma coisa?

Jidé balança a cabeça. Jidé, o brincalhão, fica triste de repente. É como se tivéssemos trocado os papéis.

— Que pena — suspira Pat.

— "Não temos essa informação". Foi o que Grace disse quando perguntei para ela se podíamos traçar a origem do meu sobrenome. Nem sempre fui um Jackson.

Nunca ouvi Jidé falar com tanta calma.

— Não sei qual meu verdadeiro nome. Eu tive uma irmã, ela tinha uns 3 anos quando morreu, eles acham ... ela era mais velha do que eu... mas ela não falou, nem para dizer qual era o seu nome ou o meu. Grace disse que estava muito traumatizada. Grace e Jai me deram o nome "BabaJidé" quando me encontraram. Eu falei para você, não falei? Isso significa "o pai retornou", e mesmo que Jai tenha encontrado tantas crianças por lá, ele sentiu, assim que me viu, que devia ser meu pai. Eu tinha mais ou menos 1 ano, eles não sabem ao certo. Tenho um aniversário inventado. E... meus pais biológicos; quem sabe? Vocês provavelmente os viram no noticiário, boiando em um rio.

As palavras da lista de Jidé ecoam em minha mente.

Uma onda cor de mirtilo se espalha pelo pescoço e rosto de Pat Print. Eu não achei que ela fosse do tipo que cora.

— Ruanda... é isso?

Jidé faz que sim com a cabeça.

— O que eles estavam fazendo lá? — pergunta ela gentilmente.

— Eram enfermeiros em um dos acampamentos dos refugiados, no qual minha irmã apareceu comigo. Acho que consigo pesquisar o que aconteceu com pessoas *como* meus pais biológicos, mas nunca conseguiria descobrir meu nome verdadeiro — explica Jidé. — Enfim, tenho sorte de estar vivo, não tenho? Se não fosse por Grace e Jai... — Jidé para de falar.

De repente, ele parece estar exausto. Não acho que fale sobre seu passado com muitas pessoas. Eu nunca havia entendido isso no Jidé, o quanto ele não fala. As camadas de seu coração são bem protegidas. Até mesmo a maneira como nos conta tudo isso é dita com um tipo de voz objetiva, mas ele não consegue disfarçar o fato de que está com raiva. Agora acho que entendo por que tem todas essas facetas diferentes. "Jidé, o brincalhão", "Jidé com atitude", "Jidé tentando ao máximo esconder como é inteligente", apesar de, pelo menos na aula da Pat Print, parecer estar deixando esse último de lado. Vovó diz que tenho sorte porque nunca tive um motivo para criar camadas protetoras. Jidé teve, e, de repente, tudo isso me faz sentir como se vivesse em um mundinho protegido. Minutos atrás, estávamos discutindo nomes. Agora, no meio do nada, estamos em Ruanda. Nem sei onde fica Ruanda.

Tenho tentado entender o que tem de diferente nessa aula. Não sei o que tem na Pat Print, mas ela definitivamente tem uma maneira de deixar que as pessoas digam o que querem. A partir do momento em que estamos todos falando, é como se ela nem estivesse lá; ela meio que desaparece da sala enquanto a conversa flui e só volta para começar outra conversa, como se estivesse mantendo um dos piões da Laila girando. Talvez tenha sido por isso que Jidé Jackson falou sobre ele pela primeira vez. Acho que ninguém nessa sala sabia disso sobre Jidé, e eu estudo com ele desde o primeiro ano do fundamental. A julgar pela expressão no rosto de Ben, ele também não sabia.

Pat Print respira fundo. Isso é outra coisa que ela faz. Ela não tem medo de silêncios longos como alguns outros professores. É estranho, mas você não fica com vergonha do silêncio da aula dela, e também não parece uma punição. Na verdade, é um alívio ter tempo para sentir o que você estiver sentindo, e depois do que Jidé nos falou, acho que ela tem razão... precisamos de um pouco de tempo para digerir tudo.

— Vocês começaram o diário? — pergunta Pat, quebrando o silêncio.

— Não aconteceu nada comigo essa semana — explode Ben.

— O nada nunca acontece — responde Pat, sorrindo.

— Comigo, sim — resmunga Ben.

— Eu comecei — diz Millie com entusiasmo —, mas prefiro não ler em voz alta.

— Você está tentando nos deixar curiosos — brinca Ben.

— Deu certo? — Millie ri.

Acho que Ben e Millie estão flertando.

— Tudo bem — diz Pat. — Jidé?

Ele balança a cabeça negativamente.

— Você disse que trouxe alguma coisa para mim, Mira. Vai ler para nós?

Pego meu diário de capa de couro vermelho. Já decidi quais partes não me importo que escutem — obviamente, há algumas coisas que não quero que saibam, nem Millie e muito menos Jidé!

— Ganhei este diário na semana passada. Começa no meu aniversário, mas vou ler o último domingo. Foi o dia em que minha avó e eu saímos para comprar tinta — explico.

Estacionamos bem ao lado da loja de arte de Dusty Bird. Vovó se apoia no meu braço enquanto eu e mamãe a guiamos para dentro. Ela quer tintas acrílicas à base de água. Vovó diz que é muito importante escolher as cores exatas que tem em mente...

Durante todo o tempo em que estou lendo, sinto que Jidé está me observando e escutando de verdade, e tudo o que consigo sentir é culpa porque estou falando da minha avó morrendo... e, de alguma maneira, ela teve a vida dela, uma vida tão boa, e uma vida rica. Queria que a família de Jidé estivesse viva. Queria que sua irmã não tivesse morrido tão nova e que ele soubesse o nome dela. Por não conseguir parar de pensar em Jidé, eu me esqueci o quanto odeio ler em voz alta. Enfim, ler a sua própria escrita não é tão ruim porque, pelo menos, você pode se apoiar nas palavras que já conhece. Não consigo chegar ao final, pois o sinal do começo das aulas toca. Geralmente, todo mundo levanta logo e começa a pegar o material, mas hoje ninguém se mexe até que eu chegue ao final da frase.

Quando alguém está morrendo, tudo o que você diz ou faz significa mais do que normalmente. Quando alguém está morrendo, você percebe coisas... na verdade, tudo. A vida toda fica em câmera lenta.

Aquele silêncio de novo... no qual você consegue ouvir os pensamentos das pessoas ecoando na sala. Jidé faz que sim com a cabeça e sorri com tristeza. De alguma maneira, desde que contou o que nos contou, ele parece menos durão.

— Tudo certo? — gorjeia a Srta. Poplar, dando uma olhada da porta. Ela vê Moisés e levanta a sobrancelha direita. Isso significa que alguma coisa não devia estar acontecendo... A Srta. Poplar nunca levanta o tom de voz, apenas a sobrancelha direita. Nesse caso, a sobrancelha direita consegue dizer duas coisas ao mesmo tempo: "Cachorros não são permitidos na escola" e "Por que vocês não estão usando o uniforme corretamente?", mas ela não diz nada para Pat Print, pelo menos não na nossa frente.

— Eu queria que você tivesse escutado o que acabei de escutar. Mira leu uma parte de seu diário sobre a avó — diz Pat Print para a Srta. Poplar.

Às vezes, por eu não falar muito, alguns adultos acham que eu também não penso muito. Talvez Pat Print tenha achado isso de mim.

— Quando concordei em trabalhar aqui, imaginei que seria uma boa pesquisa, nada muito profundo, mas me sinto absolutamente tocada pelo talento e pela coragem dos seus alunos — diz Pat, olhando da Srta. Poplar para Jidé. — Jidé, você poderia ficar mais um minuto? — É a vez de Jidé ter uma conversa em particular.

Eu me pergunto o que ela poderia dizer a ele para amenizar as coisas.

— Desculpa, tenho que ir — digo, levantando-me e arrumando o diário.

Sinto o olhar de Jidé nas minhas costas enquanto saio da sala.

Millie e Ben me seguem no corredor.

— Onde fica Ruanda, afinal de contas? — pergunta Ben para Millie.

— Na África — responde Millie sem hesitação.

— Como você consegue saber tanto sobre tudo? — pergunta Ben.

— Experimente ler! — Millie sorri.

Ben faz uma careta e sai rindo, mas depois dá uma olhadinha para ela.

— Você trouxe o celular hoje? — pergunta Millie.

Pego meu celular para mostrar a ela.

— Você é tão sortuda. Minha mãe nunca me deixaria trazer o celular para a escola.

— Nem a minha!

— Você é muito rebelde! Qual é o seu número?

Colei o número atrás do celular até que o decorasse, o que provavelmente nunca vai acontecer porque sou péssima em memorizar números. Millie repete em voz alta algumas vezes.

— OK, decorei. Vou ligar para você. Queria poder ir junto. Lembra da última vez que fomos?

Faz apenas um ano, no verão passado, que Millie e eu fomos juntas para Suffolk, onde pulamos das dunas e fizemos um abrigo no brejo. Não consigo nos imaginar fazendo isso de novo. Parece que foi há uma vida inteira.

Mesmo assim, a ideia de Millie ser a primeira pessoa a ligar para meu celular me anima enquanto caminho pelo corredor, seguindo a trilha enlameada de Pat Print que marca sua entrada na escola.

Ao passarmos de carro a caminho da casa da vovó, vemos Pat Print e a Srta. Poplar na entrada da escola, perto da rua. A Srta. Poplar acena e diz alguma coisa para Pat, que olha para nosso carro. Ela olha para mamãe e papai, depois para meu irmão e minha irmã, até que finalmente me vê. Acena, sorri e joga um beijo.

— Quem é aquela com a Srta. Poplar? — pergunta mamãe.

— É a Pat Print, a escritora sobre a qual lhe contei.

— Por ela jogou um beijo para você? — pergunta Krish com cara de nojo.

Dou de ombros.

— Acho que ela gosta do meu texto.

— Mas é um pouco estranho. Vocês nem se conhecem nem nada.

— A Srta. Poplar provavelmente contou por que estamos indo para Suffolk. Talvez ela esteja com pena de nós.

— Por que você a chama pelo primeiro nome?

Nem me dou ao trabalho de responder Krish.

— Adivinhem o nome do cachorro dela? — digo, tentando mudar de assunto.

— Shep — arrisca papai. — Ou Lassie? Ou...

— Você quer saber ou não? — respondo, cortando ele. Era melhor nem ter perguntado.

— Quero saber o quê? — pergunta papai.

— O nome do cachorro dela — suspiro, quase desistindo completamente.

— Pode contar — incentiva mamãe.

— Moisés!

— Jesus, de novo, não — murmura papai.

— Jesus, não, Moisés — brinca Krish.

É assim que as conversas acontecem em nossa casa. Tentar pra *quê*?

Estamos fazendo essa viagem porque vovó precisa ver o céu de Suffolk mais uma vez. Tem bastante céu em Suffolk — é por isso que as pessoas de Londres gostam de lá, por causa da paisagem aberta e do mar, com nada no horizonte.

Vovó tem um pequeno chalé de madeira, como uma casa de bonecas; tudo lá é pequeno e delicado. Tem uma varanda branca, como uma casa de veraneio, de frente para o jardim. Há potes e coisas penduradas em pequenos ganchos em toda a varanda... pássaros de barro, ferraduras, um sino de vento verde enferrujado que não badala mais, um sapo Jeremy Fisher sentado em uma vitória-régia, um coração indiano de metal enferrujado com sinos entrelaçados e uma longa corda de pedras com furos, esticada de um lado a outro da varanda. Aprendi a contar naquelas pedras furadas. Lá no alto, em uma prateleira branca, sempre no exato mesmo lugar, há um jarro para passarinhos. Todo verão, uma família de passarinhos viaja do deserto do Saara, da África, para o mesmo pequeno jarro que fica na varanda da vovó. Eles vêm desde que ela se entende por gente. Aqueles pássaros podem ter se empoleirado em um galho perto dos pais de Jidé e depois voado por milhares e milhares de quilômetros sobre terra e mar só para chegarem no jardim da vovó. Ela diz que se sente privilegiada em ter o que chama de "convidados com penas", e que, quando ela se for, teremos de ficar muito quietos na época dos passarinhos para que eles entendam que ainda são bem-vindos. Nunca conseguimos ficar quietos o suficiente. Vovó costumava ficar pintando em seu cavalete por horas, mas Krish está sempre jogando futebol ou críquete ou outros jogos com bolas. Quanto à Laila, bem, não dá para fazer com que fique quieta, a não ser que esteja dormindo ou doente. Nem eu consigo ficar tão quieta quanto a vovó. Enfim, é muito cedo para os passarinhos.

Vovó e Laila dormiram durante a viagem toda. Parecem tão em paz quando dormem, como se nada pudesse incomodá-las quando acordarem. Finalmente, estacionamos na alameda esburacada que leva ao chalé. Esperamos no carro enquanto mamãe e papai saem e destrancam o portão estranho que papai e eu pintamos de azul ovo de pato. Quando Krish sai correndo do carro e bate a porta, vovó acorda. Ela se senta e olha para o chalé como se o visse pela primeira vez. Depois, vira-se para Laila, que está dormindo, e toca sua bochecha rosada com as costas da mão. Acho que ela nem percebe que eu ainda estou sentada ao lado dela até finalmente dar a mão para mim.

— Mããããae, Miiiiira, o que vocês estão fazendo? — chama papai da porta aberta do chalé.

— Lembrando — sussurra vovó.

— Acendi a fogueira só para arejar o lugar um pouco — diz papai conforme abre a porta do carro e ajuda vovó a sair do banco. Ele passa o braço pelo ombro dela e a ajuda a entrar, devagar.

Nós nos sentamos juntas, vovó e eu, observando as chamas dançarem enquanto mamãe e papai estão ocupados desarrumando as malas e fazendo as camas para hoje à noite. Laila ainda está dormindo em sua cadeirinha no carro, e Krish está jogando bola no jardim dos fundos.

As paredes da sala de estar são cobertas com as pinturas da vovó. Sigo seus olhos pela sala, observando tudo o que ela criou. Há retratos meus e de Krish e um de Laila também.

É assim entre vovó e eu — sempre ficamos felizes só de nos sentarmos juntas. Nem precisamos falar. Quando eu tinha 11 anos, costumávamos jogar o jogo dela, Um Centavo por Eles, no qual tentávamos adivinhar o pensamento uma da outra, e vovó estava quase sempre certa sobre as coisas nas quais eu estava pensando... mas não hoje, porque meu silêncio está cheio de Jidé Jackson, que ela nem sabe que existe.

Pego meu celular e o manual que ainda não li e começo a mexer nas funções, descobrindo as coisas que pode fazer. Checo minhas mensagens, mas não há nenhuma. Vou para a página sobre textos no manual para descobrir como mandar mensagens. Gosto da ideia de que você pode se comunicar sem que ninguém escute o que você está dizendo.

— É isso que odeio nessas coisas. Elas impedem que as pessoas vivam no momento. *Alguém* já ligou para você? — pergunta vovó chamando minha atenção de volta para ela.

Balanço a cabeça e coloco o celular de volta no bolso.

— Está quente demais aqui. Vamos, venha dar uma olhada no jardim — diz ela, levantando-se e indo para a porta dos fundos e para a varanda.

O jardim da vovó é para pássaros, borboletas, sapos, cachorros e humanos.

— Nessa ordem — brinca ela. Durante todo o inverno, ela pendura bolas rechonchudas nas árvores para que os pássaros se alimentem. Se não visita o chalé por algum tempo, faz uma viagem especial só para repor tudo, assim os pássaros não ficam com fome.

No meio do jardim há um lago que costumava ter peixes, mas uma garça se mudou para lá no ano passado e comeu todos. Há grama nas bordas do lago e algumas lagartixas, que vovó chama de "as velhinhas do jardim", nadando na água turva. Há sempre sapos pulando ao redor ou se banhando embaixo das folhas verdes com lodo, na superfície da água. Ao lado do lago fica o jardim de primavera, que ainda está florescendo, apesar de vovó falar que está longe do seu melhor. Há prímulas, jacintos, tulipas rosa claro e outras flores com pétalas cheias de sulcos cor de ameixa... delicadas como as mãos da vovó.

O homem de pedra que compramos para ela de aniversário há alguns anos — e que ela chama de "meu homem em Suffolk" — fica no meio do jardim de primavera com sua bata de artista, apreciando as flores e os pássaros.

Atrás do homem de pedra, dá para ver o velho vagão de trem inutilizado no qual meu pai e tia Abi costumavam acampar quando traziam amigos da escola para Suffolk. Quando Millie esteve aqui, fizemos um grande plano de renová-lo, mas nem conseguimos chegar perto dele pelos espinheiros.

Eu me sento ao lado da vovó em seu velho banco enferrujado.

— Para o quê a senhora está olhando, vó?

Ela coloca sua mão na minha.

— Para o passado. Quer vê-lo?

Faço que sim com a cabeça.

— Lá está seu pai, meu pequeno Sam, com 6 anos, levando seu coelho branco para um passeio de coleira... Pipkin era o nome dele. Sam está levando-o para longe do lago; está preocupado que ele possa pular lá dentro. E na varanda está minha linda Abi com seus longos cachos, andando de um lado para o outro, praticando suas falas para *Sonhos de uma noite de verão*.

Conforme fala, vovó aponta, como se cada pessoa do passado estivesse aparecendo diante de seus olhos.

— Fora de vista está o vagão de trem coberto por espinheiros. Lá estou eu com sua mãe e seu pai, pintando girassóis e borboletas, vice-reis vermelhas e brancas-de-couve no vagão de trem. Ficam desaparecendo lá atrás para se agarrarem. Acham que não percebo.

Solto um gemido ao pensar em mamãe e papai se agarrando, mas vovó parece não escutar. Respira bem fundo, como se quisesse inalar todas essas memórias, e segura minha mão; caminhamos pelo jardim juntas.

— E lá está você, minha querida Mira, em pé ao meu lado, embaixo do para-sol... apenas 4 anos... e o pequeno Krish pulando, tentando pegar um peixinho no lago com a vareta de pescar que fiz para ele com galho e corda.

Vovó pinta o passado com tanta clareza que quase parece que é parte da minha própria memória... ela tem uma maneira de levar você para dentro das cenas... fazendo com que você sinta que é a única pessoa que importa no mundo.

— Hora do almoço — chama mamãe, abrindo a porta que dá para o jardim e deixando sair um cheiro delicioso.

Jill, uma das amigas da vovó em Suffolk, deixou uma sopa cozinhando em fogo baixo para que vovó tivesse algo para comer assim que chegasse. Nós nos sentamos à mesa delicada da vovó, comendo e fazendo barulho. Temos de tomar muito cuidado para não nos inclinar sobre a mesa, ou ela pode se quebrar.

Vovó fica olhando de um para outro, dando seu sorriso mais gentil, como se estivesse completamente feliz por termos trazido ela aqui. Aí, de repente, papai começa a chorar. Está fazendo de tudo para não se emocionar, mas seu corpo balança com choro de homem. Ele se inclina sobre o prato para se esconder, mas acaba chorando em cima do prato.

— A sopa não precisa de sal! — brinca vovó, segurando a mão do papai. — Queria que você não estivesse sentindo tanta dor — suspira ela, abraçando-o como se ainda fosse seu menino.

Acho que é uma coisa estranha a se dizer, porque é a vovó quem realmente sente dor.

Mais tarde, à noite, não consigo dormir. Escuto minha família respirando. Dá para ouvir papai roncando e pequenos sons de estalo no chalé. Definitivamente, há pássaros voando no telhado, mas o que mais escuto é gente respirando. Aí sinto minha própria respiração, para dentro e para fora, e o pequeno espaço entre inspirar e expirar, assim como vovó me ensinou. Depois de certo tempo, começo a me sentir meio sonolenta. Aí escuto as sandálias da vovó batendo no chão de madeira e então ela própria, tentando recuperar o fôlego desesperadamente. Vai devagar até a pia e enche um copo com água fria para tomar seus comprimidos. Vovó tem tanto remédio para tomar agora.

Seu corpo é uma silhueta na porta do meu quarto. Eu a observo se curvando sobre a pia e tomando pequenos goles. De repente, ela larga o copo como se ele a tivesse queimado. Em seguida, coloca a mão no ombro como se estivesse sendo atacada por um animal selvagem. Por um momento, acho que vai cair, mas apenas se inclina sobre a pia e se segura, soltando um gemido horrível.

Escuto papai chamá-la.

— Mamãe, o que houve? O que está acontecendo?

Vovó olha para cima de um jeito indefeso enquanto papai vai até ela.

— Tire essa dor, Sam, só tire essa dor — implora ela.

— Vamos fazer o que pudermos pela senhora, mãe.

Papai abraça vovó e a leva para a sala da frente. Isso não é um pesadelo. Estou bem acordada.

Quinta-feira, 5 de maio

Lá fora tudo é cinza, cinza Dolores. Não há nem uma nuvem vagando pelo céu para observarmos. Até o ar é como um pântano nublado e úmido que você não quer respirar. Em dias assim, há céu demais em Suffolk.

Levo o laptop do papai para o pequeno quarto rosa da vovó e conecto o pendrive da internet. Digito "Huanda" e a página pergunta "Você quis dizer Ruanda?" Eu clico nisso, e uma lista de opções aparece para mim sobre Ruanda... genocídio... assassinatos em massa... fotos de centenas de crânios de crianças em mesas de escolas e altares em igrejas. Não consigo assimilar o pesadelo que estou lendo. Mais de um milhão de pessoas mortas... com facões, facas e armas... guerra civil, tribos brigando entre si, vizinhos recebendo ordens de matar vizinhos para não perderem a própria vida... padres pregando a matança. Quantas pessoas exatamente? Ninguém contou, mas qual a razão para toda a matança? Exterminar uma tribo inteira de pessoas. Assim como Hitler tentou destruir os judeus, mas em Ruanda ninguém fez nada para impedir. Nem os britânicos, nem os americanos. O que foi que Jidé disse? "Vocês provavelmente os viram no noticiário."

Aqui estou eu, sentada no quarto rosa da vovó com rosas pintadas na parede, lendo essas palavras envenenadas com uma raiva incandescente começando a queimar minha barriga, preenchendo minha garganta e boca com um gosto ácido e azedo que não vai embora. Agora acho que sei por que Jidé Jackson não quer ir para lá, nem quer pensar nisso... Ele disse que tinha uma irmã que nem falava sobre o que tinha passado.

O que Jidé disse é verdade: com esse tipo de passado, por que olhar para trás? E, ao ler tudo isso, ainda não sei a história da morte da irmã dele.

No meio do nada, a doçura marshmallow do quarto rosa da vovó me dá vontade de explodir. Corro na bruma cinza e continuo correndo pela rua até o pântano. Engulo o ar úmido, correndo e correndo até que não consigo mais respirar. Sei que não há para onde correr porque, apesar de ter visto cenas terríveis de pessoas sofrendo e morrendo de fome na televisão, isso nunca me atingiu realmente, não como hoje... Porque quando você sabe que isso aconteceu com a mãe e o pai de um amigo, com a irmã dele e com milhões de outras pessoas, não tem como des-saber. Como fazer isso?

— Vai ficar tudo bem, Mira, com a vovó. Vamos resolver isso — diz papai quando retorno.

Ele me abraça. Não conto para ele que minhas lágrimas não são para vovó, mas para Jidé Jackson e sua mãe e seu pai, que ele nunca conheceu... e sua irmã sem nome.

Vovó ainda está deitada em seu sofá de vime branco, enrolada na manta lilás.

— Aceitando visitantes, como a rainha — diz ela.

Esse sofá só pode ser usado por vovó, Krish, Laila e eu, obviamente não ao mesmo tempo. Ele quebraria se uma pessoa grande se sentasse nele. No entanto, é perfeito para vovó. Fica linda com todas as almofadas de retalhos ao redor, como uma pintura de Matisse. Acho meu caderno de desenhos e começo a desenhá-la. Vovó sorri para mim. Ela gosta de "posar" para as pessoas. Desde muito jovem, artistas já pintaram vovó e tiraram fotos dela para jornais e exposições. Temos uma fotografia preta e branca no corredor de casa na qual vovó tinha uns 20 anos com seu buldogue "Toro". A legenda embaixo diz: "A Bela e a Fera juntam-se aos artistas do Victoria Embankment."

Durante o dia todo, pessoas diferentes vêm visitar vovó Josie. Mamãe e papai ficam preocupados, pois as visitas estão deixando ela muito cansada, mas quando sugerem que ela tem de descansar, ela faz sinal para se acalmarem, dizendo que não façam estardalhaço, que é para isso que ela está ali. No entanto, mais tarde, quando as pessoas chegam, ela está dormindo. Algumas pessoas entendem sobre a morte e outras não conseguem lidar nem um pouco com ela. Alguns dos amigos da vovó ficam felizes em segurar sua mão por uma hora enquanto ela dorme. Quando acorda, vovó fica deitada sorrindo para todo mundo com os olhos.

Deixa que os visitantes falem, se quiserem. Algumas pessoas são incapazes de parar de falar... de se despedir. Um amigo vem e volta o tempo todo. Depois que finalmente vai embora, vovó suspira.

— Dá muito trabalho morrer bem.

Acho que é isso que estamos lhe ajudando a fazer: morrer bem. Assim como as pessoas tentam ter uma vida boa... estamos tentando dar à vovó uma morte boa. Porém, a mãe e o pai e a irmã de Jidé Jackson não morreram bem. Mais de um milhão de pessoas em Ruanda não morreram bem... Não consigo afastar a imagem de seus corpos boiando no rio, sem ninguém para cuidar deles.

Quando você desenha alguém, vê coisas que não percebe na vida normal. É como se o mundo ficasse mais devagar e mais silencioso para que você veja a pessoa na sua frente; é como dar uma pequena olhada no mundo através de uma pedra com um furo. Apesar de ser minha avó quem estou desenhando, e de conhecer sua aparência, é como se eu a estivesse vendo pela primeira vez... Por exemplo, dá para saber, com base em sua boca e queixo, que pessoa determinada ela é. Mas, quando desenho seus olhos, noto alguma coisa nova. Sua expressão me diz que ela está presa; mal pode esperar para sair do seu corpo. São essas coisas que vejo quando desenho vovó Josie.

Papai está no telefone falando com alguém sobre a dor que vovó sentiu à noite. Uma hora depois, o telefone toca. É a enfermeira do grupo Macmillan de apoio aos pacientes com câncer. É ela quem tem ido na casa da vovó para cuidar dela. Quando papai termina de falar, ele vem e se senta com calma ao lado da vovó, e nesse exato momento Laila acorda e começa a chorar. Mamãe a segura para confortá-la.

— Quem quer dar um passeio perto do mar? — indaga mamãe, tentando ao máximo soar entusiasmada.

Krish está subindo nas paredes de alegria. Eu não quero ir, mas digo que sim porque é óbvio que papai e vovó querem ficar a sós.

Mamãe prende Laila no bebê-conforto e a amarra nas costas. Laila chuta como se quisesse correr para nos alcançar. O vento joga meu cabelo no rosto, então mal consigo ver o caminho à frente. Krish e eu corremos para as dunas desde a ponte, como sempre. Ele vence, como sempre. Uma vez no topo das dunas, o mar é nosso limite. Ondas grandiosas rugem para mim e os jorros de água traçam um cordão de espuma ao longo da praia. Se você se inclinar para trás, o vento quase te segura, mas você sabe que se ele decidir pode te derrubar no chão com a mesma facilidade. Queria ter trazido vovó conosco. Ela podia ter ficado em pé na praia e o vento a teria levantado, e ela voaria em cima do mar como uma pipa em liberdade. Amo a maneira como o vento e o mar e o frio afastam tudo, então a única coisa na qual você consegue pensar é em não ser carregada. Quando ela era pequena, vovó costumava sonhar em voar o tempo todo, assim como eu. Agora que minha menstruação parou, sinto como se pudesse voar sobre as dunas de novo, como fiz no verão passado com Millie.

Krish e mamãe estão berrando para mim, mas suas vozes são engolidas pelo mar e pelo vento.

— Piiiiper! — chamo.

Contudo, Piper achou outro cachorro para brincar. Estão jogando água para todos os lados nas espumas. Uma mulher com cachecol verde aparece no meio dos jorros. Está andando pela praia na minha direção, acenando.

— Moisééééés — grita várias vezes.

No começo, acho que está apenas chamando o cachorro, mas quando se aproxima, percebo que está acenando para mim.

— Oi, Mira! Achei que talvez houvesse uma chance de nos encontrarmos aqui.

Não sei o que dizer. Eu me sinto tão estranha vendo Pat Print aqui, na praia. Olho para trás a fim de ver onde mamãe e Krish estão, mas eles desapareceram nas dunas.

— Tenho um Caravan no final da praia. Deixo ele estacionado lá permanentemente. É meu esconderijo secreto — sussurra ela, colocando um dedo sobre os lábios.

Ainda não consigo pensar em nada para dizer a ela. Olho para a areia e para os pés descalços de Pat Print. Ela segue meu olhar.

— Desde pequena, nunca consegui ver a areia sem tirar os sapatos; não importa o tempo, só tenho que sentir a areia entre os dedos. Pode me chamar de espírito livre.

Nem me atrevo a olhar para ela porque chego a pensar que talvez ela não esteja ali de verdade, mas aí Piper e Moisés voam em nós, balançando a água salgada de seus pelos e nos ensopando. Pat Print ri e prende Moisés de volta à coleira.

— Quem é este? — pergunta Pat, fazendo carinho em Piper.

— Piper, o cachorro da vovó.

— Foi bom vê-la, Mira. Talvez um dia a gente caminhe juntas de novo — diz Pat Print, sorrindo para mim.

Aí ela se vira e vai andando pela praia. Seus pés descalços, o vento batendo na praia e sua figura desaparecendo na neblina do mar, casaco ao vento, me fazem perguntar se aquilo aconteceu de verdade.

Ando para cima e para baixo na praia, procurando por pedras com furos. Se (digo para Seiláquem Seiláoquê) eu encontrar uma pedra com furo, então Pat Print é um fantasma, um espírito, um anjo, ou coisa do tipo. Assim que penso nisso, lá está na minha frente uma pedra oval perfeita com um furo no meio. Essa é para Millie. Eu a coloco dentro do bolso do jeans. Agora Krish vem correndo de volta para a praia berrando para que eu me apresse enquanto o grito agudo de Laila se espalha no vento. É muito vento para ela.

Assim que você passa as dunas, o mar se foi. A cada passo, o rugido das ondas e do vento fica abafado, até que o mundo fica cinza de novo.

— Por que você demorou tanto? — berra Krish tão alto quanto Ben Gbemi, como se eu estivesse a quilômetros de distância em vez de ali do lado dele. Penso em comentar com eles sobre Pat Print, mas ele provavelmente não acreditaria em mim.

— Eu estava procurando uma pedra com furo para a Millie.

Quando volto para o chalé, mostro a pedra para vovó. A pedra com furo que indica que Pat Print é um fantasma.

— Millie vai amar, mas não se esqueça de que é *nossa* coleção, sua e minha, então continue adicionando pedras... — Ela passa os braços pelos meus ombros, protegendo-me. Lá está de novo, a frase que não tem fim... — Quando eu me for.

— Vovó, a senhora acredita em fantasmas e espíritos?

— É claro. Eu via umas coisas dessas no meu tempo. — Ela sorri.

— Eles dão medo?

— Não, só um pequeno susto.

— O que vocês estão cochichando? — pergunta mamãe, ajudando vovó a se levantar.

Vovó tira o xale roxo, dobra-o e o coloca nas costas de sua cadeira confortável.

— Estamos apenas contando histórias de fantasmas. — Vovó ri.

Mamãe dá uma olhada para ela como quem pergunta "Tem certeza de que é uma boa ideia, Josie?", mas seu repertório de olhares com significados não afeta vovó.

— Mira, o que você estava pesquisando sobre Ruanda? — pergunta papai quando vai fechar o computador

— Nada. Estamos fazendo um projeto sobre a África, só isso.

— Que tipo de projeto? — insiste papai.

— Ah, não sei, não me lembro agora — digo, saindo de perto e esperando que ele deixe para lá, mas aí ele começa a ler o que eu havia lido. Ele está balançando a cabeça e suspirando, o que faz com que mamãe vá até ele. Ela fica em pé atrás dele lendo. Os dois acabam se virando para mim com aquelas sobrancelhas grossas deles. Quando papai finalmente desliga o computador, ele olha para mim e diz:

— Vamos precisar conversar sobre isso mais tarde.

Mamãe concorda.

Às vezes, eu queria ter vindo de uma família onde os pais simplesmente deixam os filhos seguirem em frente. Há vários alunos na minha sala cujos pais não fazem ideia do que os filhos estão fazendo. Foi sorte minha ter nascido em uma família na qual temos de *conversar* sobre tudo. Temos um vocabulário inteiro dedicado ao "falar". "Papos" e "conversas" não são tão importantes assim, geralmente são uma palavrinha "em particular" com mamãe e papai sobre uma preocupação pequena. "Reuniões" são mais sérias. A família inteira tem de se reunir e ter uma "discussão" decente. Quando uma "conferência" de família é organizada, você já sabe que alguma coisa realmente absurda vai acontecer, tipo mudar de casa ou coisa parecida. Então, tenho de ter uma "conversa" com papai mais tarde sobre Ruanda, se bem que pela expressão do rosto dele, pode virar uma coisa mais séria.

Quando o chalé está quase todo vazio, papai convoca uma "reunião", mas tem alguma coisa nela que me faz lembrar mais da nossa última "conferência".

— Venha, Krish, largue a bola só por um minuto — diz papai, dando um tapinha na cadeira ao seu lado para tentar fazer com que Krish pare de jogar bola na sala. Quando ele finalmente para, papai explica que, quando voltarmos para Londres, vovó vai ficar em uma casa de repouso para que os médicos deem um jeito em sua dor. Krish pergunta quanto tempo ela vai ter de ficar lá. Papai diz que não sabe. Eu sei.

Quando fazemos as malas, é como se vovó estivesse guardando aquela parte de sua vida e armazenando-a na cabeça. Ela diz que, desde pequena, sempre se sente triste quando as pessoas fazem as malas para ir embora de um lugar. Ela diz que malas são "objetos sem alegria", por isso que ela sempre joga suas coisas em uma bolsa macia de algodão.

Quando saímos, vovó vai até a varanda para dar uma última olhada em seu jardim. Depois ela fecha a porta, tranca-a com a pequena chave prateada e a coloca no topo do interruptor de luz, como sempre.

Vamos de carro pela rua em silêncio. No final dela, vovó de repente pede que papai vire à esquerda.

— Tem só mais uma coisa que preciso ver de novo — diz ela.

Papai concorda. Sem precisar perguntar aonde vovó quer ir, ele vira à esquerda, depois à direita e continua por ruas curvas e através de um mar de carquejas amarelas. Essa é a imagem favorita da vovó. Ela já nos trouxe aqui várias outras vezes. As pessoas na loja do santuário de pássaros nem cobram mais nada dela, porque ela conhece Dunwich Dan, que trabalha lá, e de qualquer maneira eles sabem que ela só vai lá para se sentar no Esconderijo do Abetouro-comum.

Quando chegamos ao estacionamento, papai para o mais perto possível da loja. Ele sai do carro e vai para o lugar onde vendem-se os ingressos.

— Queria ver o Dan — diz vovó pela janela.

Dan empurra uma cadeira de rodas em direção ao carro. Ele abre a porta toda com um movimento brusco.

— Josie, que maravilha vê-la! Entre, eu mesmo levo você lá — diz ele como se fosse seu motorista particular

— Eu tinha que vir para dar mais uma olhada. — Vovó sorri para Dan.

— Não a culpo, Josie.

Trabalhar no santuário é um dos empregos de aposentado de Dunwich Dan. Na verdade, ele é bem velho, mas é um daqueles homens velhos que parecem realmente saudáveis e fortes. Tem bochechas vermelhas e linhas fundas no rosto, como se tivesse passado a vida toda ao ar livre. Dan vai ao jardim da vovó uma vez por mês para arrumá-lo. Costumava trabalhar no jardim de várias outras pessoas, mas não mais. Vovó diz que a principal razão para que Dan continue indo ao seu jardim é para ver os passarinhos irem e virem do ninho na varanda.

Dan empurra vovó pelo caminho esburacado até o Esconderijo do Abetouro-comum. Eu ainda acho que é uma coisa engraçada de se fazer... esconder-se dos pássaros para poder espiá-los. Vovó olha entre as árvores, e Dan para a fim de mostrar um ninho, ou de escutar o canto de um pássaro.

Mamãe arrasta o carrinho até o esconderijo, e a cabeça de Laila começa a tombar.

— Graças a Deus! — suspira mamãe.

O esconderijo tem alguns degraus. Vovó se levanta da cadeira de rodas e sobe o primeiro degrau, mas, antes de subir outro, Dan passa um braço pelo seu pescoço e outro embaixo de suas pernas e a levanta, assim como papai levanta Laila quando ela cai no sono em seus braços.

— Isso não é necessário — diz vovó, dando risadinhas.

— Não é por necessidade. Eu estou adorando isso, Josie.

— Tudo bem então, me carregue para a borda. — Vovó ri.

Há outros observadores de pássaros no esconderijo, mas quando nos vêem chegando, a maioria sai. Apenas alguns nos dão o benefício da dúvida.

Assim que você entra no esconderijo, sente o peso do silêncio, como quando entra em uma igreja vazia. Levamos alguns minutos para nos arrumarmos nos longos bancos de madeira. Dan abre uma das longas janelas para que vovó consiga ver os arbustos de juncos diretamente. Quando fica tudo quieto no esconderijo, seus ouvidos começam a captar todos os tipos diferentes de chamados de pássaros. É como se você nunca tivesse escutado o canto de um pássaro antes.

Os arbustos de juncos são verdes e dourados e, apesar de o mar estar logo atrás, a sensação é de que você está flutuando em uma onda de ouro.

Escutamos a grama dançante e o som de asas eriçadas quando os pássaros emergem dos juncos em grandes arcos em curva. No esconderijo, o único som é o da nossa respiração. As pessoas de vez em quando sorriem para mim, Krish e Laila... Laila dorminhoca. Acho que estão realmente impressionados por estarmos tão quietos. Sempre que olham para nós, sinto mamãe inchar-se de orgulho. Krish está perdido nos juncos ondulantes, balançando seu corpo para a frente e para trás em silêncio no banco.

Há um ruído agudo seguido de um tinido estrondoso, e agora Krish está estatelado com as costas no chão. Por um segundo, ninguém diz nada. Krish morde o lábio e tenta com toda força não fazer mais barulho. Seus olhos analisam o esconderijo da esquerda para a direita, e suas pernas magras lutam para se desemaranharem. Parece um passarinho assustado que acabou de cair do ninho.

Vovó começa a rir primeiro, o que faz com que Krish solte uma risadinha e todas as pessoas no esconderijo começam a rir também. Há um som alto de asas batendo quando os pássaros voam. Estamos chorando, e minha barriga começa a doer de tanto gargalhar. Papai ajuda Krish a se levantar do chão, e descemos os degraus do Esconderijo Abetouro-comum juntos. Dessa vez, vovó insiste em andar sozinha. De alguma maneira, parece mais forte do que quando chegamos.

Esse foi o dia mais longo. Acho que vovó não quer que essa viagem para Suffolk termine nunca.

— Nem sinal dos pássaros migratórios ainda, Josie? — pergunta Dan enquanto a ajuda a entrar no carro.

Vovó balança a cabeça com tristeza.

— Acho que perdi essa, Dan.

— Devo ligar quando chegarem?

— Eu adoraria — suspira vovó, apertando a mão de Dan.

Ele se afasta do carro com a cabeça baixa. Seus ombros tristes me lembram os de Dusty Bird.

A viagem de volta para Londres é pacífica porque Laila continua dormindo; ela gosta do movimento do carro. Também durmo parte do caminho, assim como vovó. Acordo primeiro e fico observando-a. Está com a cabeça sobre meu ombro, mas sempre que o carro pula ela bate na minha clavícula, então dou um abraço nela para amortecer sua cabeça.

Ela acorda quando chegamos em Hampstead. Papai faz um caminho longo até o asilo para que possamos passar pela casa da vovó. Talvez ele tenha achado que ela gostaria de ver o velho lugar de novo, mas, quando ele para do lado de fora, vovó se vira para o outro lado e fica em silêncio durante todo o caminho para a casa de repouso. Papai fica olhando pelo retrovisor para ter certeza de que ela está bem. Seus olhos ficam focados à frente, mas acho que, na verdade, ela está olhando para o passado. Ninguém fala nada porque a sensação é a de que isso invadiria os pensamentos dela.

Um som estranho vibra no carro, cada vez mais alto. Levo um tempo para perceber que vem do meu bolso traseiro. Isso é uma das coisas que eu ia fazer nesse fim de semana — entender os toques. Abro o celular. Vovó definitivamente me dá uma olhada que diz "Precisamos mesmo desse tipo de interrupção?", mas é a minha primeira ligação, então não há chances de eu não atender.

— Oi, Mira, tudo bem? Como está sua avó?

— Ah, oi! Millie.

— Não pode ser *ela* de novo. Ela está apaixonada por você — provoca Krish.

— Cale a boca! Não, você não, Millie. É só o meu irmão enchendo o saco de novo.

Ele mostra a língua para mim.

— Você ainda está em Suffolk? — pergunta ela.

— Nós voltamos... estamos indo para o asilo com a vovó... estou no carro agora, então não dá para conversar. Vou para a escola amanhã.

— Ela vai para qual hospital?

— Não é um hospital. Eu explico amanhã.

— O que é que você não pode falar na frente de todos nós? — interrompe vovó com sua voz dura e grave.

— Mira, eu fiz uma coisa que talvez não devesse ter feito — diz Millie, nervosa.

— O quê? — Tento soar como se fosse um "O quê?" desinteressado porque agora todo mundo no carro está ligado na minha conversa.

— Eu estava com Ben, e parece que ele disse para o Jidé que você tem um celular... e Jidé pediu ao Ben que perguntasse se eu tinha o seu número... então eu dei o número para ele... Espero que você não se importe.

— Millie, tenho que ir agora — respondo.

— Ah! Tudo bem. Vejo você amanhã. Por favor, diga que não se importa. Você se importa?

— Não, não me importo — digo, fechando o celular e tentando não sorrir de orelha a orelha como o gato de Cheshire.

Papai diz que a casa de repouso é um prédio bem moderno, dos anos 1960, mas parece mais velho para mim. Fica no meio do que vovó chama de "grande Hampstead antiga".

Há uma mulher com lenço florido na cabeça na recepção, que parece a entrada de um hotel. A Mulher do Lenço pergunta nossos nomes e papai nos apresenta.

— Somos Josie, Sam, Uma, Mira, Krish e Laila Levenson.

— Lindos nomes — diz ela, marcando nossos nomes em seu livro e ligando para uma ala pelo interfone. — A família Levenson chegou — anuncia, como se estivéssemos indo morar lá. A Mulher do Lenço usa brincos grandes pendurados, do tipo que vovó usa, e tem pedaços de cabelo pintados de laranja saindo do lenço. Tem olhos cinzas que sorriem para vovó, mas sua boca não se move quando sorri.

— Quer uma insígnia de narciso? — pergunta para mim.

— Obrigada.

Ela oferece uma para Krish, mas ele empina o nariz, então ela lhe entrega uma bola de futebol de chocolate. Ela sorri quando nota as mãos sujas dele. Meu irmão ainda está coberto de areia e lama da praia.

— E o que posso lhe dar, fofinha? — pergunta para Laila, acariciando sua bochecha gorda.

Ela mexe embaixo da mesa e pega um pequeno urso de pelúcia vestindo uma jardineira vermelha com "Asilo de Londres" costurado na barriga. Laila o pega, balbucia e agracia a Mulher do Lenço com seu maior sorriso. Minha irmãzinha tem uma boca enorme. Quando chora, seu queixo cai e sua boca se abre como um túnel gigante no meio do rosto, mas, quando sorri, ela se estica na outra direção, de uma orelha à outra, iluminando todo seu rosto. Vovó diz que é uma boca de comédia. A Mulher do Lenço ri mesmo assim.

Passamos por umas portas de segurança até um corredor. No final, há um café e, à direita, uma placa dizendo CAPELA DO DESCANSO. No hall tem uma enfermeira com uniforme branco esperando o elevador. A enfermeira sorri para Laila e brinca de pique-esconde com a mão. Ela tem lindas mãos macias, com unhas pintadas com uma cor forte opaca, nem muito longas, nem muito curtas. Laila segura a mão da enfermeira para tirar seus dedos de cima dos olhos. Está morrendo de rir e fazendo com que a enfermeira ria também. Agora Laila está se movendo para sair da cintura da mãe e chegar mais perto da enfermeira.

— Pode vir, menininha. Quer vir brincar com a Dóris?

Dóris abre os braços, e Laila literalmente se joga nela.

— *Você* não demora nada para fazer amigos. — Dóris ri. — Qual é o seu nome?

— La La — responde Laila.

Krish dá uma gargalhada.

— Ela é lelé — diz ele, apontando para a cabeça como se dissesse "Ela é maluca".

— O nome dela é Laila e ela geralmente tem que ser arrancada de mim — diz mamãe para Dóris.

— Bebês adoram a Dóris. É o meu rosto redondo e sorridente; eles acham que sou um deles.

Olhando para o rosto de Dóris, entendo o que quis dizer. Ela tem uma pele morena macia que faz parecer com que esteja coberta de hidratante de bebê, grandes olhos castanhos e nenhuma ruga. Nenhuma. É um rosto de bebê, mas ela deve ter mais ou menos a mesma idade que mamãe.

Uma mulher anda devagar em nossa direção, saindo do café. Tem cabelo ralo, fino e pintado de louro, bochechas com blush rosa e sombra azul em cima dos olhos arregalados. Parece um pouco com uma boneca chinesa... e é magra como a vovó. Está com um cachorro na coleira; parece um cachorro policial.

— Pode ter cachorro aqui, então? — pergunta vovó, afagando a cabeça dele.

— Por que não? — diz a Mulher da Sombra de Olho, dando de ombros. — Agradeço a Deus pelos pequenos atos de misericórdia. — Ela ri. — Você tem um cachorro?

— Piper — responde vovó, parecendo um pouco mais relaxada.

— Ah, que bom, um amigo pro Lad! — exclama a Mulher da Sombra de Olho. — Me chamo Crystal — diz, apertando a mão da vovó.

— Josie.

— Você está em qual ala? — pergunta Crystal.

— Ala Heath.

— Eu e Lad também. Vamos ser colegas de dormitório, então! — Crystal sorri para vovó e aperta sua mão.

O elevador chega. Não há espaço para todo mundo.

— Vou apostar corrida com vocês — berra Krish. Acho que essas são provavelmente as duas coisas que você *não* deve fazer em uma casa de repouso, berrar e correr, mas Dóris não parece se importar.

— Pode ir, corra atrás dele — incentiva vovó. Krish chega primeiro, claro. Esperamos do lado de fora do elevador.

A porta se abre. Em algum momento entre o primeiro e o terceiro andar, vovó e Crystal parecem ter se tornado melhores amigas. Não sei qual foi a piada, mas as duas estão se curvando de tanto rir, e Laila está balbuciando e puxando as trancinhas de Dóris.

Crystal e Dóris levam vovó para o quarto das mulheres. Há quatro camas na ala. Crystal leva vovó até sua cama perto da janela, que dá vista para os jardins. Um grande pé de carvalho estende seus galhos em nossa direção.

— Melhor vista da casa! Que sorte! — brinca Crystal. Está fazendo de tudo para que vovó se sinta em casa;

talvez um pouco demais, porque de repente ela se joga na cama, seu corpo caindo como o caule de uma tulipa debilitada.

— Vamos lá, Crystal, descanse um pouco agora. — Dóris a arruma na cama com cuidado. — Você vai precisar de toda a sua energia para passear com Lad mais tarde.

Em alguns minutos, Crystal está dormindo. Sua maquiagem parece pior ainda agora, como uma máscara velha.

Na cama oposta à cama da vovó, há uma senhora com rosto pálido e cheio de veias. Sua cabeça está apoiada sobre o travesseiro e ela finge ler o jornal *Sun*, mas percebo que ela está dando umas olhadas para ver quem somos.

Quando Dóris termina de arrumar Crystal na cama, vai até a Senhora do *Sun* e se senta.

— Clara, posso te apresentar Josie e sua família? — pergunta.

Clara finge que só nos viu agora. Dobra o jornal em dois como se fosse algo precioso. Vovó vai até Clara e estica a mão, mas, em vez de apertá-la, Clara a toma entre as próprias mãos, vira-a e a inspeciona.

— Deixe-me adivinhar... macia e lisa, bem cuidada... nada braçal. — Clara toca a manga da blusa lilás indiana da vovó e estuda sua calça branca com pequenas miçangas; vovó as chama de "miçangas do amor".

— Designer de moda? — tenta Clara.

Vovó sorri e balança negativamente a cabeça.

— Escritora então, ou artista?

— Você me pegou! — Vovó sorri.

— Sua vez. — Clara oferece a mão para vovó. As mãos de Clara são duras e vermelhas e calejadas, como se tivessem trabalhado uma vida toda.

— Não me arriscaria a dizer — sorri vovó.

Aí vovó faz uma coisa muito estranha. Ela vai até sua cama e pega o nécessaire. Ela se senta perto de Clara, abre o tubo de hidratante de lavanda e o espalha na pele dela.

— Então? — pergunta Clara. — Qual é a história dessas mãos?

— Limpar, esfregar, lavar... Estou certa?

— Incrível! A serviço dos grandes e dos bons, e dos não tão bons, desde os 14 anos. — Aí ela leva as mãos ao rosto e as cheira. — Imagine, alguém como você passando creme nas minhas velhas mãos calejadas.

— Alguém como eu? — Vovó sorri e faz careta ao mesmo tempo.

— Você entendeu — diz Clara com sua vozinha aguda —, como as pessoas para quem trabalho, como a dona ali.

Ela mostra Crystal, que está roncando suavemente na cama do outro lado.

— Nunca na minha vida tive uma faxineira. É tarefa minha limpar a minha própria bagunça ou viver nela — diz vovó, um tanto ofendida.

— Eu acredito, apesar de que são pessoas como a senhora que me tiram o trabalho. Eu não teria me importado de fazer uma faxina para a senhora. — Clara sorri.

Não acredito que acabamos de chegar e vovó já está conhecendo as pessoas. Queria fazer amigos com a mesma facilidade. Até agora, só tenho Millie, e Millie tem os amigos da orquestra, mas eu... só tenho Millie mesmo e... talvez Jidé Jackson.

Vovó de repente parece mais cansada do que já vi na vida.

— Chega de socializar agora — diz Dóris.

Dóris parece ter um radar para cansaço. Ela também vê que toda a energia da vovó se foi. Nós a ajudamos a deitar na cama; vovó respira fundo, e seu pequeno corpo desaparece embaixo das cobertas claras e brancas. Queria poder ir para Suffolk e envolvê-la em seu xale roxo.

Agora me sinto como o homem em Suffolk que não conseguia dizer adeus. De alguma maneira, não parece certo deixar vovó ali. Não consigo suportar a ideia de ela morrer nesse lugar sem nenhum de nós com ela. Eu sei que ela está fazendo uma expressão de corajosa quando acena para nós. Está tentando fazer com que a gente se sinta melhor por deixá-la ali no meio de estranhos. Quando olho para ela de novo, perto da porta da ala, ela se vira de costas para nós e fica de frente para os braços esticados do grande carvalho do lado de fora de sua janela.

Quando chegamos no primeiro andar, estamos todos chorando. Tem um homem alto esperando para entrar no elevador, com olhos castanhos tristes e caídos, como um daqueles cães são-bernardo. Tem cabelo castanho bagunçado caindo sobre o rosto. Ficamos todos com um pouco de vergonha porque estamos chorando muito, aquele tipo de choro desastrado que faz seu nariz escorrer. Não temos lenço de papel, então tentamos sair logo, mas quando estamos quase lá a Mulher do Lenço nos intercede.

— Ah! Clem, essa é a família Levenson sobre a qual eu estava falando com você.

Papai não consegue olhar para cima, mas o homem coloca a mão em seu braço, e vejo os ombros do papai balançarem. Aí o homem toca a cabeça de meu irmão, sorri para mamãe, para Laila e para mim e entra no elevador.

— Conversamos amanhã. Meu nome é Clem — diz ele, espalhando seu sorriso gentil sobre nós como uma brisa leve. Noto que seus dentes são meio tortos. Papai vai gostar disso. Clem olha para o chão enquanto espera que o elevador se feche. A Mulher do Lenço nos oferece alguns lenços de papel, que aceitamos. Ela diz que o homem que acabamos de conhecer é o médico da vovó e que ele é "a pessoa mais maravilhosa do mundo".

— Na verdade, tenho que admitir que sou completamente apaixonada por ele. Se não fosse pelo pequeno detalhe de ele ser casado e ter quatro filhos e ser trinta anos mais novo do que eu, talvez tivesse alguma chance. O que vocês acham?

A Mulher do Lenço nos fez sorrir. Alguns minutos antes, achei que isso nunca aconteceria de novo.

— Você já teve câncer? — pergunta Krish para ela.

Mamãe dá uma daquelas olhadas "*Como assim?*" para ele, mas a Mulher do Lenço apenas faz que sim com a cabeça.

— Onde foi seu câncer? — pergunta Krish.

— No seio — responde ela com calma.

— O da minha avó começou no mesmo lugar.

Por não saber mais o que dizer, a Mulher do Lenço mexe embaixo da mesa e acha chocolates para todos nós.

Sexta-feira, 6 de maio

A primeira coisa que faço quando acordo é checar se tenho mensagens no celular. Nada ainda, então antes do café eu faço meu acordo com Seiláquem Seiláoquê. Se o detector de fumaça não disparar o alarme esta manhã, o que seria um pequeno milagre, Jidé Jackson não vai estar na escola hoje. Ele não dispara, e agora estou arrependida de ter tido essa ideia idiota. O *que* há de errado comigo? Não sei por que faço esses acordos ridículos, pois na verdade eu realmente gostaria de vê-lo, não importa o quão vergonhoso é o fato de ele ter pedido meu número e não ligado.

Quando chego na escola, a primeira coisa que descubro é que Jidé e Ben estão fora jogando a segunda rodada de um campeonato de futebol. Acho que pedi que isso acontecesse.

— Então por que ele queria meu número, Millie?

— Por que você acha? — Millie sorri. — Ben perguntou se eu iria na festa de conclusão do sétimo ano com ele.

— O que você disse?

— Que sim. Achei que era melhor ir com alguém que fosse vagamente OK.

— Você gosta dele, então?

— Ele é legalzinho.

— Então você acha que o Jidé vai me convidar para ir com ele?

— Provavelmente... E ele estava falando sobre um tipo de comitê de alunos com o qual a mãe dele quer que a gente se envolva... para melhorar o prédio da Recreação. Ben está planejando a parte do skate, e Jidé, a do futebol; agora ela disse que precisa da perspectiva de uma menina. Acho que ele quer que a gente vá lá depois da escola um dia.

Qualquer que seja o motivo, só vou descobrir por que Jidé pediu meu número na segunda-feira, a não ser que Seiláquem Seiláoquê possa intervir a meu favor e fazer com que ele me ligue durante o fim de semana.

Chegamos no asilo mais ou menos às 16h30 para uma "conferência familiar" com o Dr. Clem e as enfermeiras que vão cuidar da vovó. A família toda está reunida, todos menos Laila, que está em seu primeiro encontro com coleguinhas para brincar. Quando nos sentamos, Clara e Crystal também se sentam em suas camas, como se fosse do interesse delas também.

O médico — temos de chamá-lo de "Clem" — diz que vai precisar descobrir um remédio diferente para a dor da vovó. Ele diz que pode levar um certo tempo até ajustarem os medicamentos e vovó não sentir mais dor, mas que, mais cedo ou mais tarde, ele pode garantir, vão acertar. O Dr. Clem explica que vovó tem uma consulta esta manhã no hospital para fazer um "procedimento" a fim de drenar os pulmões porque eles estão cheios de líquidos, como se estivessem se afogando.

Dóris puxa a cortina em volta da cama da vovó para ajudá-la a colocar a roupa.

— Isso mesmo, Josie, bem devagar, não tem pressa.

Dá para ver os calcanhares ossudos da vovó, como pernas de pardal, abaixo da cortina verde-limão. De repente, escuto a respiração dela mudar.

— Não consigo mais fazer isso... não consigo... não consigo respirar — engasga vovó.

Vejo os passarinhos do meu sonho, batendo as asas contra o vidro.

Quero abrir a cortina e abraçar vovó, mas o material suave é como uma parede fechada de tijolos; ela está em seu mundo particular com uma nova família estranha agora.

Um enfermeiro se aproxima silenciosamente. Seu corpo é curvado como se alguma coisa estivesse o empurrando para baixo. E ele tem uns olhos que parecem entender exatamente o que você está sentindo. Leio o nome no crachá, "Marco". Ele parece um ponto de interrogação. É baixo com cabelo cor de areia e olhos azuis brilhantes, grandes demais para o tamanho de seu rosto. Mas o que é mais notável é a maneira como ele olha. A maioria das pessoas olha para fora para ver as coisas, mas os olhos do Marco Interrogação parecem sugar sentimentos. Ele olha para mim e sorri, então abre a cortina para o Dr. Clem e eles entram com calma.

— Esse aí é especial — diz Clara para mim, indicando Marco Interrogação. Olhando por debaixo da cortina, agora entendo por que ele anda tão levemente. Está usando pantufas de pele de carneiro. Os pés da vovó desapareceram do chão. Dá para escutar sua voz misturada às de Dóris e do Dr. Clem... Vozes líquidas se mesclando.

Dóris abre a cortina e lá está ela, minha vovó Josie, sentada na cama com um sorriso fraco no rosto.

Apesar de eu não estar usando meu relógio, alguma coisa estranha está definitivamente acontecendo com o tempo. É como se tivéssemos saído dele.

Vovó está com uma máscara de oxigênio e apoiada sobre o travesseiro. Dr. Clem e Marco Interrogação puxam cadeiras para perto da cama da vovó e pedem que todos se sentem. Dr. Clem se senta perto da vovó Josie, inclinando-se sobre a cama, mas mantendo um pé no chão para ter equilíbrio. É assim que se senta com pacientes, como se quisesse dizer "Estou do seu lado".

— Josie me pediu para falar com vocês. — O sorriso do Dr. Clem se espalha por nós de novo.

Vovó Josie levanta a cabeça e faz que sim, incentivando Dr. Clem, como se estivesse dando sua bênção para ele.

— Como vocês devem ter percebido, tentamos mover Josie agora e ela ficou bastante ansiosa. Ela está em um estado de exaustão, mas conseguiu nos dizer o que quer, ou melhor, o que não quer.

Dr. Clem respira fundo, como se estivesse reunindo coragem para falar.

— O objetivo do procedimento que estamos planejando para Josie é ajudá-la a respirar. Isso com certeza lhe daria mais tempo, mas depois de alguns dias o fluido em seus pulmões se acumularia de novo.

Como em um afogamento.

Dr. Clem fala bem devagar, como se estivesse ensaiando o que está falando em sua cabeça antes de efetivamente dizer.

— Josie decidiu que, agora que está aqui, não quer ser transferida.

Dr. Clem faz uma pausa e olha para os membros da família caso alguém queira fazer uma pergunta, mas ninguém diz uma palavra. Vovó Josie levanta o braço e dá um tapinha no ombro dele. Alguma coisa mudou. Agora, vovó não parece mais tão preocupada. Mesmo assim, durante toda a reunião, papai se senta com a cabeça praticamente nos joelhos enquanto todos escutam o Dr. Clem. Krish até coloca a mão para cima, como se estivesse em aula, e pergunta diretamente para vovó:

— A senhora quer mesmo morrer agora, vó?

Ela só olha para ele com doçura e se vira para o Dr. Clem.

— Ela não quer mais sentir dor, e é isso que podemos fazer por ela aqui no asilo, garantir que ela não sinta dor — explica o Dr. Clem, segurando a mão de Krish.

Vovó concorda com a cabeça. Ela está com uma expressão de quem vai chorar, assim como Dr. Clem, mas ele respira fundo e continua. Ele nos fala que o analgésico vai fazer com que ela durma mais e que ela pode vir a ter sonhos fortes. Diz que podemos vir visitar sempre que quisermos. O tempo todo enquanto fala, o Dr. Clem está tentando fazer com que meu pai olhe para ele e, depois da reunião, ele pega papai pelo ombro e o leva para fora da ala. Eles se sentam em uma sala no final do corredor e conversam. Quando papai sai da sala, parece estar melhor, mais tranquilo.

Então aqui estamos, meu pai e eu, segurando a mão da vovó e vendo-a dormir. Agora é minha vez de chorar. Papai faz carinho no meu cabelo enquanto vovó dorme.

— Não sei se concordo — interrompe Crystal apontando vagamente em minha direção. — É realmente necessário fazer com que as crianças passem por isso?

Não sei com quem Crystal está falando. Alguns adultos fazem isso, falam sobre você como se não estivesse ali. Ela não está falando com Clara. Acho que elas não se gostam muito, então suponho que esteja falando com papai, mas ele está bem longe, perdido em pensamentos. Como resposta, Clara lança um olhar frio para Crystal e estica os braços em minha direção. Alguma coisa em seus braços finos e venosos me faz lembrar do carvalho fora da janela, esticando seus galhos retorcidos para nós.

Sábado, 7 de maio

Nenhum sinal de Seiláquem Seiláoquê.

Nenhuma ligação de Jidé Jackson.

Crystal ainda está se "embelezando", colocando a sombra azul e fazendo as bochechas rosas de boneca.

— Você me pegou colocando minha máscara! — brinca ela.

— *Quando* você tira isso? — retruca Clara.

Crystal a ignora, como sempre, e dá um tapinha na cama para que eu me sente ao seu lado. Acho que seria grosseria não me sentar, então me sento. Ela sussurra para que Clara não escute.

— Tenho cuidado de mim dessa forma desde que tenho mais ou menos a sua idade. Você também tem pele boa — diz ela, tocando minha bochecha.

Ainda bem que minha espinha desapareceu, tão misteriosamente quanto apareceu.

— Eu tinha pele lisa que nem você... Vários homens vão querer te beijar. — Ela aperta a minha bochecha. Sinto que estou ficando vermelha. Odeio quando as pessoas fazem isso, como se você fosse um bichinho de estimação.

— Enfim, meu tempo já passou; não resta mais nada a não ser aproveitar ao máximo — suspira ela, colocando pó branco sobre o blush rosa.

Não consigo pensar em nada para responder, então sorrio educadamente e não falo nada, lembrando do que mamãe sempre diz: "Se você não consegue pensar em nada gentil para dizer a alguém, não diga nada." Acho que Crystal quer que eu diga que ela ainda está bem, mas não há como dizer uma coisa desse tipo sem ficar muito vermelha e revelar ao mundo todo que estou mentindo.

Acho que Clara e vovó devem ter conversado à noite porque, quando elas se sentam na cama, sorriem uma para a outra como velhas amigas, apesar de parecer, olhando de fora, que não têm muito em comum. Em primeiro lugar, as roupas de Clara — ela usa uma camisola longa florida que termina na altura do joelho. É o tipo de roupa para velhinhos que vendem na Blustons, em Kentish Town. Sempre que passávamos por essa loja, vovó dizia que amava o nome porque trazia a imagem de "blusas em velhinhas esbaforidas abarrotando um ônibus". Quando passamos pela Blustons, Krish olha pela vitrine para as modelos com bustos enormes fazendo propaganda de sutiãs. Clara com certeza está usando um sutiã da Blustons, mas uns três números acima do dela. Eu me pergunto se ela realmente já foi o que vovó chama de "Blustônica". Independentemente de sua aparência no passado, hoje ela é magrinha, como vovo. Clara murmura para si de vez em quando, falando coisas do tipo:

— Mas que droga... você pode me tirar daqui?

Ela me pergunta isso quando passo por sua cama, e sinto pena de não poder ajudá-la, mas, como Dóris sempre tenta explicar:

— Ninguém está prendendo a senhora aqui, Clara, minha querida, nós só queremos ter certeza de que tem alguém cuidando da senhora.

Clara não recebe visitas.

— Não quero incomodá-los; meu filho tem a vida dele para cuidar — diz Clara, então volta a repetir: — Mas que droga... você pode me tirar daqui?

Às vezes, quando estamos todos em volta da cama da vovó, vejo uma expressão no rosto de Clara, como se ela quisesse que alguém fosse até lá para falar com ela. Ela ama Piper, e ele a ama. De vez em quando, ele pula na cama de Clara e ela "dá uma bagunçada nele".

— Piper é um bom amigo, não é, Josie? — murmura ela.

Crystal leva isso para o lado pessoal, pois Clara não presta atenção em Lad. Às vezes, Clara ainda murmura mais coisas (só para irritar Crystal, acho):

— Nunca gostei de cachorros grandes.

A única razão para que Crystal, Clara e vovó Josie estejam juntas nesse quarto é o câncer. Às vezes sonho que o câncer é tipo a sombra de um monstro e eu tento lutar contra ele, mas não é sólido o suficiente para que eu o chute e soque. Dou voltas nele e tento arrumar um jeito de berrar que saia da minha avó, mas ele não tem rosto ou olhos. Não sei como matá-lo, então berro bem alto até que acabo acordando. Tenho esse sonho frequentemente desde que vovó ficou doente.

Tem uma Moça Terapeuta no primeiro andar do asilo; você pode ir lá desenhar o que está sentindo. Ela perguntou para mim e para Krish se queríamos ir ver a sala dela. Krish não quis. A sala tem fotos de crianças nas paredes, sacos de feijão no chão e tintas e giz de cera em todos os cantos. Desenhei meu sonho da sombra do monstro com tons escuros de carvão sombreado. Ela disse que esse sonho é minha maneira de encarar meus medos. Eu acho que o câncer é uma coisa muito, muito aterrorizante dormindo ou acordada, mas vovó diz que um dia, provavelmente enquanto eu ainda estiver viva, vão encontrar uma maneira de acabar com ele.

Quando conto para vovó sobre a terapeuta, ela explica que o asilo cuida de pessoas com todos os tipos de dor. Diz que algumas sentem dor porque seus corações estão partidos e estão a ponto de perder a pessoa que amam.

— Como nós — sussurro.

Vovó concorda.

— O coração pode se partir de verdade, vó?

— Nós falamos assim, Mira, mas ele não "se parte" de verdade. É mais complicado do que isso... é mais como um machucado do que algo partido. Quando a ferida está nova, parece que nunca vai fechar. Acho que é por isso que dizemos que ele se parte.

— Isso já aconteceu com a senhora? — pergunto para vovó.

— Com certeza.

— Então dá para consertar o coração partido?

— Não, foi isso que quis dizer. Não é simples assim. Ele meio que se cura com o tempo, mas sempre deixa uma cicatriz. Cada vez que você se machuca, coloca uma camada protetora em volta dele, como um curativo, para que na próxima vez ele não se machuque com tanta facilidade. Lembra das folhas de alcachofra?

Faço que sim com a cabeça.

— O que a gente sente, vó?

— Difícil dizer. Tem tantos tipos diferentes de coração partido.

— Quantos?

— Deixe eu pensar... Ah, sim! Se você fizer o desenho mais lindo para uma pessoa e colocar toda a sua energia e seu amor e imaginação nele, der o desenho e mais tarde encontrá-lo no lixo. Isso se chama rejeição, como se tivessem jogado um pedaço de você no lixo.

Vovó faz isso — se está explicando alguma coisa complicada, dá exemplos de coisas que sabe que você vai entender, mas, desde meu aniversário, não sabe o quanto mudei. Como ela pode começar a imaginar como sei mais agora? Está pensando no dia em que a minha professora disse que o poema que eu escrevi sobre a Índia estava todo errado e eu precisei começar de novo porque não foi o que ela pediu. Eu tinha pesquisado sobre a Índia no dia anterior e pedi ao vovô Bimal que descrevesse o lugar onde nasceu. Então, quando a Srta. Fallow jogou meu poema no lixo, foi como se estivesse jogando uma parte de mim também.

Vovó viu o quanto fiquei chateada e pediu que o amigo poeta famoso dela lesse meu poema, e ele me escreveu um bilhete dizendo o quanto tinha gostado, assim como um para a Srta. Fallow. Aí vovó foi até a escola com Piper e ficou do lado de fora da sala até que a Srta. Fallow surgisse à porta.

— Um amigo meu que é poeta fez uma dedicatória para você. Quer ler? É bem curto — anunciou vovó, sem nem esperar por uma resposta.

Em seguida empurrou o poema na frente da Srta. Fallow, que ficou bem vermelha e não parecia muito feliz. O poema dizia:

Srta. Fallow, queridinha,
Sinta na sua espinha,
Poemas não têm erro!

A Srta. Fallow só olhou para Piper e anunciou:

— Cachorros não são permitidos na escola.

— Nem gente cruel — retrucou vovó e saiu pelo corredor com o nariz empinado. Minha avó não segue regras.

Ela diz que é papel dos pais e dos avós proteger o coração das crianças.

— E se os pais estão mortos? — A pergunta sai antes mesmo de eu pensar.

— Seus pais não vão morrer, Mira... não por um bom tempo.

Vovó acha que estou preocupada comigo. Desde que decidi manter minha menstruação em segredo, ficou mais fácil não contar outras coisas também. Eu costumava contar para vovó exatamente o que estava pensando, e ela sempre tinha uma opinião. Mas vovó não sabe mais de tudo sobre mim, e alguma coisa no jeito que ela está me olhando neste exato momento me faz sentir que ela sabe que estou escondendo uma partezinha de mim.

— Vó, algumas pessoas na escola acham que eu não devia ver a senhora o tempo todo, agora que a senhora está morrendo — digo, para evitar o olhar penetrante.

— Esse é um tipo errado de proteção, Mira. Essa forma de coração partido é necessária.

— Como assim?

— Quando você ama alguém e tem que dizer adeus, não tem como evitar, mas em relação à Srta. Fallow... Me diz uma coisa: quando você faz algo tipo um poema ou uma pintura agora, você quer mostrar para ela?

— Eu saberia para quem mostrar. Eu deixaria Pat Print ver... eu confiaria nela. Não me importaria mais se a Srta. Fallow gosta ou não.

— Ah! Viu? Você colocou uma pequena capa protetora no coração, como as folhas no pingente de alcachofra. Quem é Pat Print?

— Uma escritora. Está fazendo uns workshops na minha escola...

Vovó não está mais escutando. Eu a observo caindo no sono; ela acha que sou bem mais nova do que sou.

O que ela não percebe é que a Srta. Fallow e o poema... estão lá longe, no passado. A verdade é que não sei se quero ver minha avó indo embora devagar desse jeito. Será que essa forma de coração partido... é necessária?

Domingo, 8 de maio

Ainda nenhuma ligação do Jidé Jackson.

Estou começando a perder a fé no Seiláquem Seiláoquê.

Assim que cheguei no asilo hoje, os olhos da vovó estavam ficando pesados. Ela me disse ontem que, quando cochila, parece que está dando um passo para fora de uma montanha e caindo, mas não é uma sensação horrível; ela diz que é como flutuar. Pensei nos arbustos de junco e na grama dourada ondulante. A cabeça dela se encosta no travesseiro. Estou há quase uma hora vendo vovó dormir.

Ela está usando a blusa laranja larga de pano fino que mais gosto. Tem paetês em volta do pescoço e lacinhos com sinos. O corpo dela é do tamanho de uma criança magrela. Os braços da vovó são mais como o braço da Laila quando era recém-nascida, como se precisassem de enchimento para a pele sobrando. Estou maior do que minha avó agora, mais alta e mais sólida.

Mamãe e Krish caminham pelo corredor até a Sala da Família para fazer um pouco de chá. Não gosto de lá porque você sempre vê alguém chorando, e quando eles veem você, fingem que estão fazendo uma xícara de chá ou pegando alguma coisa na geladeira, que está sempre vazia, exceto pela comida reforçada da vovó. Mas tem uma televisão lá, o que Krish ama, e alguns brinquedos e livros, o que Laila ama, para que você use o lugar como se fosse seu. Você pode até dormir lá se quiser. As pessoas dormem.

Olho para vovó e me pego pensando, pela primeira vez na vida, no que dizer quando ela acordar. Acho que poderia perguntar sobre Ruanda, e ela com certeza conheceria e teria uma opinião. E se eu contasse sobre Jidé Jackson, vovó ia querer saber tudo o que sei sobre ele. Vou até a janela e olho para a rua.

— O que está acontecendo no mundo lá fora? — pergunta vovó, trazendo-me de volta para ela. — Seja meus olhos, Mira.

— Não muito... Tem uma mulher passeando com o cachorro.

Quando a mulher se aproxima, eu a reconheço. É Pat Print e Moisés. Estou começando a ficar com medo.

— O que é tão interessante? — pergunta vovó, impulsionando seu corpo para cima a fim de ver a rua melhor.

— É aquela escritora sobre a qual estava te contando, a da escola.

Enquanto ela caminha adiante, vovó se levanta um pouco mais para ver melhor.

— É o Mo. — Vovó aponta para Moisés. — Piper e Mo são grandes amigos.

— Então você a conhece, vó?

Vovó analisa as costas de Pat Print por um tempo enquanto ela continua caminhando.

— Acho que já a vi por aí, ela parece um pouco familiar, mas quem passeia com o Mo é uma menina nova com dois ou três cachorros.

Então, em vez de perguntar sobre Ruanda para vovó, conto sobre a aula de escrita da Pat Print e de tê-la visto em Suffolk na praia... e sobre Millie ter descoberto que o ancestral dela tinha mesmo o coração do Roberto Alguma Coisa trancado em uma caixa... e que era o único que tinha a chave.

— A guardiã do coração... ela é uma boa amiga de se ter. — Vovó sorri enquanto Pat Print desaparece na esquina.

— É meio estranho, não acha, vó? Que eu encontre a escritora o tempo todo?

— Talvez ela seja seu anjo da guarda. Ou então, o que é mais provável, eu e ela temos muito em comum! — diz vovó, piscando para mim.

Segunda-feira, 9 de maio

Acordo com o cheiro de torrada queimada e o berro do detector de fumaça. Sentindo-me mais cansada do que quando fui para a cama, vagueio para o andar de baixo vestindo meu pijama e checando o celular para... nada.

— Vamos, Mira, pare de mexer nisso, você vai se atrasar para a escola. — Mamãe me apressa em sua esteira matinal de preparar sanduíche, café e tentar fazer com que todos nós desçamos na hora. Não há espaço nessa agenda bem-ensaiada para eu descer de pijama às 8h30.

— Não estou me sentindo bem, mãe.

— Nem eu — geme Krish.

— Você está bem, Krish. Acabou de comer três torradas. Quer comer alguma coisa, Mira?

Seguro a barriga como se estivesse doendo e balanço a cabeça, apesar de meu estômago estar roncando alto o suficiente para que todos escutem.

— Pode ir, então. Melhor voltar para a cama. Vou checar sua temperatura assim que Krish for para a escola.

— Por que não tira a temperatura dela agora? Aí vai ver que ela está fingindo.

Dou um beliscão forte no braço de Krish ao passar por ele em direção à escada.

— Ahhhhh! — berra ele. — Machucou muito!

— Ele está fingindo, mãe — digo, olhando para ele.

— Já para a cama, você — exclama mamãe, batendo o pano de prato no ar.

A caixa do correio bate. Escuto mamãe falar para Millie que não vou e a porta fechando depois disso. Agora eu me sinto culpada. Penso em me vestir e correr atrás da Millie para a escola, mas é tarde demais.

Estou entediada e com fome, e tudo o que mamãe me deu para comer foi torrada seca, breadsticks e água. Ela disse que isso deve melhorar meu estômago. Apesar de vovô Bimal ser médico, ela odeia que as pessoas fiquem doentes. Acabo me lembrando tarde demais que você não recebe muita compaixão da mamãe quando está doente. Algumas pessoas ficam sentadas na frente da TV o dia todo, recebendo bebidas e coisinhas e comidas deliciosas. Com a minha mãe, não. Você tem de ficar no quarto e ler ou dormir. É muito melhor ficar doente quando papai está por perto.

Estou deitada na cama tentando não pensar sobre comida e imaginando como vai ser vergonhoso ver o Jidé amanhã, porque ele *ainda* não ligou. É nesse exato momento que uma mensagem aparece na caixa de entrada. Exatamente quando eu desisti do Seiláquem Seiláoquê.

Mira, pena vc estar doente.
Tomara que venha amanhã.
Até.
JJ x

São apenas dez palavras, mas levo o resto da tarde olhando para elas, tentando entender exatamente o que significam. Fico me perguntando quanto tempo levou para escrevê-la, porque eu demoro umas três horas para escrever essa resposta...

Jidé, estou bem melhor, obrigada.
Vou amanhã, sim.
Até lá.
Mira x

Passo pelo menos quinze minutos adicionando e removendo o "x" antes de finalmente apertar o botão de envio.

De repente, minha barriga ronca, exigindo ser alimentada. Assim que escuto mamãe e Laila saindo para pegar Krish na escola, desço discretamente e procuro alguma coisa para comer. Antes de conseguir me esconder, mamãe está de volta, indo diretamente para a dispensa dentro da qual ainda estou com a cabeça enfiada.

— Esqueci um lanche para o Krish — diz ela, tirando o pacote de KitKat da minha mão. — Está com fome?

Faço que sim com a cabeça.

— Que bom, então amanhã você pode ir para a escola.

E lá vai ela, batendo a porta ao sair e batendo o carrinho de Laila nos degraus da frente da casa. Acho que mamãe tem um radar de doença/saúde. Aposto que sabe que eu estava fingindo o tempo todo. Assim que ela sai, corro para o andar de cima ao som de outra mensagem aparecendo na caixa de entrada.

Ótimo!
JJ xx

Só essa palavra e aqueles dois beijinhos me dão vontade de rir alto. Quando mamãe chega, ainda não consegui tirar o sorriso bobo do rosto.

— Bem, você *definitivamente* parece estar melhor.

— Eu sabia que ela estava fingindo — murmura Krish, me empurrando para subir as escadas.

Terça-feira, 10 de maio

Corra, Mira, corra! Mais rápido! Posso sentir minhas pernas se esticando ao máximo, mas estão sempre vencendo de mim; são as culpadas de sempre Demi, Bo e Orla. Em volta das árvores do que deveria ser o nosso pátio "que mundo seguro" do sétimo ano, tropeço nos pedaços caídos de madeira e, enquanto cambaleio, elas mandam ver.

Demi pega meu cabelo e me puxa para o bosque no canto do pátio.

— Você pode ficar aqui, sua estranha. Não se atreva a sair desse lugar, mesmo quando o sinal tocar, ou vamos pegar você — sussurra Demi ao meu ouvido e sai, sorrindo.

O sinal toca. Se ao menos Millie não estivesse no dentista. Se estivesse aqui, ela não deixaria que fizessem isso. Porém, ela não está, então eu faço exatamente o que me ordenaram, como uma coelhinha assustada e hipnotizada. Antes que eu consiga entender o que está acontecendo, a última pessoa no mundo que eu gostaria que me visse assim está bem na minha frente.

— O *que* você está fazendo? — pergunta Jidé, olhando para mim como se eu tivesse ficado completamente louca. Não era para ser *assim* entre eu e Jidé hoje.

— Demi... Ela me disse que se... bem... ela disse que eu não posso me mexer — murmuro.

De repente, eu me vejo pelos olhos de Jidé. Sinto-me tão idiota. O *que* estou fazendo? Tudo o que ele sabe... o que deve ter acontecido com a família dele... o que podia ter acontecido a ele... Deve achar que sou patética.

— O que está impedindo você de sair? Não tem ninguém aqui, nada na sua frente. — Jidé move a mão para cima e para baixo no ar.

Aposto que ele está se perguntando por que se deu ao trabalho de me mandar uma mensagem.

— Se você encarar — diz Jidé —, elas vão parar.

Nunca me senti tão humilhada em toda minha vida e, quando entro na sala, estou usando o vermelho vivo da vergonha no rosto, como um farol de constrangimento. Fico de cabeça baixa enquanto a Srta. Poplar fala sobre drogas e álcool. Ela diz que as únicas drogas que você deve tomar são as que o médico prescreve, se você estiver doente, para que se sinta melhor. Enquanto estou sentada ouvindo a Srta. Poplar falando sobre uma coisa da qual eu provavelmente sei mais do que qualquer pessoa nesta sala (por causa do que a vovó está passando), sinto como se o sangue estivesse literalmente fervendo dentro de mim.

— Elas não fazem você se sentir melhor sempre. A minha avó Josie tem câncer e ela usa drogas para a dor, mas elas não funcionam.

É minha voz que escuto dizendo essas palavras.

A Srta. Poplar está olhando para mim. Sei que é porque ela nunca espera que eu vá dizer nada na aula e por causa da maneira errada como as palavras saíram. Quer dizer, eu até posso falar assim na aula da Pat Print, mas o que deu em mim agora? Na frente de todo mundo. Era mais fácil ter oferecido minha cabeça em um prato para eles. Sempre que eu falo alguma coisa na aula, Demi rola os olhos para me deixar nervosa. E isso sempre funcionou — até hoje.

— Você tem razão, Mira. Essa é uma questão muito complicada. É claro que quando se trata de aliviar a dor, a coisa é diferente.

Os olhos de Jidé estão ardendo em mim.

— *Ela* é diferente — sussurra Demi por entre os lábios, rolando os olhos para trás da cabeça para parecer um zumbi... E é nesse momento que alguma coisa dentro de mim solta uma fagulha e as palavras se libertam e se espalham pela sala como fogo.

— Pare! Pode parar! Eu não sei o que você ganha sendo tão má comigo, mas você vai ter que encontrar outra pessoa para encher o saco. Espero que você nunca tenha que ver uma pessoa que você ama morrendo na sua frente, porque do jeito que você se comporta é melhor torcer para que carma ruim não exista... ou vocês não vão ter como escapar!

Assim que termino, cubro a boca com as mãos caso alguma outra coisa tente escapar. De onde veio isso? Não sei mesmo o que acontece comigo quando fico com raiva desse jeito, porque nunca me senti assim. A turma toda está surpresa e em silêncio, e a Srta. Poplar está me encarando como se eu fosse uma estranha.

— De quem você está falando exatamente, Mira?

— Demi, Bo e Orla — digo na voz mais clara e alta que consigo encontrar.

Nunca vi a Srta. Poplar tão séria.

— As três, já para a minha sala. O resto, continue lendo. Vou mandar alguém para ficar com vocês em um minuto — fala para o resto da turma. — Mira, venha falar comigo no final da aula, por favor — diz ela em um tom que você usaria para confortar um animal ferido.

As lágrimas estão enchendo meus olhos agora, então fico com a cabeça baixa enquanto elas saem da sala. Silêncio. O tipo de silêncio que até hoje só senti na aula da Pat Print. Escuto alguém se levantar, andar na minha direção e se sentar no lugar vazio da Millie. É Jidé. Nem me atrevo a levantar a cabeça para que ele não me veja chorando.

Quando saio da sala da Srta. Poplar, sinto-me mais alta do que quando entrei. Andar de uma aula para outra cruzando a escola com mil e poucas pessoas gigantes geralmente é a parte que mais temo no dia. Na maioria das vezes, quando faço esse caminho, eu me concentro o mais forte que posso em me tornar invisível, mas não hoje. É como se eu estivesse vendo essa escola e todos os alunos pela primeira vez... e alguns são mais altos do que eu, outros mais baixos, mas todos têm rostos humanos. Conforme caminho pelo corredor lotado, sinto um tremor no meu bolso, então entro no banheiro mais próximo e tranco a porta

Você foi corajosa
Até mais.
JJ xxx

Três beijos. Penso em responder, mas provavelmente levaria horas e já estou atrasada para o francês. Fecho o telefone, me arrumo no espelho, tentando perder a cara de "Jidé Jackson acabou de me mandar três beijos", e entro na sala de francês.

— *Tu es en retard, Mira.*

— Tenho uma justificativa, professora — digo, mostrando o bilhete da Srta. Poplar que explica por que estou atrasada.

Responder a mensagem de Jidé é tudo em que consigo pensar durante o resto da aula de francês. Ao sair da sala, eu o vejo do outro lado do corredor, saindo da aula de espanhol. Fico com a cor vermelha mais ridícula que já fiquei na vida. Ele sorri para mim, e eu, sem conseguir me controlar, sorrio de volta antes de ser levada embora em um mar de corpos — ainda bem. Entro no banheiro e mando uma resposta para ele

Obrigada.
Mira xxxx

Levei a aula de francês toda para reunir a coragem de mandar esses quatro beijos. Bem, acho que o francês é *mesmo* considerado a língua do amor.

Na hora do almoço, Millie está de volta com aparelho nos dentes. Nós nos sentamos no muro alto e eu conto sobre a vergonha que passei quando Jidé descobriu como sou covarde, e sobre minha explosão na aula da Srta. Poplar.

— Parece que perdi toda a ação, mas eu não me preocuparia... ele provavelmente gostou de brincar de herói da mocinha em perigo! — provoca Millie.

— Acho que não.

— Então por que ele queria seu número?

— Sei lá, ele não ligou.

Isso não é exatamente mentira. Quem estou tentando enganar? Estou até mentindo para a minha melhor amiga agora. O que está acontecendo comigo? Por que não consigo simplesmente falar a verdade para Millie?

— Lá vem o problema — diz ela com uma careta conforme Demi e Bo vêm em nossa direção.

Sinto meu corpo todo ficar tenso. Em um minuto, vou saber se elas vão se vingar, mas elas continuam andando sem nem olhar para nós.

— Deu certo! — Millie sorri, apertando minha mão.

— Tudo bem, Mira? — murmura Orla, seguindo as outras meninas.

— Tudo bem — respondo.

Quarta-feira, 11 de maio

O telefone toca.

— *Alguém* por favor pode atender isso? — berra papai.

— Estou no banheiro. Mira, você pode atender ou vão desistir — grita mamãe.

Nem sei por que se importam. Sempre sou eu que atendo o telefone mesmo. Krish não atende, porque fica nervoso.

— Oi! Millie... Tadinha! Dói muito?... Tá, vou falar para ela... Tá, te ligo mais tarde.

— Quem era? — pergunta mamãe, segurando Laila toda enrolada em uma toalha e descendo a escada.

— Millie. O dente dela está doendo. O aparelho novo está dando dor de cabeça. Vai ficar em casa hoje. Posso ir visitá-la depois da aula?

— Se você quiser, mas volte às cinco e leve seu celular — diz mamãe, tentando soar relaxada em relação a tudo, mas ela sempre estraga. — Quer que eu a leve para o grupo de escrita, se a Millie não for?

— Não, mãe. Posso ir sozinha.

Pat Print entra na minha frente nos portões de metal. Quando me vê, para e espera.

— Como foi o resto da sua viagem? Quase saí flutuando naquela praia.

— Foi boa.

Então ela realmente estava lá. Andamos em silêncio por um minuto ou mais.

— Como vai sua avó?

— Está no asilo.

— Entendo.

— Ela conhece o Moisés — conto para Pat Print.

— Quem?

— A minha avó. Nós vimos você andando com ele. Dava para ver do quarto do asilo. Ela acha que Piper e Moisés se conhecem.

— Pensando bem, acho que ouvi Tilly falando sobre um "Piper". Tilly passeia com Moisés nos fins de semana, geralmente. Eu simplesmente não tenho tempo. Mas é estranho eu nunca ter conhecido sua avó em um dos meus passeios para Suffolk... Então ela está no Marie Curie. Fica logo atrás do meu prédio. Vão cuidar bem dela lá — diz ela, tocando meu ombro de uma maneira estranha, como se quisesse me confortar.

— Millie não pode vir hoje. Ela colocou um aparelho novo, e os dentes estão doendo — explico, mudando de assunto.

— Ai! Tadinha da Millie, mas não entendo por que as pessoas têm que ter dentes tão perfeitos hoje em dia. É tudo parte desse caminho horrível que temos que seguir para atingir a perfeição física.

Pat Print e meu pai têm isso em comum.

— Bem, você vai ter que passar a aula de hoje para ela. E na sala sobraram... três — conta Pat ao entrar na sala, na qual Jidé e Ben estão jogados em cima das mesas como se quisessem estar numa cama. Ben está usando o boné de beisebol dele hoje.

— Bonito boné — diz Pat Print, empurrando a aba para cima dos olhos dele e fazendo-o se retorcer.

Ela tira o casaco. É um daqueles impermeáveis verdes que a vovó usa em Suffolk; quase nunca se vê alguém usando um desses em Londres.

— Cadê o Moisés? — pergunta Ben.

— Tenho a impressão de que cachorros não são permitidos na escola. Então eu o deixei em casa hoje.

— Ahhh! — geme Ben.

— Você tem algum bicho? — pergunta Pat.

— Minha mãe não deixa. Ela acha que eles são sujos.

— Ela tem um pouco de razão!

Antes de eu conseguir pensar no que está acontecendo, escuto as palavras da vovó escapando da minha boca.

— O amor trás a caca.

Agora Pat Print, Jidé e Ben estão rolando de rir histericamente. Pat finalmente se acalma e pergunta:

— Quem diz isso?

— Vovó Josie.

Não acredito que soltei essa.

— Estou tentada a roubar essa frase para colocar no título do meu próximo livro!

Pat Print vê que fiquei muito envergonhada, então tenta mudar de assunto.

— Bem... o que você trouxe para mim, Jidé?

Quero falar com Jidé, quero perguntar tantas coisas sobre Ruanda, mas se eu perguntar, ele vai saber que fiquei investigando ele, e o que pensaria de mim por querer saber tanto?

— Escrevi o começo do meu livro — diz ele.

— Só isso? — Pat ri, esfregando uma das mãos na outra. — Vamos ouvir, então.

Jidé começa a ler:

Ele conseguia imaginar o calor e o solo vermelho-amarronzado, mas não conseguia se lembrar. Quando se olhava no espelho, conseguia imaginar como sua mãe e seu pai eram. De vez em quando, se perguntava de quem havia puxado os olhos, o nariz, a boca, a pele, a voz, mas sabia que não tinha como descobrir. Não queria que as pessoas sentissem pena dele, pois era um dos sortudos. Você não viu o corpo dele no noticiário das nove, flutuando em um rio de cadáveres. Se você os conhecesse, poderia ter visto os pais dele. Mas você os reconheceria como seres humanos ou apenas como uma massa de vísceras desconexas? Se seu passado é o inferno — onde só por um ato de sorte... Deus... qualquer coisa em que você acredite... só você sobreviveu —, por que olharia para trás? Você pode ter muita história quando tem apenas 12 anos.

É por isso que ele sempre parecia ser durão, fazia piadas ou se fazia de bobo, porque, apesar de não saber a "derivação" de seu nome, pelo menos estava vivo.

Pat Print tira os óculos e enxuga os olhos. Ela não é uma chorona como a minha mãe, mas quando Jidé termina de ler, ela fica quieta olhando para ele e fazendo que sim com a cabeça como se dissesse "É isso aí". O silêncio dela é cheio de respeito. Você não tem essa sensação com muita frequência entre professora e aluno.

Meus olhos também estão brilhando de lágrimas. Olho o chão para que ninguém perceba, mas sinto Jidé olhar para mim e quero que ele saiba que me importo, então eu me forço a olhar para ele. Ficamos encarando um ao outro pelo que parece uma eternidade até que ele assente, libertando-me do feitiço de seu olhar.

— Jidé, eu não me surpreenderia se lesse esse começo em um romance vencedor de prêmios. Você devia continuar a escrever — diz ela, sorrindo.

Aí ela se vira para mim e para Ben.

— Queria que vocês dois pegassem uma frase ou ideia que Jidé escreveu e mais lhes chamou a atenção... Ben?

— Eu gosto da última frase, na qual ele explica por que faz piadas. Antes de hoje, nunca achei que tinha uma explicação por trás disso.

Jidé dá de ombros.

— Sempre tem alguma coisa por trás de uma personalidade. Razões pelas quais as pessoas se comportam da maneira que se comportam — diz Pat. — E você, Mira?

Posso sentir o olhar de Jidé em mim esperando que eu fale.

— A frase sobre "Você pode ter muita história quando tem apenas 12 anos"... porque me fez pensar que...

me fez sentir... que você não sabe nada de verdade sobre ninguém. Eu achava que Jidé tinha nascido aqui, não sabia nada sobre Ruanda ou sobre ele até este grupo de escrita. Você acha que conhece as pessoas na sua sala, de onde vieram, mas não sabe. É o mesmo com a minha avó; eu achei que conhecesse ela, mas só conheço um pedacinho.

— Talvez você não deva conhecer — diz Jidé com olhos fixos em mim.

— Se você não conhece, como é que consegue entender outra pessoa de verdade? — pergunta Pat.

— Talvez você só veja os lados que elas *querem* que você veja — responde Ben, dando um tapinha nas costas de Jidé.

— Essa é uma observação astuta. Você escreveu alguma coisa para mim esta semana, Ben? — pergunta Pat.

— Não muito — murmura Ben. — Nada sério como o de Jidé, só alguma coisa sobre andar de skate. É mais tipo um poema... ou uma letra de música.

— Vamos ouvir, então.

Ben endireita o boné e começa em um ritmo que é tranquilo para os padrões dele, como se estivesse com vergonha de sua própria escrita.

No sábado, eu vou no palácio com meu skate,
Encontrar a galera.
No sábado eu uso roupa de skate, como eles.
Nada de capacete,
Bonés para trás.

Sem proteção no joelho, só feridas sangrentas.
Vemos o grafiteiro "O" colocar seu tag com spray lilás
No muro em que é permitido.
No muro em que não é permitido,
Ali a gente voa, pula, gira no ar.

No sábado, eu voo
De skate
Com a galera.

Pat Print bate palmas.

— Excelente, Ben Gbemi com G mudo. Você é um poeta performático.

Ben esconde o sorriso na aba do boné.

— E Mira, o que você trouxe para mim?

— Um pouco mais do meu diário, se você quiser ouvir.

— Com certeza. — Pat Print sorri.

Viro as páginas, tentando achar alguma coisa que queira ler. Não estou com vontade de falar sobre vovó ou o asilo, então escolho uma parte da aula de ontem. Só de pensar na cena já me sinto mais forte.

Pare! Pode parar! Eu não sei o que você ganha sendo tão má comigo, mas você vai ter que encontrar outra pessoa para encher o saco.

Sinto os olhos de Jidé em mim. Quando termino de ler, olho para ele e sorrio. Ele devia saber que foi por causa dele que consegui juntar coragem para encarar Demi, Bo e Orla.

— A escola pode ser um lugar brutal — concorda Pat. — Eu me lembro da minha época de colégio; eu odiava tanto que estava sempre fingindo ser negligente, mas você só precisa de um ou dois amigos de verdade para mudar tudo. Eu estava pensando... como vocês todos foram tão corajosos e leram seus trabalhos, eu provavelmente devia ler o meu. A Mira já viu esse. Posso dizer que certamente não é melhor do que o de vocês.

— É sobre o quê? — pergunta Ben.

Pat Print pensa um pouco.

— Acho que é sobre lealdade... Cadê meus óculos? — Ela mexe na sacola procurando pelos óculos, que ela posiciona na metade do nariz. Passa as páginas do livro com muito cuidado, como se estivesse procurando um momento em especial. Aí olha para mim por cima dos óculos, sorri e começa a ler.

Deve haver um momento em que você decide que já chega, em que você já se cansou de levar palmadas atrás das pernas com uma régua metálica porque não se lembra quanto é 12 vezes 8. Você *se lembra? Demorou muito.* Pou. *Era o tempo que você tinha. Porém não houve um único momento definidor. Era apenas um dia chuvoso normal de tortura que me fez sair pelos portões da escola no meio da manhã. Foi a normalidade de tudo... a ferida muito frequente que me fez abrir a tranca e me libertar para fora na charneca. Naquele dia, fiz uma promessa para mim mesma que nunca mais voltaria à escola. Não me lembro quantas horas andei até chegar no córrego. Foi quando a vi... uma cesta de piquenique abandonada na margem do rio. Meus primeiros pensamentos foram sobre juncos e aulas dominicais, mas, quando abri a tampa, lá estava, enrolado como uma bolinha, a pequena forma marrom do meu primeiro cachorro. Eu o chamei de Moisés por razões óbvias.*

O sinal toca, e Pat Print fecha o livro logo como se mal pudesse esperar para parar de ler. Acho que ainda é tímida! Ela mexe na sacola, puxa três cópias do livro dela e os entrega.

— Chamei todos os cachorros que já tive desse nome... é um impulso.

— Você pode autografá-lo? — peço para ela.

Ela faz que sim. Dá para ver que está contente.

— Pode assinar o da Millie também?

No meu ela escreve: *Para Mira. Os anos de escola não são os melhores na vida de ninguém! Com amor, Pat Print*. No da Millie ela escreve: *Para Millie, uma amiga leal, com amor, Pat Print.*

Assim que escreve isso, sinto uma pontada de culpa. Millie Lockhart sempre foi minha amiga mais leal. Por que não consigo simplesmente ser sincera com ela e contar sobre Jidé? Não que haja muito para contar, no final das contas. Hoje à noite, eu acho. Se ela perguntar sobre Jidé, vou falar sobre as mensagens.

Pat Print olha sobre os óculos para Jidé e Ben. Estão pairando em um local estranho entre não querer ficar de fora mas também não querer parecer muito interessado. No final, Ben empurra o livro para Pat sem falar nada. Ela ri.

No livro de Ben, escreve: *Para Ben, por quem os sinos dobram, com amor, Pat Print.*

— O que significa isso? — pergunta Ben.

— É só mais um livro incrível que você deve ler.

Ben geme.

Finalmente, é a vez de Jidé. A caneta de Pat para por um segundo em cima da página antes de ela decidir o que escrever... *Para Jidé, um guerreiro valente e sem medo com coração de ouro, com amor, Pat Print.*

Não importa o quanto ele tente fazer com que pareça que não se importa com o que está escrito, Jidé tem um sorriso no canto da boca, um sorriso que também não consigo evitar até que é arrancado do meu rosto pela visão do meu pai, entre tantas outras pessoas, saindo do escritório da Srta. Poplar. Ele acha que não o vi quando sai discretamente pela porta do lado. Uma grande onda de tristeza começa a crescer no fundo da minha barriga, mas eu a acalmo com esse pensamento: se vovó tivesse morrido enquanto eu estava na escola hoje, ele estaria me levando para casa agora mesmo.

— Pat, você tem um minuto? — A Srta. Poplar chama Pat Print no corredor. Não parece estar no seu estado feliz de sempre.

Eu as observo por um momento. Pat Print está séria, olhando com nervosismo para a sala de aula onde estávamos. Ela concorda com o que quer que seja que a Srta. Poplar está falando, mas quando Pat Print começa a falar, a Srta. Poplar fica interrompendo-a.

Mesmo estando longe, dá para ver que a conversa está ficando meio agitada.

Eu passo pela Srta. Poplar no corredor antes do recreio e ela simplesmente sorri para mim e continua andando. Quero perguntar por que meu pai esteve na escola, mas como ela não falou nada, acho que não é para eu saber.

No recreio, eu me sento sozinha no muro. Ninguém me perturba até que Jidé vem até mim.

— Quer passar o recreio comigo e com Ben?

Eu faço que sim, e andamos até o banco onde Ben está arrumando três pilhas de cartas de Supertrunfo dos Simpsons. Não acredito que ele ainda brinca disso, mas Jidé e Ben riem ao trocarem pontos de "abraçabilidade". No primário, eles costumavam brincar com cartas de carros, então acho que evoluíram um pouco. Qualquer jogo de cartas desse tipo, na minha opinião, é uma perda de tempo completamente sem sentido, mas estou agradecida de qualquer jeito por Jidé ter ido até mim, porque nada faz com que você seja mais alvo de zoação do que estar só.

Depois da escola, passo na casa da Millie e entrego o livro de Pat Print.

— Então, o que aconteceu hoje?

— Nada de mais.

— Vocês falaram sobre o quê com a Pat?

— Nós lemos o que escrevemos... Ben fez uma coisa sobre skate, eu escrevi sobre a aula de ontem e Jidé falou sobre os pais biológicos dele em Ruanda.

— Tem que ter coragem. Ele já ligou para você?

— Não, ainda não... Como estão seus dentes?

— Doem muito — suspira Millie, cobrindo a boca e abrindo o livro de Pat Print.

— *Para Millie, uma amiga leal, com amor, Pat Print* — lê ela, sorrindo para mim.

— É verdade — sorrio de volta —, você é.

— Você também — diz ela fechando o livro.

Quanta honestidade com a Millie.

Quinta-feira, 12 de maio

Millie ainda está em casa doente.

No intervalo, Jidé vem e se senta comigo no muro. Sinto-me estupidamente orgulhosa de estar tão perto dele, como se ele fosse um símbolo de honra.

— Cadê o Ben? — pergunto.

— Não veio. E a Millie?

Balanço a cabeça negativamente.

— Melhor você não se sentar aqui — aviso para ele, apontando para Bo e Demi, que estão vindo em nossa direção. — Elas provavelmente vão falar alguma piadinha para nós dois agora — continuo, tentando não olhar para elas.

— Deixa elas! — Jidé joga seu sorriso de estrela de cinema para as duas. — Como vai sua avó? — pergunta ele para mim.

— Morrendo.

Ele concorda, e nós ficamos em um silêncio cheio de coisas que gostaríamos de dizer um para o outro.

— Eu não sabia sobre seus pais, sobre o que aconteceu em Ruanda — digo, finalmente juntando minhas forças.

— Não é o tipo de coisa sobre a qual você berra por aí. Enfim, eu era muito pequeno para me lembrar... Grace e Jai são meus pais agora.

— Como eles são?

— Que nem os pais de todo mundo, só que piores porque, bem, você conhece a Grace, está sempre me mandando fazer coisas — diz Jidé, dando de ombros.

Outro silêncio. Dessa vez, Jidé o quebra.

— O que você acha da Pat Print?

— Ela me lembra um pouco a minha vovó Josie — digo para ele.

— Queria que ela fosse nossa professora — suspira Jidé.

— Por quê?

— Pat Print é tão profunda... Ela olha para você e realmente vê o que tem lá.

— Entendo o que você quer dizer.

O sinal toca. Demi e Bo ainda estão olhando para nós como se não acreditassem que Jidé Jackson está realmente perdendo tempo conversando *comigo*. Jidé pula do muro e, antes que eu possa fazer qualquer coisa, pega minha mão e me ajuda a descer. Bo e Demi não conseguem evitar os risinhos, mas Jidé mostra o dedo do meio para elas e se recusa a largar minha mão. Em vez disso, ele balança nossas mãos para a frente e para trás em um grande arco que diz "Não me importo que vejam". Acho que isso significa que eu e Jidé não somos mais um segredo.

— Jidé, pode soltar — digo, rindo.

— Mas eu não quero soltar — diz ele, rindo de volta.

Quando saio da escola, Demi e Bo estão perto da porta.

— Você e Jidé estão saindo? — berra Demi.

Continuo andando, tentando tirar o sorriso do rosto. A verdade é que estou feliz por ela ter berrado isso para que todos escutassem. É o que eu gostaria de fazer.

Papai abre a porta. Ele quase nunca está em casa quando volto da escola. Acabou que foi um dia tão legal que quase me esqueci completamente que ele foi no escritório da Srta. Poplar esta manhã.

— Oi, Mira. Como foi a escola?

Sempre a mesma pergunta chata.

— Boa.

Sempre a mesma resposta chata.

— Como está a vovó? — pergunto.

— Na mesma... Quero ter uma conversinha com você. Sente-se um minuto, Mira. — Papai se ajeita no banco da cozinha. Isso não parece uma "conversinha"; parece mais com o território da conferência familiar, mesmo que sejamos apenas ele e eu à mesa.

— Fui ver a Srta. Poplar esta manhã.

— Eu sei, eu vi você — retruco.

— Viu? — pergunta, um tanto surpreso. — Bem, o negócio é que sua mãe e eu estamos um pouco preocupados com aquele projeto que você nos disse que estava fazendo sobre Ruanda, e com essa coisa toda que está acontecendo com a vovó...

— Ah, pelo amor de Deus, pai.

— O negócio, Mira, é que a Srta. Poplar me disse que você não está fazendo um projeto sobre Ruanda e também me falou sobre o incidente do bullying e... Mira, se você está tendo dificuldades com alguma coisa, só queremos que você saiba que pode contar conosco.

Ele está esperando que eu diga alguma coisa, mas sinto aquela pontada de raiva vermelha e quente acender em mim, então mantenho a boca fechada.

— Talvez seja porque estamos todos tão focados na vovó...

— Pare de me tratar como um bebê. Eu já dei um jeito sozinha. Não preciso de você atrás de mim.

— Que bom. A Srta. Poplar me contou que você encarou a situação, mas se tivesse contado para nós antes, poderíamos ter ajudado você.

Meu maxilar dói com o esforço que tenho de fazer para manter a boca fechada.

— OK, compreendo, você quer encarar os obstáculos sozinha, mas não entendo por que mentiu para nós em relação à pesquisa sobre Ruanda.

— Não é um *projeto*, tá bom! Para algumas pessoas, aquilo é a vida real, pai — berro, e subo as escadas. Bato a porta do quarto com tanta força que uma rachadura aparece na madeira.

Sexta-feira, 13 de maio

Má sorte para algumas pessoas.

Durante o café da manhã, papai observa todos os meus movimentos como se eu pudesse estar doente ou coisa parecida. Quando o detector de fumaça dispara *de novo,* sinto como se minha cabeça estivesse prestes a explodir. Saio pela porta às 8h30 em ponto e encontro Millie vindo pela calçada na minha direção. Fico tão feliz em vê-la depois da discussão com meu pai que sinto vontade de abraçá-la. Não faço isso, mas no caminho para a escola, começo a contar sobre Jidé e eu. Não tudo, não sobre as mensagens — algumas coisas você quer manter só para si —, mas conto que ele ocupou o lugar dela no dia em que encarei Demi e que se sentou comigo no muro ontem.

— Que ousado. Sentar no meu lugar! Fiquei fora só por dois dias e agora você está saindo com Jidé Jackson! — Ela ri.

— Eu não disse que estamos saindo.

— E você chama isso de quê?

Ben vem andando na nossa direção com seu jeito engraçado, tentando ser maneiro, desleixado — o jeito que adotou desde que entrou no ensino médio, é o tipo de andar em que parece que ele está arrastando uma perna machucada que pertence a alguém atrás dele.

— Você voltou?

— Acho que sim. — Millie sorri, mostrando a fila dupla de aparelhos com elásticos de cores fluorescentes do arco-íris brilhando ao sol. É a cara da Millie escolher as cores mais chamativas.

— Eu devia ter trazido meus óculos escuros! — brinca Ben, escondendo o rosto.

— Cadê o Jidé? — pergunta Millie.

— Sei lá. Ele não veio hoje.

— Deve estar doente — sussurra Millie. Dou uma cutucada nela com o cotovelo.

Ben fica meio estranho, como se não soubesse o que fazer. Acho que Jidé é para Ben o que a Millie é para mim... um fica perdido sem o outro, ou pelo menos é assim que me sinto.

— Já escreveu sua aventura? — pergunta Ben para Millie.

— Sim, está na minha bolsa. Quer dar uma olhada?

Ben faz que sim com a cabeça.

Nós nos sentamos juntos, só nós três, e escutamos a história de Millie.

— *Lock Heart: o guardião do coração*, de Millie Lockhart. — Só a maneira como ela lê o título faz com que você tenha certeza de que vai ser bom.

— Você vai ter de cavar fundo — disse ele. Beatty nem sabia se acreditava. Será que alguma coisa podia ficar escondida por todo esse tempo? Enquanto cavava o solo frio, ouviu uma coisa que pareceu ser uma voz chamando por ela, mas era apenas o som do vento assobiando na planície. Um monte de terra mais ou menos do tamanho de metade de seu corpo já estava crescendo ao lado, e a cada pá de terra ficava mais difícil atingir o fundo e cavar. Quando ela já estava se perguntando como ia sair do buraco se pulasse lá dentro, a pá bateu em algo duro. Ela teve de encontrar um jeito de trazê-la para cima sem causar danos. Puxou várias vezes, mas a coisa ficava escorregando de volta para o chão como se não quisesse ser perturbada. Agora não tinha como voltar atrás. Então, sem saber como ia sair, ela entrou no buraco.

O frio da terra era surpreendente. Ela encostou as costas na parede do buraco com uma perna apoiada de cada lado enquanto pegava a caixa de prata. Limpou a lama e conseguiu decifrar os vestígios de um desenho na tampa. Havia divisões que pareciam ter guardado joias um dia, mas agora estavam vazias como cavidades de olhos em um crânio. Tentou abrir a tampa de novo, mas estava bem trancada. Ia ter de esperar até chegar em casa. Seu coração batia forte por causa da alegria e do esforço para cavar.

De repente, tudo ficou escuro e ela se viu coberta pela sombra de um gigante.

— Eu falei, Lockhart, que se cavasse fundo o suficiente, ia encontrar. Agora passe a caixa para mim...

Sempre que você está gostando de alguma coisa na escola, o sinal toca.

— Muito maneiro! — exclama Ben.

— Obrigada. — Millie sorri.

— O que acontece depois? — pergunta Ben.

— Você sabe tanto quanto eu! — Millie ri.

— Quer vir para o skate park depois da escola? — berra Ben, apesar de Millie estar lado a lado com ele.

Ela faz uma expressão de dúvida.

— Eu posso *tentar* — diz. Tenho de me forçar a parar de rir, porque a ideia de Millie Lockhart em um skate park... bem, digamos apenas que talvez ela não se encaixe. Mas provavelmente é isso que você faz quando sai com alguém... faz coisas com a outra pessoa, mesmo que seja algo que você não entenda de verdade, como andar de skate.

No intervalo do almoço, decido mandar uma mensagem para Jidé, mas já tem uma esperando por mim na caixa de entrada.

Saudade.
JJ xxxxx

Duas palavras. Cinco beijos. Não é tão difícil responder.

Saudade também.
Mira xxxxxx

Sábado, 14 de maio

Domingo, 15 de maio

Crystal não está em sua cama, e as cortinas estão fechadas ao redor de Clara. Vovó está sentada encostada nos travesseiros. Sorri fracamente para Dóris quando ela sai de detrás da cortina de Clara.

— Onde está todo mundo? — pergunto.

— Clara faleceu hoje de manhã — diz Dóris gentilmente. — Sua avó ficou com ela a noite toda, e Crystal foi para um quarto privado.

— O filho da Clara veio vê-la? — pergunta Krish, olhando para a cortina fechada.

— Nem uma alma veio ver Clara, exceto por sua avó Josie — declara Dóris, colocando vovó na cadeira de rodas e levando-a para a Sala dos Funcionários. Krish e eu as seguimos.

— Você se importa se formos para a Sala dos Funcionários, Josie? — continua Dóris. — Estão arrumando a Sala da Família.

— Não, querida, seria bom mudar o cenário — suspira vovó, dando um tapinha na mão de Dóris para encorajá-la.

— Mas você acha que ela tinha um filho? — insiste Krish.

— Só sei que nunca o conheci — suspira Dóris.

— Ela o chamou pelo nome alguma vez?

Dóris para de empurrar vovó por um segundo e olha para Krish como se estivesse tentando se lembrar.

— Sabe que acho que ela nunca falou?

Krish assente.

Quando chegamos na Sala dos Funcionários, Dóris se joga em uma cadeira ao lado da vovó. Sinto que a coisa certa a se fazer é perguntar se querem um chá. As duas fazem que sim. Tenho a impressão de que querem que fiquemos aqui só para não ficarmos na ala com Clara deitada lá. Depois de um tempo, Marco Interrogação aparece na porta e assente para Dóris.

— Quer ficar aqui mais um pouco? — pergunta Dóris para vovó.

Ela balança a cabeça negativamente, Dóris leva vovó na cadeira de volta para a ala. No meio do corredor, Krish pega uma das alças da cadeira.

— Quer empurrar, filho? — pergunta Dóris, sorrindo para ele e movendo-se para o lado.

Quando nos aproximamos da ala, Krish pausa na entrada. O lugar onde ficava a cama de Clara está vazio. Eu me pergunto quem mais, além da nossa família e da equipe, vai se lembrar de Clara. Não ser lembrada deve ser um final triste... e logo, suponho, seu lugar na ala vai ser preenchido por uma nova pessoa. Acho meio errado ser trocada com tanta facilidade.

Papai dá uma olhada pela porta da ala.

— A senhora vem, mãe?

Vovó sorri e balança a cabeça negativamente.

— Mande meu amor para eles — sussurra.

Tem música vindo de um quarto no corredor. É Mozart, o favorito da vovó. Ela está com os olhos abertos e escuta como se estivesse hipnotizada. Aí as pálpebras dela ficam pesadas, como os olhos de uma boneca de porcelana piscando, e ela está indo para um outro lugar. Tudo indica "Não perturbe".

Sigo a música e um cheiro doce que flutua pelo corredor vindo da Sala da Família, que foi decorada com lírios e flores brancas e rosas. Estão todos lá: mamãe, papai, tia Mel, balançando Laila na cintura, e tia Abi, e Krish com alguns dos outros visitantes, pacientes, médicos e enfermeiras. Mamãe sorri para mim.

Aí vejo o homem da cama mais próxima à porta no quarto dos homens, o que não é velho; mamãe diz que deve ter 30 anos. Está em pé ao lado da mulher que o visita todos os dias. Está tão linda com o cabelo preso com duas varetas chinesas. Está vestindo uma bata quimono de seda verde-limão com bordas cor-de-rosa, calças de seda preta e delicadas sapatilhas chinesas rosa e verde. Ela tem cabelo preto longo e é bem alta. O homem também é alto, mas careca, completamente careca. Está vestindo um roupão chinês de seda com estampa cinza-prata e verde-limão nas pontas. Acho que a mulher realmente pensou no que seria mais confortável e bonito para usarem, e em como combinariam.

Ele é só um pouco mais alto do que ela, mas tão magro. O câncer faz com que pareça um homem velho. Emoldurados pelo arco de flores, estão bem próximos, olhando profundamente para os olhos um do outro e repetindo os votos de casamento depois do padre, mas dá para ver que estão perdidos no mundo deles. Ninguém mais consegue ouvir o que estão falando.

Eu já fui a alguns casamentos, então sei que tipo de coisa o padre deve estar falando. De repente, tenho a impressão horrível de que quando ele perguntar "Alguém tem algum motivo para que este casamento não aconteça?", alguém na sala vai responder "PORQUE ELE VAI MORRER".

Quando chega nesse momento, é claro que ninguém fala nada, mas Laila começa a chorar, e a noiva se vira e sorri para ela, e vejo que seus olhos estão brilhando com lágrimas. Tia Mel passa Laila pela fila até a mamãe.

Marco Interrogação — deve ser o padrinho — se posiciona ao lado do noivo e passa a aliança. A mão dele está tremendo incontrolavelmente, então Marco Interrogação tem de ajudá-lo a colocar o anel no dedo da noiva. Aí eles se beijam na boca. Um beijo mesmo, com língua e tudo, muito demorado, e naquele beijo dá para sentir tanto amor e tristeza ao mesmo tempo — como as cores mais vivas e mais mortas se mesclando umas nas outras.

Dou uma olhada em todas as pessoas na sala. Todo mundo está chorando, menos Krish e eu. Depois de eles ficarem grudados no beijo por uma eternidade, meu irmão diz um "Que nojo!" bem alto, quebrando o encanto. Minha mãe, que está chorando muito, obviamente dá um empurrão em Krish, mas todo mundo começa a rir.

Depois do casamento, tem champanhe. Papai diz que posso tomar um gole, mas não gosto do sabor amargo. Krish quer um pouco, mas mamãe diz que não pode porque ele disse "Que nojo". Papai dá um gole para ele escondido, e ele lambe os lábios. Vejo papai beber rápido, como se fosse um copo de água com gás.

Meu celular toca. Ainda não achei um toque que não seja uma vergonha completa. Corro para o hall e pego o celular, agradecendo Seiláquem Seiláoquê por não ter tocado durante a cerimônia.

— Oi, Millie — sussurro.

— É o Jidé. Por que você está falando baixo?

Passam-se alguns segundos durante os quais meu coração bate no volume de um alto-falante até que eu consiga pensar no que dizer, até eu superar o choque de ele ter realmente me ligado.

— Ah! Oi, Jidé, estou no asilo. — É o melhor que consigo improvisar.

— Quer vir no meu asilo depois da escola na próxima sexta? Minha mãe quer falar com você sobre um comitê de alunos para a Recreação.

— Tudo bem — respondo, tentando não soar tão chocada.

— Mas e aí, tudo bem?

— Acabei de participar de um casamento no asilo.

— Um casamento? As pessoas que se casaram estão doentes mesmo?

— Um deles, sim... o homem.

— Ela deve amar o cara de verdade.

— Ama — digo.

Não acredito que estou no asilo, em um casamento, falando com Jidé Jackson sobre amor. Vem uma pausa estranha na qual nenhum dos dois consegue pensar no que dizer.

— Bem, então até mais — diz Jidé.

— Até.

Vovó estava errada quanto ao meu celular. Tenho uma pessoa para quem ligar, e uma pessoa que quer ligar para mim.

Perambulo pelo corredor, pensando em como é possível que apenas uma ligação de Jidé possa me fazer sentir que estamos saindo de verdade. Esse dia está se mostrando o mais estranho, com mais emoções misturadas, de todos os outros dias.

Eu me sento ao lado da cama da vovó e a vejo dormir. É quando escuto essa mensagem chegar no telefone:

Esqueci os
xxxxxxx
JJ

Não quero acordar vovó com o som agudo que faço toda vez que aperto as teclas porque ainda não sei como colocar no silencioso. Pelo menos não levo metade do dia para responder dessa vez.

Eu também.
xxxxxxxx
Mira

Meu dedo nem duvida sobre o teclado antes de apertar o botão de envio.

— Vejo que está usando seu celular — diz vovó cansada.

— Desculpa, vó. Acordei a senhora?

— Sim! Então o mínimo que pode fazer e me contar com quem está tão animada para falar — Vovo está mostrando seu sorriso mais malvado.

— Eu não estava falando, estava mandando mensagem.

— Tanto faz!

— Não era ninguém — respondo, rindo e fechando o celular.

— É um ninguém ninguém, um ninguém alguém, ou um alguém alguém? — brinca ela

Eu rio, mas não respondo.

— Um alguém alguém, então! Bom para você. — Vovó sorri, apertando minha mão. — Não tem nada mais doce do que o primeiro amor

— Vóóóóó! — exclamo.

— Falando em amor, como foi o casamento?

— Achei triste.

Vovó concorda e fecha os olhos.

— Vó, por que eles se casaram, se ele está tão doente?

Ela balança a cabeça e suspira como se não pudesse responder.

— É um dos muitos mistérios do coração... Estão apaixonados. — Aí ela abre os olhos e sorri, como o sol abrindo caminho por entre as nuvens. — A vida continua, Mira.

Queria achar uma corrente para o coração de alcachofra da vovó. De repente, sinto como se agora fosse o momento de usá-lo.

Segunda-feira, 16 de maio

— O que você vai fazer na sexta? — pergunto para Millie enquanto caminhamos juntas para a escola.

— Orquestra, como sempre. Por quê?

— Por nada, tinha esquecido — minto.

Se Seiláquem Seiláoquê estiver me vendo agora, estou muito encrencada.

A Srta. Poplar colocou várias revistas, livros e jornais nas mesas. Temos de escolher alguém famoso que admiramos e depois escrever as qualidades que nos fazem admirá-lo tanto. Acho impossível decidir quem escolher porque não conheço as pessoas, então como posso dizer como são de verdade?

— Então, todo mundo já escolheu alguém?

Ela faz essa pergunta no exato momento em que Jidé e Ben entram. Jidé escuta a pergunta e se vira para mim, sorrindo. Eu me concentro muito em não rir alto.

— Quanto foi? — pergunta a Srta. Poplar.

— Três a zero para nós. Eu fiz dois; Jidé fez um.

— Muito bem, meninos... Agora... nós todos escolhemos uma pessoa famosa que admiramos, então quem quer começar?

Ben está preparado, mão para cima antes mesmo de Millie.

— Pelé — grita ele. — Ele foi o melhor jogador de futebol de todos os tempos, e meu pai dizia que era um cavalheiro de verdade.

Não é difícil entender por que Ben escolheu Pelé.

A Srta. Poplar anda pela sala. A maioria dos alunos apenas se copia com nomes como Madonna, David Beckham, Alicia Keys. A Srta. Poplar está se movendo em círculos pela sala, cada vez mais perto de mim, mas a única pessoa em quem consigo pensar que é meio famosa para mim é vovó Josie. Jidé escolhe Nelson Mandela porque leu a biografia dele. Orla escolhe o Papa porque é católica e o Papa acabou de morrer e a mãe dela disse que ele foi o melhor Papa do mundo. Eu esperava que ela fosse escolher alguém tipo Madonna, como Bo e Demi fizeram. Talvez Orla seja mais do que pensei. Peço para Seiláquem Seiláoquê fazer um nome vir à minha mente — qualquer pessoa.

— E então, Mira? Quem você escolheu?

— Não consegui pensar em ninguém — digo.

A verdade é que só consigo pensar em duas pessoas neste momento: vovó e Jidé.

— Tudo bem — diz a Srta. Poplar.

É geralmente nesse momento que Demi, Bo e Orla vêm com tudo. Olho para elas, mas estão ocupadas folheando suas revistas.

No final das aulas, Jidé caminha comigo.

— Você ainda vai lá em casa na sexta? — pergunta ele, dando o braço para mim. Isso me faz sorrir porque ele obviamente sabe que eu não mudei de ideia.

Depois de andar comigo pelo pátio da Recreação até a rua, paramos na calçada sem saber como nos despedirmos.

— Até mais, então. — Jidé sorri, correndo pelo pátio antes de eu poder responder. Eu o observo cruzar o campo de futebol e dar um salto, dobrando as pernas e dando um soco no ar. Com certeza era para eu ter visto aquilo!

Vovó diz que as pessoas estão vindo de todas as partes diferentes de sua vida. Tem Sylvie, a poeta, que sempre traz uma flor de seu jardim, e a animada Lucy, com cabelo cor de fogo e joias de vidro reluzente, que chora quando vovó não está olhando. Às vezes, fico sentada ouvindo elas conversando sobre os velhos tempos. Quando você observa vovó com as amigas, dá para ter uma ideia de como era sua vida quando ela era jovem... antes de eu nascer, até mesmo antes do meu pai nascer. Antes de vovó começar a morrer, nunca pensei realmente em quem ela é — quer dizer, além de minha avó.

— Sua mãe não é famosa, é? — pergunta a Mulher do Lenço para papai quando voltamos do passeio com Piper.

— Ela é famosa aqui... uma das personagens locais. Por que a pergunta?

A Mulher do Lenço explica que tem uma mulher da Rádio 4 no asilo hoje querendo entrevistar pessoas sobre como é ter uma doença terminal, mas querem uma pessoa comum, ninguém famoso. O programa vai ser sobre como as crenças das pessoas as ajudam quando estão morrendo.

Já entrevistaram pessoas sobre o Papa e agora vão falar com o casal que se casou outro dia, a equipe e a pessoa famosa do asilo (não é para ninguém saber o nome dela). Aí querem mais uma, sem ser famosa, só uma pessoa interessante e comum. Vovó Josie não é o que eu chamaria de "comum", mas guardo esse pensamento para mim.

Quando subimos para a ala, papai pergunta a vovó o que acha de ser entrevistada.

Ela dá de ombros e ri.

— Bem, nunca pensei que fosse acabar em um programa de rádio sobre o Papa, mas se é a vontade de Deus!

Vovó pede para tia Abi que a ajude a se maquiar antes da entrevista.

— Não é para a televisão, vó.

— Mesmo assim quero estar o melhor possível quando me escutarem!

A ideia de um programa de rádio realmente animou vovó.

Uma mulher jovem entra na ala, com os sapatos fazendo barulho, e se senta na cadeira perto da cama da vovó. Achei que fosse ser mais velha. Está usando roupas de microfibra que combinam. O tipo de roupa que vovó nunca usa. Ela fala com vovó com uma voz calma e pausada, um pouco como as pessoas falam com crianças pequenas. Vovó fica pedindo que a Mulher do Rádio fale mais alto, e acho que ela está com medo de ficar tão perto de uma pessoa que está morrendo. Muitas pessoas têm medo. Ela pergunta para vovó, com muita piedade, como se estivesse sendo forçada e preferisse estar fazendo qualquer outra coisa no mundo:

— Quais são seus pensamentos neste momento? O que lhe conforta?

— Você quer dizer como é estar morrendo?

A Mulher do Rádio sussurra um "sim" como se quisesse se enfiar embaixo da cama.

— Bem, você também está morrendo; só que é muito nova para saber disso.

Vovó percebe que a Mulher do Rádio está desconfortável, então para de brincar e simplesmente responde à pergunta.

— No geral, tive sorte por fazer as coisas que quis na vida. Não tive medo de lutar pelo que acredito. Vi meus filhos e netos crescerem. Viajei o mundo todo, e meu trabalho é o que amo... pintura. Como história, tudo está na ordem certa. Você tem uma vida, uma boa vida, você ama, você é amada, você envelhece, você fica doente... você morre. Talvez essa parte não esteja na ordem certa. Essa doença apareceu antes de eu me sentir velha. É uma pena.

Aí a mulher, que não está escutando, passa para a próxima pergunta da lista.

— A senhora pode nos contar sobre o caixão que pintou?

— Ah, sim, meu caixão. Bem, com a ajuda da minha netinha aqui, eu pintei o meu próprio caixão. É o mar e o céu dançando com golfinhos e pombas brancas. Ah, sem esquecer meu cachorrinho fazendo xixi no mar. — Vovó sorri para mim. — É meu grande ato final! A única coisa boa em uma doença terminal é que, se você dá sorte, tem tempo de dar adeus. Meu funeral vai ser uma celebração da minha vida, organizado por mim. Sempre amei dar festas! O único problema é que não vou estar com minhas pessoas favoritas.

A Mulher do Rádio nem sorri com as piadas da vovó, o que acho que é bem grosseiro. Ela simplesmente prossegue para a próxima pergunta da lista.

— Quando o Papa estava morrendo, tinha sua fé. Como a senhora acha que isso muda as coisas? Como suas crenças a ajudam a lidar...

— Bem, não há como eu comentar sobre o Papa, mas se você está perguntando em que acredito, acho que é no espírito humano. Não desperdiçar sua vida e lutar pelo que você sabe que é certo. Quanto à vida após a morte, não acredito em paraíso ou inferno, não nesse tipo de vida após a morte... é suficiente saber que traços de mim vão viver por meio do que criei no meu jardim, nas minhas pinturas, nos meus filhos, netos, amigos, até no pequeno Piper, meu cachorro. Não apenas a linha genética, estou falando sobre a minha memória, o que consegui comunicar ao mundo. Isso deve bastar para qualquer pessoa, não é?

A Mulher do Rádio não responde

— Quem está por trás dos óculos e do lenço na cabeça? — pergunta vovó enquanto a Mulher do Rádio arruma seu equipamento de gravação.

Ela fica confusa.

— Se eu sou a normal, quem é a famosa que você entrevistou? Eu adoraria saber que tipo de companhia tenho aqui.

— E-eu acho que não posso dizer — gagueja ela.

— Por favor, estou *morrendo* de vontade de saber; todos nós estamos — diz vovó com uma voz exagerada de atriz. A Mulher do Rádio deixa sua bolsa cair, derrubando tudo no chão. Vovó faz um sinal para que eu a ajude a pegar seus papéis.

Quando ela se vai, eu me sento na ponta da cama da vovó.

— Acho que a espantou um pouco, vó.

— Fui má, não fui! — Ela ri. — Podemos dizer que ela despertou meus demônios!

Vovó se encosta no travesseiro, exaurida pelo esforço da entrevista. Ficamos quietas agora. Não quero me mover para não acordá-la, então fico sentada imóvel, com a mão dela na minha.

Quando me dou conta, estou sendo cutucada com força no ombro. Só Krish me cutuca assim.

— Você está sempre monopolizando a vovó — reclama Krish em um sussurro raivoso que poderia facilmente acordá-la.

— Não há como *monopolizar* uma pessoa.

— *Você* consegue! Sai pra lá — retruca ele, me dando uma cotovelada e me tirando do lugar.

A voz grave da vovó nos choca; ela tem falado cada vez mais com os olhos fechados, então você acha que ela está dormindo, mas, na verdade, ela sabe exatamente o que está acontecendo.

— Krish, quero que você vá na minha casa com seu pai e escolha alguma coisa minha para você e outra para Laila... E Mira, você fica com o meu cavalete — ordena ela, fechando os olhos como se estivesse tudo resolvido agora. Krish não está com vontade de desistir. Apesar de ser menor do que eu, sempre vence esse tipo de luta. Não fica feliz até que eu saia completamente da cadeira. Aí ele segura a mão da vovó como se fosse direito dele se sentar com ela. Como alguém pode transformar o ato de se sentar com a avó que está morrendo em uma competição?

Terça-feira, 17 de maio

— Que horas vamos no asilo? — pergunto ao papai.

— Não vamos. Sua mãe vai com Krish e Laila depois da escola. Nós temos o dia de folga.

— Mas...

— Não tem mas, temos o dia de folga e ponto final.

Papai tem de berrar mais alto do que Laila fazendo escândalo — ela está um pesadelo esta manhã.

— Mira, em relação à escola. Eu não quis interferir. Estava apenas preocupado com você; sabe disso, não sabe?

Faço que sim com a cabeça e abraço papai bem forte. Ele realmente precisa de um descanso. Não faz a barba há dias, sua pele está com um tom triste de cinza e as olheiras estão mais profundas.

— OK — concordo. — Vamos fazer o quê?

— Isso é completamente com você. — Papai abre os braços como se tudo fosse possível. É quando tenho a ideia.

— Podemos ir ver a Frida Kahlo? Eu ia com a vovó. Aí podemos comer pizza depois e andar na margem do rio.

Mamãe e papai se olham como se quisessem dizer "Não era bem isso que tínhamos em mente".

— E se não conseguirmos entrar? Você não quer ir nadar ou ver um filme? — sugere papai.

— Mas você odeia nadar!

— Verdade!

— Bem, eu quero ir na exposição. Se vovó não pode ir comigo, pelo menos eu posso contar sobre para ela.

— Você já viu algum trabalho da Frida Kahlo? — pergunta mamãe.

Balanço a cabeça.

— Alguns não são muito animadores.

Papai muda a expressão para uma máscara de infelicidade. É para me fazer rir.

— Eu não ligo. Não estou me sentindo muito feliz mesmo.

— Vá se arrumar então, Mira — suspira papai.

No meu quarto, penso em mandar uma mensagem para Jidé, mas decido que antes de ir na casa dele devo pelo menos ter a coragem de ligar. Então ligo, mas só consigo me sentir aliviada quando entra na mensagem de voz. Sou tão covarde.

— Oi, Jidé. Só queria avisar que não vou aparecer hoje. — Comecei bem. — É isso! Não estou doente nem nada... é só que meu pai precisa de um descanso, então... e... enfim... — Agora eu realmente me arrependo de deixar essa mensagem. — Vejo você amanhã. — Sabia que devia ter mandado uma mensagem em vez de ligar. Desligo e jogo o telefone na cama por ter feito uma ligação tão desajeitada

Pegamos o metrô para Waterloo e aí percebo que deixei o celular em casa. Como vou esperar o dia todo para ver se ele me ligou de volta? Penso em pedir para voltar, mas papai ia começar com as perguntas... então tento ao máximo não pensar nisso.

Waterloo é minha estação preferida em Londres porque ainda passa a sensação de que as pessoas do passado estão conosco. Às vezes, acho que pessoas de outros tempos, como meus tataravós e até mesmo antes deles, estão perto de nós, só que existe essa separação chamada morte que nos impede de vê-los. Em alguns lugares, dá para sentir as gerações passadas mais do que em outros. Falo isso para papai e ele franze as rugas de preocupação entre os olhos.

— Você está falando sobre fantasmas? — pergunta papai.

— Não exatamente, é mais tipo, dá para sentir as pessoas de gerações diferentes em certos lugares mais do que em outros.

Como na Tate Modern. Dá para ver que era uma estação de luz. Quando você passa pelo salão das turbinas, ainda dá para sentir as grandes rodas de metal girando. Pegamos o elevador, mas antes de entrarmos eu sei que estamos perdendo tempo porque o cartaz acima diz: EXPOSIÇÃO FRIDA KAHLO 9 DE JUNHO — 9 DE OUTUBRO

— Tudo bem — diz papai, e vamos para a escada rolante que desce. — Eu trago você outro dia.

Dá para ver que ele está tentando esconder o alívio. Caminhamos sem rumo pela margem do rio. Na margem sul, há várias barracas vendendo principalmente livros. Uma delas está coberta com pequenas bandeiras brilhosas que dançam com a brisa. Vou até lá, e uma menina com cabelo preto longo e olhos castanhos enormes sorri para mim e para papai enquanto olhamos a barraca. Ela está vendendo joias, bonecos indianos, bolsinhas de couro, incenso, esse tipo de coisa. A menina, com sua enorme juba negra e roupas hippie-chique, parece ter saído direto das fotos da vovó da década de 1960.

— Está procurando alguma coisa em especial? — pergunta ela ao meu pai quando ele pega algumas pulseiras.

É constrangedor, porque papai não responde — ele está literalmente encarando a menina. Dou uma cotovelada nele.

— Desculpa, sim, estamos procurando uma pulseira para colocar um pingente neste lindo e pequeno punho — diz papai, pegando a minha mão. Por que os pais têm que pagar tanto mico?

Ela pisca para mim e mexe em uma caixa que tem dançarinos indianos pintados nos lados. Vovó ia amar essa caixa.

— Acho que tenho exatamente o que você quer.. Sim, aqui está... é um dos meus mais antigos. Só falta um dos penduricalhos, mas o fecho ainda está no lugar, então é só colocar o seu pingente.

É perfeita... uma pulseira pequena de prata com dois pingentes: uma borboleta e um pássaro. Mal posso esperar para mostrá-la a vovó.

— É para um pingente que minha avó me deu.

A menina apenas sorri para mim e começa a embrulhar a pulseira em camadas de papel laranja, que ela finalmente fecha com um adesivo de estampa em curvas, como um *bindi*, aquela maquiagem que mulheres indianas usam no meio da testa.

— Prontinho.

— Quanto te devo? — pergunta papai.

— Nada. — A menina sorri.

— Tem certeza? Que gentileza sua — diz papai, ainda segurando a nota de dez libras para ela.

— Vai ser meu *carma* positivo. Podem acreditar, por causa disso vou fazer muito dinheiro hoje — diz ela, afastando a mão do papai.

— Espero que sim. — Ele sorri.

Não conversamos sobre a menina ou sobre o pingente enquanto andamos ao longo do rio. Olhando para os prédios nas margens do Tâmisa, o que percebo pela primeira vez é que todos se encaixam. Até prédios como o Gherkin cabem direitinho no espaço. Prédios são assim. Conseguem ser uma grande família na qual todas as gerações estão vivas ao mesmo tempo, contanto que recebam os cuidados devidos. Os tataravós, como o Big Ben e os prédios do parlamento e a Catedral de St. Paul vivendo lado a lado com seus parentes distantes, a ponte Millennium, o Gherkin e a roda gigante. Em vez de alguns deles morrerem antes de a nova geração nascer, simplesmente ficam vivos e se tornam uma família cada vez maior. Queria que seres humanos pudessem fazer isso.

O toque constrangedor do celular do papai, uma música metida a jazz, interrompe meus pensamentos.

— Quando? Onde você está?

O rosto dele perde toda a cor.

— Estou indo agora mesmo.

Não seria justo se vovó morresse hoje, porque fomos vê-la todos os dias desde que foi para o asilo, exceto hoje.

— O que foi? — pergunto, sem ar. Papai está literalmente me puxando pela margem sul, correndo pelos degraus da ponte Waterloo e se jogando na frente de um táxi.

Ele não me responde. Papai nunca pega o táxi preto. Entramos.

— Hospital Whittington. — Ele vomita as palavras.

Nós entramos no táxi, ofegantes, sem conseguir falar.

O motorista do táxi olha para papai pelo espelho.

— Tudo bem?

Papai balança a cabeça, ainda ofegante, e aí fala bem devagar, como se estivesse tentando acreditar no que diz.

— É a minha bebê... levaram ela para o hospital.

— Vou levá-lo para lá o mais rápido possível, amigo. Pode deixar comigo.

O motorista pisa no acelerador e sai costurando o trânsito, ignorando os protestos sonoros dos outros motoristas.

Papai liga para mamãe de novo.

— Em um táxi... Ponte Waterloo... Eles têm certeza? OK, OK, estou chegando.

Estou gelada, tremendo dos pés à cabeça. Laila no hospital? Minha cabeça está toda embaçada por não conseguir entender nada. Eu me viro para meu pai para ouvir uma explicação, mas ele está olhando pela janela. Acho que até esqueceu que estou aqui, sentada ao lado dele. Sua testa está molhada de suor.

— Ela estava bem esta manhã — digo, cutucando o braço dele. Pensando bem, ela estava chorando muito. — É muito sério?

Papai se vira para mim como se realmente tivesse esquecido que estou lá.

— Ela está com erupções no corpo e febre alta... suspeitam de meningite.

— Isso é muito sério? — pergunto de novo porque, apesar de já ter ouvido falar em meningite, não sei exatamente o que é, a não ser por um pôster no consultório do médico que diz que você pode fazer um teste para meningite pressionando um copo de vidro contra sua pele. Eu me lembro disso porque achei uma maneira estranha e não muito científica de testar algo sério.

Papai só aperta minha mão e olha para fora da janela. O céu desaba. É o tipo de chuva que para o trânsito. Vejo o para-brisa do táxi mexendo pateticamente devagar contra a quantidade enorme de chuva que cai. Faróis de carros nos cegam no meio da bruma, cores se mesclando em um clarão embaçado... É como ver o mundo por meio de uma câmera fora de foco.

É aí que me lembro de ficar enjoada ao pensar em um caixão com tamanho de criança, e é essa lembrança que me faz pensar na pergunta... ela simplesmente aparece na minha mente... "Se tiver de ser vovó ou Laila hoje, quem vai ser?" Se Laila morrer antes da vovó, vai ficar tudo na ordem errada. Mas por que a vida da Laila deve ser mais importante do que a da vovó? É apenas um bebê, e só nós a amamos. Tantas pessoas amam vovó Josie... tantas pessoas vão sentir falta dela... mas a vida de Laila nem começou ainda. Então, enquanto vamos em zigue-zague pelo trânsito embaixo do dilúvio, chamo Seiláquem Seiláoquê de novo... para que seja a vovó.

O motorista nos leva até os portões do Whittington, onde as ambulâncias estacionam. Papai checa o taxímetro e passa uma nota de vinte libras para o motorista

— Pode ficar, amigo.

Papai não discute com ele, apenas faz que sim com a cabeça e sai do táxi.

— Tudo de bom para vocês — grita o motorista pela janela enquanto vai embora.

Estou sendo puxada de novo pelas escadas rolantes, por um corredor com fotos de crianças nas paredes... Ursinho Puff, Tigrão... aí vejo Krish parado no corredor, tão pequeno e sozinho.

— Mamãe está lá. — Ele aponta uma porta. — Com a Laila. Não podemos entrar.

Papai entra, deixando eu e Krish sozinhos no corredor.

— O que ela tem?

Krish dá de ombros.

— Eles não sabem... um tipo de vírus, eles acham... ela teve uma convulsão no carrinho... estava fervendo de quente. Eu a encontrei. Os olhos dela estavam virados para cima.

Aí Krish abraça minha cintura e se segura em mim.

— Ela não vai morrer, não é, Mimi?

Ele não me chama assim há anos.

— Não — respondo, fazendo carinho no cabelo dele. — Ela não vai morrer.

A porta se abre, e mamãe e papai saem sem a Laila.

— Eles acham que ela vai ficar bem. Está no soro e a temperatura está começando a abaixar. — Mamãe suspira de alívio e nos abraça.

— Ela pode ir para casa agora? — pergunta Krish.

— Ela vai ficar aqui por alguns dias... Eu vou ficar com ela.

Agora quero desfazer o meu desejo, mas não dá para fazer isso só porque você conseguiu o que queria. Dá? Como se soubesse o que estou pensando, papai diz:

— Não há necessidade de deixarmos vovó preocupada com esse assunto.

Como eu poderia contar o meu desejo para vovó?

Mal consigo olhar para ela.

— Você trouxe um catálogo para mim, Mira?

— Nós não fomos. Só começa no dia 9 de junho.

— Que pena — suspira vovó. — Eu queria muito ver o catálogo.

— Mas achamos uma pulseira para o seu pingente.

Tiro a pulseira do bolso para mostrar a ela.

— Lindo embrulho! — Ela sorri conforme tiro o adesivo de *bindi* e abro as camadas de papel laranja. — E na sua cor favorita.

Concordo e dou a pulseira para que vovó a analise.

— Mas essas são todas as nossas coisas preferidas. Que gracinha o passarinho e a borboleta de prata, mais ou menos do mesmo tamanho do coração de alcachofra. Ah! E tem um pingente faltando, mas o aro ainda está aqui, então dá para abri-lo. Peça para seu pai fazer isso. Algumas coisas simplesmente acontecem porque têm que acontecer — anuncia vovó, devolvendo a pulseira.

— Bem, pelo menos não foi um passeio em vão. Quero ver você usando quando vier de novo.

— A menina da barraca se parecia um pouco com a senhora quando era nova — diz papai para vovó.

Ela alisa o cabelo grisalho e curto como se estivesse se lembrando da sensação da longa juba negra.

— Parecia mesmo? Nós tivemos uma barraca de arte no Embankment, eu e seu avô Kit — diz vovó para mim.

Não consigo pensar em nada para dizer. Geralmente sou eu que mantenho a conversa fluindo. Não hoje. Krish nunca fala muito quando visitamos vovó. Geralmente, ele vai para a Sala da Família e assiste futebol com o homem que se casou. Às vezes, conta para vovó sobre seus jogos, ou sobre suas corridas, mas costuma ficar quieto, na dele. Hoje ele pediu uma folha do melhor papel de arte da vovó. Ela aponta para a mesinha de cabeceira, e Krish tira uma página do caderno. Krish não acha que é bom com arte. Sempre que tem dever de casa de arte na escola, pede minha ajuda. Uma vez, ganhou um certificado pelo "excelente trabalho". No certificado, dizia *Krish Levenson, por sua conquista na arte*, mas ele riscou o nome dele, colocou o meu e me deu. Krish é uma das pessoas mais honestas que conheço. Na verdade, ele é muito bom em arte. Só esquece que sou dois anos mais velha, então entendo sobre coisas nas quais ele nem pensou ainda, tipo perspectiva.

Uma vez, na escola primária, recebemos um artista aborígene. Ele disse que o povo aborígene acredita em sonhos. Ele nos levou para o pátio, para fora da escola e até o topo de uma montanha. Pediu, enquanto caminhávamos, que escutássemos a terra falando conosco. Eu não consegui ouvir nem sentir nada, mas Krish achou que sentiu água embaixo da calçada. Quando voltamos para a escola, olhamos um mapa velho que fica do lado de fora da sala do diretor, e tinha mesmo um rio antigo embaixo da rua, bem onde Krish sentiu. Alguns dos seus amigos disseram que ele já devia saber do rio, mas não sabia, não.

Por causa disso, o homem aborígene fez com que Krish ficasse em pé na frente de todo mundo. Ele disse que Krish ainda tinha o poder de sonhar. Meu irmão estava morrendo de vergonha, mas dava para ver que estava satisfeito. O artista aborígene disse que sonhar é quando você entra em contato com a energia da terra, então seus passos sentem uma memória de como o lugar foi criado, mesmo que isso tenha acontecido há milhares e milhares de anos. Krish teve de ficar em pé ao lado do homem aborígene enquanto ele dizia isso tudo. Aí, na frente de todo mundo, perguntou se isso significava que há sempre uma memória na terra, para tudo, até mesmo quando está morta. O homem aborígene concordou e fez uma saudação engraçada para Krish, do tipo que só se faz quando você respeita alguém de verdade.

Hoje, acho que Krish veio para o asilo com um plano, porque trouxe uma caixa cheia de canetinhas. É incrível vê-lo sem se mover enquanto desenha cada nódulo de cor na página. Está desenhando centenas e milhares de pequenos pontos cinzas, marrons e pretos em uma forma circular na ponta do papel. Faz isso por mais ou menos uma hora e termina apenas um círculo, mas quando chega na parte em que os círculos se conectam, ele faz uma curva com os pontos para dentro e cria o começo do próximo círculo. Vovó pergunta o que ele está fazendo.

— Uma padronagem.

— Que tipo de padronagem, Krish?

— Uma espiral — responde sem levantar a cabeça.

Ele pega os tons de azul e começa a próxima camada de pontos.

— As cores de fora são o mar, aí as próximas camadas vão ser a terra, e o Sol no centro — explica Krish conforme continua desenhando pequenos pontos na página.

— Quem diria... Krish, o corredor, a caixinha de surpresas, sabe meditar — diz vovó, sorrindo.

Ele dá de ombros, como se não fizesse ideia do que ela está falando.

Fico em pé olhando pela janela, ainda sem coragem de olhar vovó nos olhos, como se ela fosse saber o que eu desejei só de olhar para mim.

— Como vai a pequena Laila?

— Bem... mas os dentes dela estão crescendo — minto sem me virar. Estou ficando cada vez melhor em mentir.

— É uma pintura de sonho, vovó — interrompe Krish, mudando de assunto.

Vovó concorda, joga um beijo para ele e fecha os olhos.

Quando finalmente chego em casa, corro para meu quarto e escuto a mensagem de voz do Jidé.

Oi, Mira, é o Jidé. Desculpa, esqueci de levar o celular para a escola hoje! Pensei em você o dia todo. Tomara que você vá para a escola amanhã. Até mais.

Isso sim é uma mensagem fantástica. Deito no travesseiro e fico apertando o botão de repetir, e é assim que finalmente caio no sono, escutando a voz de Jidé Jackson... *Pensei em você o dia todo... pensei em você...*

Quarta-feira, 18 de maio

Verde

Tá! Tá! Tá! Tá!

— Tudo bem, já estou indo!

— Onde você estava ontem? Eu vim te ver mas não tinha ninguém em casa. — Millie procura sinais de más notícias no meu rosto. Não acredito que esqueci completamente de ligar para ela.

— Tirei o dia de folga.

— Podia ter me ligado. Pelo seu rosto não parece que você teve um dia de folga!

— Desculpa, foi um dia louco. Laila foi para o hospital, depois fomos ver a vovó.

— A Lailinha! Ela está bem?

— Vai ficar — respondo. — Ela vai receber alta em alguns dias.

— Todos nós achamos que talvez sua avó... — Ela para de falar; não quer terminar a frase.

— Millie. Você acredita em Deus?

— Sim. Por quê? Você não?

— Não tenho certeza.

Millie franze o rosto para mim como se dissesse "Temos *mesmo* de ter uma conversa importante dessas neste momento?" Então dá um dos seus sorrisos maliciosos.

— Parece que o Jidé Jackson está muito interessado em conversar comigo sobre você.

— Jura? — respondo como se não ligasse

— Juro — responde Millie, dando um sorrisinho para mim.

Tenho a impressão de que somos as primeiras a chegar na escola, mas aí passamos por Orla sentada no banco do lado de fora do bloco do sétimo ano. Sem as companheiras dela, Demi e Bo, ela fica tão pequena e... solitária.

— Por que você não vem para o grupo de leitura que frequentamos? Veja se gosta. Não custa nada; você sempre chega tão cedo — digo.

Orla balança a cabeça. Dá para ver que não tem chance de ela mudar de ideia.

— Quem sabe outro dia — murmuro, saindo de perto e me sentindo ligeiramente idiota por ter perguntado

— Obrigada, mesmo assim — responde Orla.

Eu me viro e sorrio para ela.

— Por que você fez isso? — pergunta Millie, me encarando como se não me reconhecesse.

— Não sei mesmo... Só achei... ela tem sido tranquila comigo desde...

— Você tem razão. Devíamos ter perguntado antes. Não acredito que passamos por ela toda as semanas, principalmente eu, quando sei como deve ser difícil.

— Por que difícil?

— Eu conto mais tarde — suspira Millie conforme abro a porta do bloco do sétimo ano.

Em poucos dias, Orla se transformou de uma das perseguidoras de três cabeças em um ser humano, só porque não tenho mais tanto medo de falar com ela. Olho de novo e percebo, mais do que nunca, como é pequena e magra.

Jidé e Ben estão estirados na posição "Não dou a mínima" de sempre em cima da mesa — ultimamente, vestem o tédio deles como um item nada convincente de moda. Estranho que sejam sempre os primeiros a chegar! Assim que Jidé me vê, ele se estica e sorri. Tenho de controlar uma gargalhada, porque ele parece um daqueles suricatos fofos e espertos demais que vemos nos programas sobre natureza. Eu me sento na cadeira ao lado dele e, pelo canto do olho, vejo Millie sorrindo.

Pat Print levanta a cabeça e dá um sorriso, como se nós quatro sentados nesta sala fosse uma coisa que ela vinha esperando a semana toda. Como alguém faz com que você se sinta desse jeito só pela maneira como sorri para você?

— Bom ver vocês, meninas. Vamos direto ao assunto. O que vamos discutir hoje é... personagem... Meu assunto favorito. Não tem como ser escritor se você não se interessa por pessoas, e pessoas são personagens.

Todos os escritores têm que começar desvendando por que as pessoas se comportam como se comportam, suas motivações. O que faz com que as pessoas escolham seu caminho na vida? Ou talvez não sintam que têm uma escolha. Suas ambições, seus impulsos, seus defeitos fatais, o que as empolga. É muita coisa para se pensar, eu sei, mas vocês vão se surpreender com a rapidez em que um personagem pode surgir. Este é um exercício que faço comigo mesma. Chamo de "escrita instantânea". A coisa mais importante é não tirar a caneta da página... apenas continuem escrevendo qualquer loucura que vier à mente. Às vezes é o inconsciente que nos fornece o melhor material. Quero que escolham alguém que conhecem — podem mudar o nome se quiserem —, qualquer pessoa que vocês achem que é interessante, e escrevam a primeira coisa que vier à cabeça quando eu sugerir algumas palavras. Não pensem muito... deixem o acaso interferir! Canetas e papéis a postos!

Depois de uns cinco minutos escrevendo, tentando colocar tudo no papel antes de Pat Print mudar para a próxima palavra, ela ordena que larguemos nossas canetas. Ninguém quer parar de escrever, então todos corremos para terminar as frases. Quando finalmente tiro a caneta do papel, percebo com quanta força estava escrevendo, porque minha mão dói muito.

— Excelente! Agora, quem quer ler o que escreveu? Provavelmente não vai fazer muito sentido, mas é melhor assim. Que tal você, Jidé?

Jidé balança a cabeça.

— Tudo bem, que tal você, Ben?

Ben balança a cabeça, imitando Jidé, para variar.

— Estou vendo que vai ficar nas mãos das meninas, então.

Pat Print se vira para Millie com um sorriso de súplica. Ela concorda e começa a ler.

Orla Banks. Doze anos. Aparência... magra, pequena, pele clara como leite, olhos azuis acinzentados, cabelo rebelde. Cor favorita... não sei. Personalidade... tímida, só é confiante em grupo, faz bullying se estiver com Demi e Bo, ciumenta, solitária, triste, com fome. O que percebi... nunca come o almoço, sempre dá para alguém ou joga no lixo ou esconde... nunca a vi comendo nada. O que sei... o pai dela saiu de casa, ela mora com a mãe no apartamento oposto ao meu com o irmão de 2 anos. A mãe a deixa na escola todos os dias às 7h30 porque tem de ir trabalhar. É enfermeira, muito magra e com cara de preocupação, que nem a Orla, mas o irmãozinho dela é gordo.

— Comentários? — pergunta Pat.

— Isso me fez sentir pena dela. Ela mora no andar em cima do meu. Minha mãe e a mãe dela são amigas, mas eu nunca pensei muito sobre Orla — dispara Ben.

— Essa é uma das melhores coisas na literatura: você pode conhecer até as pessoas mais difíceis e entender um pouco da situação delas. Isso se chama empatia. Como um personagem, quais foram as características mais interessantes? — pergunta Pat Print, sentando-se bem na ponta da cadeira como se estivesse ansiosa para nossa próxima resposta. O entusiasmo dela é contagioso, e, sem conseguir se controlar, Jidé entra na conversa.

— A fome dela — responde Jidé, que finalmente desistiu de passar a impressão de que não sabe as respostas. — E a mãe magra e preocupada, o fato de ela ser enfermeira e ter que cuidar de todo mundo... O irmão gordo dela... Deixar a Orla na escola às 7h30.

— E o abandono do pai. — Ben quase sussurra. — Eu me lembro disso.

— Isso mesmo, Ben... isso tem uma influência enorme em uma menina da idade dela. Então vocês podem ver de que maneira a exploração daquilo que forma um personagem dá o começo de uma história — diz Pat, e faz uma pausa. Acho que está tentando pensar em como vai falar alguma coisa para nós.

— Só um aviso para todos vocês. Lembrem-se que, se estiverem falando de uma pessoa que todos vocês conhecem, este trabalho é feito em sigilo. Talvez eu devesse ter insistido para que vocês mudassem os nomes.

— Mas talvez a gente ainda conseguisse descobrir sobre quem a Millie estava falando — interrompe Ben.

— É verdade — concorda Pat. — E tenho certeza de que vocês são um grupo sensível, vão ser discretos. Agora, Mira, quer ler o seu?

— Agora não sei mais, porque escrevi sobre o meu pai!

— Falar sobre o pai está dentro das regras! — diz Pat, fazendo com que todos riam.

Sam Levenson, 40 anos. Cabelo castanho-escuro, o pouco que sobrou. Olhos escuros, quase pretos. Pele clara. Cor favorita, azul-escuro. Personalidade... doce, gentil, faz piadas, fala muito palavrão, esconde os sentimentos de verdade. O que percebi... não gosta muito de exposições de arte, se preocupa muito comigo e não gosta de nada muito pesado ou sério. Não confia em pessoas com dentes certinhos. O que sei é que meu pai ama a gente, eu e Krish e Laila e mamãe e vovó Josie, e vai sentir muita saudade da vovó quando ela se for. O que acho é que ele acha que sou meio estranha por querer ficar tanto com a vovó enquanto ela está morrendo. Em geral, acho que ele acha que sou meio mórbida.

— Boa palavra, mórbida. O que *você* acha? — pergunta Pat.

— A vovó diz que é uma forma necessária de coração partido... quando você ama alguém e tem que dizer adeus.

— Mas o que *você* acha? — pergunta Pat de novo.

— Não sei. Ontem foi a primeira vez que não quis estar lá.

— O que é mórbida? — pergunta Ben.

— Uma pessoa com uma tendência a pensar em coisas obscuras... que pensa na morte — responde Pat Print. — O negócio, Mira, é que não importa o quanto você ama uma pessoa, lidar com o fim às vezes... pode ser pesado demais.

Pat Print tem uma expressão distante em seu olhar, como se estivesse pensando em alguém em especial, mas aí parece voltar à realidade, batendo a caneta no caderno e retornando à ação.

— Tem um outro exercício que gosto de fazer com o personagem... Canetas preparadas... Pense em um personagem e tente imaginar qual animal ele ou ela provavelmente seria. Rápido, rápido... a primeira coisa que vem à mente.

Escrevo "cavalo"

— Um legume ou fruta?

Escrevo "alcachofra".

— Uma cor.

Escrevo "verde".

— Um lugar.

Escrevo "Ruanda", dobrando o papel assim que anoto a palavra. É claro que nunca vou ler isso em voz alta — vou simplesmente inventar alguma coisa se ela me perguntar. Felizmente, ela não pergunta.

— OK! Meninos. O que vocês inventaram para o seu personagem?

Ben diz apenas quatro palavras, "foca, cebola, cinza, consultório psiquiátrico".

— Personagem intrigante. Vamos ouvir o seu, Jidé?

Ele ri e balança a cabeça.

— Não consegui pensar em ninguém

— Esse não é seu estilo. — Pat Print dá uma olhada nele do tipo "Não sei se está falando a verdade".

Ela olha para o relógio.

— Não acredito que já acabou o tempo. Na semana que vem, tragam alguma coisa, um objeto, uma foto, uma pintura, que signifique alguma coisa para você. Vamos fazer um exercício no qual vocês vão dar vida ao objeto. Chama-se "falácia patética".

— E o que é um falo, afinal de contas? — indaga Ben, tentando envergonhar Pat Print. Acabamos de ter aulas de Estudo da Vida *de novo*, então sabemos todas as palavras para pinto. Tivemos de escrever uma lista enorme com todas as palavras que achamos OK de usar. Juntamos dezoito palavras para pinto, e só oito para periquita, mas pode ter sido porque os meninos ficam tão animados e as meninas simplesmente desistem. Quando Millie e eu tentamos fazer sozinhas, lembramos de vinte nomes para periquita, incluindo alguns que nós mesmas inventamos!

— Falácia patética. É quanto você dota um objeto de emoção humana.

— Parece patético — sussurra Ben para Jidé um pouco alto demais.

— Deixe-me dar um exemplo, Ben... Ah sim! A mesa rebelde.

— Não entendi — retruca Ben.

— Bem, é só se perguntar. É a mesa que é rebelde? Ou talvez aqueles se sentam à mesa... Qual energia inata a ela a faz ser rebelde? — Pat sorri, levando um Jidé e um Ben sorridentes para fora da sala.

No corredor, Jidé espera um pouco. Quando chego perto, ele coloca um bilhete na minha mão e, ao fazer isso, dobra meus dedos com os dele e os aperta antes de sair andando pelo corredor. Meu coração está batendo ridiculamente rápido quando entro no banheiro feminino para ler...

Mira Levenson. Doze anos. Aparência: cabelo comprido escuro e brilhoso, olhos castanhos bem escuros (quase pretos), pele marrom, linda. Cor favorita: laranja acobreado, eu acho. Personalidade: inteligente, esperta, séria, tímida, engraçada sem perceber, esconde o que pensa, menina misteriosa, artista. O que percebi: é mais forte do que pensa; não fala muito na escola. O que sei: tem uma risada alta (quando solta uma risada). Sua melhor amiga é Millie Lockhart. Ela não precisa de Millie tanto quanto acha. A avó dela está morrendo, e ela a ama. Começou a falar na aula da Pat Print. Sei que ela não sabe o quanto penso nela, o quanto sinto saudade dela quando não está por perto. O que acho que ela acha de mim é que sou meio palhaço, mas estou falando muito sério.

Veado... maçã... verde... mar...

Vejo você na sexta!

Com amor,

Jidé

— Por que você está demorando tanto aí? — berra Millie da pia.

— Nada — respondo, dobrando o bilhete com cuidado dentro do meu bolso e tentando tirar o sorriso do rosto. *Com amor, Jidé.* Agora eu sei o que significa sentir frio na barriga.

Quinta-feira, 19 de maio

Lute pelas boas causas

Às vezes, quando deixo vovó à noite, eu me levanto e olho para ela, tentando me lembrar de todos os detalhes... caso eu não a veja de novo. No dia seguinte, é como se ela tivesse quase voltado ao seu normal, vibrante e alegre, sentada na cama. Não dura muito, mas faz você pensar que talvez ela fique conosco por um pouco mais de tempo. Em outros dias, está tão adormecida que mal tem energia para sequer abrir os olhos.

Dou uma espiada na ala e a vejo comendo, sentada. Quando me vê, levanta os braços no ar e eu corro até ela para fazer um carinho, derrubando suco de ameixa nos lençóis brancos. Vovó está tendo o que chama de "momento para cima".

Penso em falar para ela sobre Jidé e o bilhete dele, mas, de alguma maneira, não parece certo, então guardo para mim. Imagino quais segredos a vovó guardou de mim. Eu a observo terminar as ameixas. Demora bastante, porque as mãos dela tremem muito agora. A única coisa que vovó não gosta no asilo é da comida, que ela diz ser "pesada", que nem comida de escola. Então sempre que a visitamos, colocamos alguma coisa na geladeira, na prateleira marcada com JOSIE LEVENSON. Jay, amiga da vovó, é ceramista e cozinheira. Todo dia ela traz alguma comida feita em casa, como sopas vegetarianas ou salada de fruta com mamão, abacaxi, mirtilo e menta, ou uma salada verde com raspas de gengibre e coentro fresco... o tipo de comida que vovó ama. Às vezes, ela está dormindo quando Jay a visita, então ela deixa a comida na prateleira da vovó na geladeira. Minha vó chama essa comida de "cartão de visita da Jay".

Não quero mais vir aqui. Quero estar com Laila e o sorrisinho irradiante dela. Quero sentá-la em sua cadeira alta e dar comida para ela até que seus pequenos pulsos virem pulseiras de gordura de novo. Quando ela voltou para casa hoje, foi como uma manhã de Natal... ver o rosto sorridente dela de novo.

— Não vejo sua mãe ou Laila há alguns dias. Está tudo bem? — pergunta vovó, como se estivesse sondando meus pensamentos.

— Laila está meio resfriada. — Estou chocada por conseguir mentir de maneira tão convincente ultimamente.

Vovó simplesmente assente.

— Oi, Josie. — É a voz melódica de Simon.

Ele dá uma olhada pela porta e bate na parede.

— Pode entrar! — diz vovó em sua voz de realeza.

Simon e vovó estão sempre brincando um com o outro, mesmo quando têm conversas sérias sobre política, que é o que quase sempre fazem.

— Você está inundando a minha mansão! — Vovó ri conforme as gotas de chuva caem em sua cama. — Mira, dê uma toalha para o Simon.

Ele enrola a toalha na cabeça como se fosse um turbante azul.

— Muito chique. — Vovó ri.

Não demora muito até que comecem a falar de política... a guerra no Iraque e a próxima marcha pela paz...

Simon não é como as outras pessoas que conheço. Ele pinta e faz decoração nas segundas, quartas e sextas, mas só se você conseguir tinta ecológica, que não tem óleo. Nas terças, quintas e sábados ele faz coisas do tipo pedalar nu pela mudança climática e vigílias à luz de vela pelo Tibete na frente da embaixada chinesa. Tem dez anos que faz isso. Geralmente, fica sentado na rua Downing protestando contra alguma coisa. Vovó diz que, às vezes, ele some por vários dias. É quando vai meditar. Simon se recusa a ir para qualquer lugar de carro. Vai ou de bicicleta ou de trem. É bem velho, deve ter uns 60 anos, mas não parece. Tem cabelo louro-acinzentado longo e bagunçado, que ele diz ter cortado pela última vez em 1965, então se você pensar não é tão longo. Tem um rosto saudável com bochechas rosadas e olhos azuis brilhantes. Ele se parece mesmo com um elfo cheio de energia.

Depois de conversarem sobre política, os olhos da vovó ficam pesados e ela não consegue mais controlar se está dormindo ou acordada. Simon se levanta para ir embora, mas vovó segura sua mão.

— Tem uma coisa que quero que você leve, Simon.

Vovó me pede para abrir o armário ao lado da cama e aponta para um álbum de recortes na segunda prateleira. É o tipo de livro com papel fosco que usamos na escola. Na capa diz LIVRO DE PROTESTO DA JOSIE. É o livro no qual vovó coloca todas as suas cartas de políticos. São as cartas que respondem ao que ela vem reclamando. A maioria das cartas é das secretárias da Margaret Thatcher e do Tony Blair. Vovó escreveu uma lista de todas as marchas nas quais esteve e todas as frases em cartazes que já carregou na vida. A última marcha na qual foi era contra a guerra no Iraque. Ela fez um cartaz dizendo NÃO ASSINO EMBAIXO, e eu a vi carregando o cartaz no jornal. Nunca vou me esquecer da imagem dela, porque lembro de ficar me perguntando como era possível ser tão pequena e tão forte ao mesmo tempo. Simon pega o livro.

— Vou gostar disso. Bons momentos na marcha, Josie...

— Vocês protestaram por Ruanda? — pergunto. Vovó e Simon se viram para mim como se eu tivesse acabado de ganhar um lugar na conversa.

— É claro que sim — suspira vovó. — Não que tenha feito qualquer diferença. Por que a pergunta?

— É que tenho lido sobre Ruanda... só isso

— Meu trabalho na terra foi feito! — Vovó ri como se *ela* fosse responsável por eu saber qualquer coisa em relação a Ruanda.

— Papai acha que eu não devia me interessar por coisas assim — conto para ela.

— Bem, é difícil ver seus filhos indo para o mundo. — Suspira vovó. — Mas você é a próxima. Acho que ainda tem alguns anos de militância pela frente, Simon. Talvez possa reciclar algumas frases e deixar o livro para Mira quando você se for. Ela vai estar pronta!

Simon dá um abraço apertado na vovó. Dá para ver que ela esta engolindo as lágrimas.

— Lute pelas boas causas! — exclama ela, apertando os punhos.

Um silêncio cai entre nós enquanto vejo o sorriso no rosto da vovó desaparecer e o punho lentamente se afrouxar. Seguro sua mão fraca, que agora pende frouxa no lado da cama, e a aperto de leve. Ela faz que sim com a cabeça e se encosta no travesseiro.

— Abra as cortinas um pouco mais — ordena vovó.

Eu as abro o máximo que posso e me sento na beira da cama. Observamos Simon subir em sua bicicleta e pedalar pela rua, encarando a chuva. Ele levanta a mão direita no ar, como uma saudação, como se soubesse que o estamos observando. Assim que sai de vista, vovó cai no sono.

Penso em toda a energia que ela despendeu em sua vida, às coisas nas quais acredita, todas as lutas que teve e as pessoas que amou; toda essa energia está se esvaindo na minha frente. Ela está dando coisas: primeiro o pingente, o cavalete, coisas para Krish e Laila escolherem, e agora o álbum de protestos... essas coisas que significam tanto para ela.

Sexta-feira, 20 de maio

Vejo você depois da escola hoje
Com amor
JJ

Desde que a palavra "amor" apareceu, não mandamos mais beijos. Talvez Jidé esteja guardando os beijos para depois!

Ótimo!
Com amor
Mira

— Venha para casa logo depois da escola... Vamos levar Laila para ver vovó — diz mamãe no café da manhã.

É quando me lembro que nem falei para ela que vou na casa do Jidé depois da escola, e é aí que ela escapa da minha boca... minha próxima mentira.

— Eu não falei que vou na casa da Millie depois da escola?

— Ah! Tá bom, tudo bem, sem problemas — diz mamãe, meio surpresa, mas muito ocupada dando comida à Laila para pensar na situação. — Quer que eu vá te buscar?

— Não, tudo bem. Eles vão me trazer andando. Se não, eu ligo para você — digo, balançando o celular na frente dela.

— Já recebeu ligações?

— Ainda não. Queria que as pessoas *parassem* de me perguntar isso. Você está parecendo a vovó!

Por que estou mentindo para mamãe?

Aí ela faz uma coisa que nunca fez antes.

— Aqui, melhor ficar com isto caso a gente volte muito tarde — diz, dando as chaves de casa para mim.

— Isso não é justo! Por que eu não posso ter as chaves de casa? — reclama Krish, pulando para cima e para baixo na tentativa de pegá-las da minha mão.

— Porque você só tem 9 anos — respondo.

Krish me dá um beliscão forte no braço. Eu simplesmente o ignoro e coloco as chaves no bolso do meu casaco, antes que mamãe mude de ideia. Assim que escuto Millie subindo as escadas da porta da frente, corro para impedir que ela bata a caixa de correio, mas chego uma batida depois.

— Oi, Millie! — berra mamãe da cozinha. — Agradeça sua mãe por convidar a Mira para o chá.

Millie fica confusa, mas eu bato a porta antes que ela responda.

— Mas eu vim mais cedo para ver a Laila — protesta ela.

— Desculpa, estava uma loucura lá dentro. Eu tinha que sair.

— Eu não sabia que você ia na minha casa tomar chá.

— Eu não vou. A mamãe não faz ideia do que está acontecendo esses dias por causa dos problemas com a Laila e com a vovó.

— A Laila vai ficar bem agora?

Faço que sim com a cabeça. Ela vai ficar bem; eu, por outro lado, provavelmente vou ser atingida por um raio por causa da quantidade de mentiras que tenho contado. Nem sei por que menti sobre ir na casa da Millie, se bem que mamãe e papai fariam um estardalhaço por eu ir na casa do Jidé... e Krish com certeza teria me provocado. Acho que é por isso. Mas o problema com a mentira é que, uma vez que você começa, acaba tendo de mentir várias e várias vezes sem parar.

Durante o dia todo, não consigo pensar em mais nada a não ser ir para a casa do Jidé. Quando me sento no muro durante o intervalo, nada vem à mente para dizer a Millie. Assim como aconteceu com a vovó, agora que há mentiras entre nós, não é tão fácil conversar.

— O que você vai fazer hoje à noite? — pergunto para Millie.

— Orquestra, *já falei.*

— Desculpa, esqueci.

No final do dia, fico na sala.

— Até segunda — berra Millie, botando o violoncelo nas costas e se arrastando para o ensaio da orquestra.

Dá para ver apenas sua cabeça para cima e para baixo no topo do estojo do violoncelo.

Jidé está sentado no outro lado da sala. Só eu, Ben e Jidé restamos na sala, e Ben está de saída.

— Vai jogar futebol? — pergunta Ben da porta.

— Não dá — suspira Jidé.

— Você que sabe — diz Ben, dando de ombros e correndo para a quadra.

— Está pronta? — pergunta Jidé, sorrindo para mim.

— Sim — respondo, sorrindo de volta.

— Não contei para Ben...

— Não contei para Millie... — Não falo para ele que não contei nem para minha mãe e meu pai, o que, pelo menos, acho que ele deve ter feito.

Quando chegamos na quadra, a maioria das pessoas já havia ido para casa. Nenhum sinal de Millie ou de Ben, então passamos pelos portões da escola juntos. Jidé passa o braço por cima dos meus ombros, o que tem a intenção de mostrar ao mundo todo que estamos juntos. Ele mora perto da Recreação, em uma fileira de casas modernas, divididas em apartamentos. Quando chegamos na porta de tijolos vermelhos, a cor de uma caixa postal, ele pega a chave na sua mochila e entra no apartamento 22A.

— Quer alguma coisa para comer? Sente-se — diz Jidé, apontando para o chão. Só então entendo por que a sala parece tão enorme: não há cadeiras ou sofás nela. Apenas muitas almofadas de cores vivas espalhadas por todos os cantos. Há pequenas reentrâncias nas paredes com esculturas. Parecem africanas, em madeira escura e lisa... esculturas de mulheres com pescoços longos. Há fotos em todo o canto. Uma boa parte delas é de Jidé, fotos da escola, esse tipo de coisa, mas há outras em preto e branco... de famílias inteiras apertadas em tendas. Os pais de Jidé estão em várias dessas com aparência de calor e cansaço. Deve ser Ruanda. Tenho de me forçar a sair de perto dos rostos nas fotografias. O andar de baixo é apenas um cômodo grande — uma cozinha e uma sala, tudo junto. As paredes são brancas, cheias de prateleiras abarrotadas de livros e tapetes tecidos com muitas cores.

— Eu amei a sua casa.

Jidé sorri e dá de ombros, olhando em volta como se nunca tivesse pensado nela antes. Aí escutamos um clique na fechadura.

— Oi, Jidé!

A Sra. Jackson, que é a mãe do Jidé, carrega bolsas de compras e uma pilha de livros da escola. Ele a ajuda.

— Oi, Grace. A Mira está aqui.

Ele olha para cima como se tivesse esquecido completamente que eu vinha.

— Oi, Mira! Quer pizza para o chá?

Eu faço que sim e sorrio, mas não digo nada. Sinto que ela está me analisando.

— Que bom. Eu chamo vocês quando estiver pronta.

Aí ela caminha até a secretária eletrônica e checa as mensagens. Fico contente por estar ocupada demais para prestar atenção em mim. Subimos os dois degraus para o quarto de Jidé. Há apenas um colchão no chão com almofadas ao redor. Livros estão empilhados perto de todas as paredes. Cada pilha tem cerca de dez livros.

— Você leu tudo isso?

Jidé faz que sim com a cabeça. Sinto ele observando cada movimento meu.

Ele tem uma prateleira com medalhas de futebol, conchas, fósseis, pedras preciosas e uma foto dos pais dele em pé com duas crianças: uma delas é uma menina de uns 3 ou 4 anos que se parece com Jidé. Está segurando um bebê nos braços, um pouco mais novo do que Laila, enrolado em um pedaço fino de pano laranja com franjinhas.

— Que objeto você vai levar para a Pat Print? — pergunto.

— Não sei... ainda não pensei nisso, talvez uma foto. E você?

— O pingente de coração de alcachofra que vovó me deu.

— Como está a sua avó?

— Pior — respondo.

— Que pena.

— Acho que ela vai morrer em breve.

— Você não está com medo por ela? — pergunta Jidé.

Com medo? Acho que é uma pergunta estranha. Nunca passou pela minha cabeça ficar com medo da vovó morrendo.

— Não estou, não. Acho que é porque *ela* não está com medo e tem todo mundo que ama ao seu redor.

Jidé concorda.

— O que ela acha que acontece depois? Ela acredita em Deus e essas coisas?

— Não, ela não é muito de religião — digo para ele

— Eu não acredito... E você? — pergunta ele.

— Não sei. Às vezes eu quero acreditar... mas como ter certeza?

Assim que faço a pergunta, me arrependo.

— Se Deus existisse, o que aconteceu com a minha família, com todas aquelas pessoas... Isso simplesmente não aconteceria se Deus existisse. É o que eu acho. Mas Grace e Jai ainda têm fé, mesmo depois de tudo que viram.

— Eu fiz um pedido quando Laila ficou doente. Eu achei que talvez ela fosse morrer, então pedi para que a vovó morresse e não a Laila.

— Pediu para quem?

— Seiláquem Seiláoquê.

Jidé ri.

— É assim que chamo Deus... ou qualquer coisa que seja... porque eu simplesmente não sei em que acredito.

— Eu acho que a coisa com a religião é que você tem que ter fé! A sua avó está morrendo de qualquer jeito. É que você não aguentou a ideia de sua irmã morrer também. Aquela é a *minha* irmã. — Ele aponta a foto na prateleira com a cabeça. — Parece que ela me carregou até o acampamento no qual Grace e Jai estavam trabalhando... eles chamam o acampamento de zona segura... Eu estava enrolado naquele pedaço de pano. Eles não conseguiram fazer com que ela falasse, nem para dizer os nomes dos nossos pais, mas... você provavelmente vai achar isso estranho, às vezes ela canta para mim enquanto durmo.

— Não é estranho. Meus sonhos são loucos também... mas você deve estar de saco cheio de me ouvir falando sobre a minha avó.

— Por quê? Eu amo conversar com você. — Jidé dá o sorriso gentil que faz derreter corações. Eu me pergunto se ele sabe o efeito que tem sobre mim.

— Como sua irmã morreu? — pergunto para Jidé enquanto olho para a foto na qual ela o tem nos braços.

— Foi cólera, no final das contas. Ela não sobreviveu ao acampamento — diz ele em tom imparcial, como se estivesse falando de alguém completamente desconectado dele. Nem sei o que é cólera. Aí eu me viro e Jidé está segurando o pano laranja para que eu dê uma olhada. É o mesmo pedaço de pano enrolado no bebê da foto.

Enquanto sinto as pontas com franjas do pano precioso de Jidé, penso em Krish e no quanto ele me pentelha e no quanto eu sentiria sua falta se ele se fosse. Penso em como rezei com força para que Laila vivesse. Se eu pudesse fazer alguma coisa para trazer a irmã do Jidé de volta, mas não posso fazer nada. Coloco o pano dobrado de volta em suas mãos e ele segura as minhas; nós seguramos o pano e nos seguramos.

— Então, você leu o meu bilhete? — Jidé sorri com um jeito atrevido.

— Li... umas cem vezes. Estou pensando em colocá-lo em uma moldura! — digo, rindo.

— Para alguém tão quieta, Mira Levenson... você tem a risada mais alta do mundo. — Jidé ri também e, antes que eu consiga entender o que está acontecendo, ele segura minha cabeça e me dá um beijo na boca. No começo, fico tão surpresa que congelo, aí meus lábios ficam dormentes e meu rosto muito vermelho, mas não me afasto dele por causa da emoção de estar tão perto, de estar de fato beijando Jidé Jackson. Quando termina, acho o que fizemos tão estranho que não consigo me conter: simplesmente começo a gargalhar de novo.

— O que você achou? — pergunta Jidé, sorrindo.

Não consigo parar de rir para respondê-lo.

— Era para ser sério! Então toma uma coisa que vai fazer você rir de verdade — diz ele, me segurando e fazendo cócegas.

— Estão se divertindo? — pergunta a mãe de Jidé na porta. — O chá vai estar pronto em cinco minutos.

Na parede oposta à cama de Jidé, tem um mapa enorme do mundo com fitas de seda verdes e vermelhas presas com tachinhas em diferentes países.

— Para que são essas fitas? — pergunto.

— As vermelhas são os países onde já fui e as verdes são os países que tenho mais vontade de conhecer.

Analiso as fitas ao redor do mundo.

— Você já foi ao... País de Gales, à Escócia, à Irlanda, à França, ao Brasil e à Índia... Você já foi à *Índia*?

Ele faz que sim com a cabeça.

— Você não?

Balanço a cabeça.

— Meu avó Bimal é da Índia, mas nunca fui lá. Quero muito ir.

— Você devia.

— E a África? Você nasceu lá, não nasceu? — Vejo uma fita vermelha em um lugar na África. — É Ruanda?

Jidé assente.

— Não me lembro de nada, mas um dia vou voltar lá.

— Achei que você tivesse dito que não tinha motivo... para voltar.

— Eu tenho medo de voltar, mas uma parte de mim acha que devo... — Jidé sorri com tristeza.

Penso no pequeno pingente de alcachofra da vovó e nas várias camadas de proteção que Jidé já criou em volta de seu coração. Chego mais perto e *eu* o beijo, e dessa vez não sinto vontade de rir, nem um pouco... Não tem nenhum outro lugar como esse. O beijo do Jidé é igual a viajar pelo mundo.

— Pizza — anuncia a mãe de Jidé na cozinha.

— Como foi a escola, Jidé?

É incrível que todos os pais, até mesmo os professores, não consigam pensar em uma pergunta melhor para fazer.

— Chato, tivemos aula de história.

— Ha-ha! Espere até ter aula *comigo* no ano que vem. — A mãe de Jidé ri. — O que você mais gosta na escola, Mira?

Jidé solta um bocejo enorme como se quisesse dizer "Você não consegue ser mais chata?"

E para deixar a situação mais desconfortável para mim, ele fica cutucando o meu pé embaixo da mesa para tentar me fazer rir.

— Arte. Eu gosto de arte — digo, dando um risinho.

O telefone toca.

— Desculpa, Mira — suspira ela e vai atender.

— Normal! — Jidé olha para o teto. — Grace e Jai sempre têm um projeto gigante para salvar o mundo.

Escuto um pouco da conversa dela durante alguns minutos. Pela maneira como fala, dá para ver que é o tipo de pessoa que bota a mão na massa.

— É a reunião que eu falei para você sobre transformar a Recreação em um parque comunitário — explica Jidé.

— Espero que você e algumas de suas amigas entrem no comitê jovem — diz a mãe de Jidé para mim. Ela pega a jaqueta e a bolsa. — Ia ser ótimo ter um pouco de energia feminina!

Sorrio educadamente, e Jidé solta um gemido. Acho que os pais de todo mundo são simplesmente constrangedores.

— Não leve a Mira para casa muito tarde, Jidé. Mil desculpas, Mira. Não tenho como fugir dessa reunião hoje. Tomara que a gente consiga conversar mais da próxima vez. — Ela dá um beijo na testa de Jidé, mexe no cabelo dele e vai embora.

— Ela provavelmente vai trazer todo mundo da reunião para cá mais tarde.

— Sua mãe tem uma missão — digo.

— Assim fica parecendo que ela e a Mulher Maravilha.

— É isso mesmo que ela parece.

Quando ela vai embora, o apartamento fica vazio de novo. A nossa casa nunca é silenciosa.

— Pode me deixar na esquina — digo para Jidé. — A minha mãe acha que estou na casa da Millie

Jidé ri.

— Mentir pode trazer problemas para você. — Ele sorri, aproximando seu rosto cada vez mais até que nos perdemos em outro beijo. A primeira coisa que penso é em pedir ao Seiláquem Seiláoquê para, por favor, não deixar ninguém que eu conheço me ver beijando Jidé Jackson, mas aí a minha cabeça fica vazia. Começo a entender por que beijar não é uma coisa tão estranha de se fazer, porque esqueço tudo nesse beijo, e todos, exceto Jidé Jackson... e a sensação... bem, a sensação.. Parece que estou voando. Quando termina, eu procuro a chave no meu bolso e acabo puxando também o bilhete que guardei. O bilhete que nunca pensei em mostrar para ninguém, principalmente para Jidé Jackson... Ele diz:

Cavalo, alcachofra, verde, Ruanda

Eu entrego o bilhete para ele sem dizer nada. Ele abre o papel com cuidado e lê.

— Então nós dois escrevemos verde. — Ele sorri e me dá mais um beijo brincalhão, e outro, e outro! É como se não quisesse me deixar nunca.

Deve ser a minha imaginação muito fértil, mas sinto como se os olhos de Jidé estivessem queimando nas minhas costas. Eu me controlo para não virar e ver se ele ainda está olhando para mim na rua. Quando subo as escadas de casa, dou uma olhada de canto de olho para o lado e o vejo acenando para mim. Finjo não ter visto, mas ele continua acenando mesmo assim, como se dissesse: "Eu sei que você sabe que ainda estou aqui!"

Coloco a chave na fechadura e entro na nossa casa silenciosa. Fico encostada na porta até que meu coração pare de bater rápido. Respiro fundo, assimilando, pela primeira vez na vida, esse doce silêncio, porque eu sei que não vai durar muito.

Sábado, 21 de maio

Krish, papai e eu estamos na casa da vovó. Estamos aqui para que Krish escolha alguma coisa dela. Krish não queria nem vir... só quer ficar com Laila, desde que ela saiu do hospital. Hoje, Krish parece estar mais infeliz do que nunca. Ele anda pela casa e mexe em caixas até que encontra para Laila um chocalho infantil de metal com uma fita azul. Depois disso, parece perder o interesse. Papai está ocupado analisando uns papéis e umas caixas na despensa. Mal posso acreditar na organização da vovó. Ando ao redor mostrando para Krish coisas que acho que ele pode gostar, mas ele apenas dá de ombros ou balança a cabeça. Eu o compreendo. É horrível estar na casa da vovó sem que ela esteja. Faz com que você se lembre de toda a alegria que vivemos ali no passado.

— Lembra daquela competição de arroto que você fez com a vovó quando viemos tomar chá uma vez? — pergunto para Krish.

O rosto dele começa a ficar um pouco mais iluminado.

— Ou quando você caiu naquela gosma perto do lago e eu e a vovó tivemos que dar um banho de mangueira em você?

Ele está ficando um pouco mais caloroso agora.

— E quando nós éramos pequenos e costumávamos escalar o muro, aí a mamãe e Sheena, da casa vizinha, quebraram uma parte da cerca para que eu, você e os três filhos dela pudéssemos ter o dobro de jardim.

— É! Mas aí eles se mudaram e a família nova refez a cerca.

Animar Krish vai ser um trabalho duro hoje.

— Lembra da May que vivia no apartamento de cima? Ela costumava acenar para a gente e jogar balas com papel brilhoso. Você achou que estivesse chovendo bala quando ela fez isso pela primeira vez.

Assim que falo isso, percebo que é um erro.

— Aí ela morreu — suspira Krish.

Também tenho dias assim desde que vovó ficou doente. Papai coloca o braço em volta dos ombros de Krish e o abraça apertado; diferente do que sempre acontece, ele não o afasta.

— Você não precisa pegar nada, se não quiser — diz papai para Krish, mas ele acha que a vovó vai ficar chateada se ele não pegar nada. Aí papai tem uma ideia. Ele vai até a despensa que estava analisando e pega uma caixa de cartolina azul coberta de poeira, como farinha marrom. Papai assopra a superfície da caixa, fazendo todo mundo espirrar. Lá dentro estão todas as cartas e as fotos do vovô Kit.

O vovô Kit morreu um pouco antes de Krish nascer. Krish sempre fala coisas do tipo "Pelo menos *você* conheceu o vovô Kit", e ele parece ter inveja disso, apesar de, na verdade, eu só saber coisas sobre o vovô Kit pelo que as pessoas me contaram... não é o tipo de conhecimento que tenho da vovó Josie. Mas lembro mais ou menos de me sentar no colo dele. Um dia, mamãe me contou a história de quando o vovô Kit morreu. Ela foi para o hospital com o papai, viu o corpo do vovô e segurou sua mão. Quando a minha mãe disse para o vovô Bimal que o vovô Kit tinha morrido, ele perguntou se ela havia tocado o corpo dele.

— Então o espírito de Kit vai passar para o seu novo bebê — disse o vovô Bimal. O bebê era Krish.

Papai abre a caixa azul e tira uma boina azul-marinho coberta de medalhas. Krish dispara perguntas.

— Em qual guerra o vovô Kit lutou? O que ele fazia na guerra? Quem é essa pessoa na foto?

Quando Krish descobre que o vovô Kit foi um artilheiro em Malta durante a Segunda Guerra Mundial, fica alucinado; seus braços se transformam em armas atirando em aviões no teto da casa da vovó. Tenho a impressão de que ela não ia aprovar isso.

— Posso ficar com o quadro do vovô Kit comendo peixe e batata frita? — pergunta Krish, interrompendo o tiroteio em direção ao quadro, que sempre esteve lá, mas acho que ele nunca notou antes. Na verdade, se você olhar de perto, é o peixe que come a batata, e não o vovô Kit. É nessa pintura que Claude, o cachorro terra-nova, tem a cabeça maior do que a do vovô. A vovó tem uns quadros muito engraçados nos quais faz a perspectiva toda errada de propósito. O estilo se chama "arte naïf", mas acho que a vovó realmente vê as coisas um pouco como as crianças vêem. Eu fiz um quadro da Laila no estilo arte naïf no qual a cabeça dela é muito grande para os ombros e os braços são muito pequenos em comparação à cabeça. As pessoas dizem que se parece mesmo com a Laila.

— Pegue o cavalete, Mira.

Escuto a voz da vovó dando a ordem, clara como se ela estivesse em pé ao meu lado. Eu dobro as pernas do cavalete e o arrasto até o carro. Papai vê que estou me esforçando, então pega um lado do cavalete e nós o levamos juntos para o carro. É surpreendentemente pesado.

Assim que chegamos no asilo, Krish corre até vovó para mostrar as coisas do vovô Kit. Está feliz de novo, cheio de energia, mas, quando chega perto da cama da vovó, percebe o quão fraca ela está. O Dr. Clem continua tentando acertar a medicação para que ela não sinta dor. Ele tem de ficar mudando os analgésicos porque a dor do câncer está mudando também... está ficando mais forte.

Dá para ver quando a vovó sente dor porque a pele dela fica cinza e seus olhos ficam profundos. Se teve uma noite ruim, mal consegue se levantar do travesseiro, mas quando vê Krish tão entusiasmado, tenta com toda força parecer mais desperta. Ele mostra a boina, as fotos e a caixa, e vovó coloca os óculos para ler algumas das cartas do vovô Kit.

— Já tinha me esquecido dessas cartas de amor do seu pai. — Ela olha para o meu pai e sorri. Penso no bilhete secreto de Jidé para mim. Acho que é minha primeira carta de amor.

Por um momento, vovó fica perdida nas fotos dela com o vovô Kit, fotos em preto e branco tiradas no Embankment com Toro, o buldogue deles.

— Olha como éramos jovens — sussurra vovó.

— Vocês parecem modelos de um ensaio fotográfico retrô. Errol Flynn e Audrey Hepburn! — diz papai.

Vovó dá um suspiro que diz: "Para onde foi o tempo?"

— Posso ficar com a boina do vovô, então? — pergunta Krish.

— É claro que pode — diz ela. Dá para sentir que ela achou a escolha estranha. Mas eu o compreendo. Isso completa um buraco no quebra-cabeças, e não tem nada que Krish odeie mais do que perder uma peça de um quebra-cabeças. Ele analisa a boina com todas as medalhas e sente a textura de cada uma, como se estivesse tentando tocar o vovô Kit.

— É porque eu conheço a senhora, vó. Não preciso de nada seu, a não ser que queira me dar alguma coisa... mas eu nunca conheci o vovô Kit nem nada de vocês dois juntos quando eram novos.

Penso em Jidé... tudo o que tem de sua irmã e de seus pais é um pedaço de pano.

Vovó segura a mão do Krish por um minuto, e ele olha para ela com seus olhos azul-claros.

— Ah, e eu me esqueci. — Krish levanta o quadro da vovó para que ela o veja. — Achei uma coisa na qual vocês dois estão. A senhora pintou o vovô Kit no quadro. Posso ficar com ele, vó?

— Sim, esse daí ficou bom. — A risada dela termina em uma memória distante que só pertence a ela. — Essa pintura fez o Kit rir também.

Por algum tempo, a vovó parece ficar perdida no passado até que seus olhos focam a mamãe amamentando Laila, cujo corpinho relaxa enquanto a mão cai, em câmera lenta, ficando no meio do ar. Ela ainda está um pouco fraca por causa da doença. Vovó pega seu punho fino.

— Que pena que ela esteja perdendo a pulseira de gordura. O que vocês escolheram para Laila? — pergunta vovó para nós.

Krish mostra o chocalho de metal com o laço azul.

— Acho que foi meu primeiro chocalho. Boa escolha, Krish.

Vovó tenta balançá-lo, mas não tem força nem para fazer os sininhos tocarem.

Laila adormeceu rápido. Mamãe a levanta com cuidado e a coloca na cama, do lado da vovó. A vovó está tão pequena agora que tem espaço suficiente. Ela coloca o braço em volta da Laila e suspira como se fosse a pessoa mais feliz do mundo. Mamãe se senta perto da cama para o caso de Laila rolar. Se isso acontecer, a vovó não vai ter força para segurá-la. De alguma maneira, Laila parece ser maior do que a vovó; até mesmo depois da doença, parece mais cheia... mais viva.

Meu tio James e tia Ella chegam. Krish e eu a chamamos de "Tia Elegante", porque é isso que ela é. Ella pega o chocalho da Laila com delicadeza.

— Que chocalho antigo mais lindo — diz ela, analisando-o.

— Era meu, Ella — diz tio James para ela. — O meu tinha uma fita azul e o da Josie tinha uma fita rosa, mas não vou brigar com você por causa disso, Josie!

— Acho melhor não, James. — Tia Ella ri.

O telefone do lado da cama da vovó toca. Papai atende.

— Dan...? — Ele não sabe quem é. — Ah! Sim, *Dan*... de Suffolk... Sim, sim, Dan... é claro que sim.

Agora ele sabe quem é.

— A senhora pode falar com ele? — sussurra papai para a vovó, não querendo ofender Dan caso ela não queira. Ela mal quer falar com as pessoas hoje em dia.

Vovó faz que sim.

— Vou colocar Josie no telefone para você. Talvez ela não consiga falar por muito tempo, mas está escutando.

Papai segura o telefone na orelha da vovó. Estou sentada bem do lado dela, então consigo escutar exatamente o que Dan está falando.

— Josie, estou ligando do seu chalé. Fiquei sentado no seu jardim a manhã toda vendo os pássaros. Você tem três filhotes. Voltaram ao mesmo jarro de sempre, bicos abertos. A mãe e o pai estão indo e vindo, alimentando os filhotes o dia todo. Queria que você visse isso.

Os olhos da vovó se enchem de lágrimas. Ela não consegue falar, mas passa o telefone de volta para papai e faz um "Obrigada" com a boca. Tia Ella e tio James ficam preocupados, então conto a novidade do jardim da vovó.

— Os passarinhos chegaram.

Não é de se imaginar que uma coisa do tipo passarinhos em um ninho pudesse fazer com que você se sinta tão feliz e tão triste ao mesmo tempo, mas é isso que acontece. Papai fala com Dan por mais um tempo, agradece pela ligação e desliga.

Vovó fecha os olhos. Ultimamente, esse é o sinal para irmos embora. Todos vamos até ela e a beijamos. Ela não abre os olhos. Sou a última a me despedir.

— Você pegou o cavalete? — sussurra vovó em meio às lágrimas.

Faço que sim com a cabeça.

Quando estamos no corredor, passamos pelo Marco Interrogação. Fico parada perto da porta por um tempo, vendo-o entrar na ala e andar até a cama da vovó. Ele pega a poltrona, senta-se ao lado dela e segura sua mão. Marco sente que estou olhando para ele e sorri para mim, um sorriso distante. De repente, sou a estranha me intrometendo no meio da vovó e do Marco Interrogação... a estranha parada do lado de fora do mundo em falecimento deles.

Quando chego em casa, corro para meu quarto e ligo para Jidé, e nós conversamos e conversamos e conversamos...

Domingo, 22 de maio

O alarme de fumaça berrando, mamãe sacudindo o pano de prato que nem uma lunática, Laila cuspindo gosmas de papinha de bebê e Krish driblando com sua bola de futebol em volta da mesa... Por apenas um segundo, parece que tudo voltou ao normal, apenas um domingo como tantos outros.

— Como está indo a escola? — pergunta papai, tentando soar como se fosse apenas uma pergunta improvisada.

— Tudo bem. Gosto do grupo de escrita que temos.

— Sobre o que você está escrevendo?

Não vou dizer que é sobre a vovó porque, por algum motivo, acho que isso o deixaria preocupado.

— Na semana que vem, temos que levar um objeto ou alguma coisa nossa e escrever sobre o objeto como se tivesse personalidade.

— Ah, sim... personificação, eu me lembro bem.

— Pat Print chamou de outra coisa. Não me lembro o quê... alguma coisa a ver com falácia.

— Eu sei o que levaria, essa *droga* desse alarme! — berra mamãe em pé em uma cadeira. Ela quase cai quando alcança o botão vermelho do alarme, finalmente silenciando-o.

— Olhe o linguajar, Uma! — Papai sorri.

— Pensei em levar o pingente da vovó.

— Boa ideia. Vá pegá-lo, então, e eu o conserto para você — diz papai alegremente. Eu dou de cara com Krish e sua bola de futebol no corredor.

— Você tem que ser tão chato assim?

— Onde mais eu posso jogar? — retruca ele.

— Eu levo você para jogar lá fora mais tarde — oferece papai.

— Oba! — berra Krish, levantando o punho e dando uma olhada para mim como se tivesse um ponto a mais.

— Como se eu me importasse com isso — murmuro.

Corro para meu quarto, e a pulseira está no papel laranja em cima da escrivaninha antiga que vovó me deu... Mas o pingente... tenho certeza de que o coloquei com cuidado no tinteiro. Deve ter rolado e caído. Eu me deito no chão para ver melhor, mas está muito escuro. Passo a mão em cada centímetro do carpete perto da minha escrivaninha, mas não está lá. Estou começando a ficar com calor e suada, e sinto um vazio e um enjoo na barriga. Dou uma olhada pelo quarto, checando os mesmos lugares várias vezes, mas estão sempre vazios.

— Venha, Mira! — berra papai do andar de baixo.

Como dizer para papai que perdi o pingente da vovó?

— Vamos fazer isso depois — digo, segurando o corrimão.

— Por que não agora?

— Porque... não estou encontrando o pingente — sussurro.

Procuramos o dia todo, em todos os lugares. A mamãe até esvazia o aspirador de pó para ver se ele não sugou o pingente.

— Pai! Você *prometeu* que ia jogar bola comigo — geme Krish.

— Tudo bem, tudo bem... melhor eu ir. — Papai suspira. — Continue procurando, Mira. Deve estar por aqui em algum lugar.

Quando Krish e papai voltam, já havíamos desistido. Papai continua dizendo que vai aparecer, mas, no fim do dia, tudo indica que não vai.

— Talvez Laila tenha engolido ele — sugere Krish, o que não é tão engraçado quanto parece porque, há algum tempo, ela foi levada para o pronto-socorro por ter comido dinheiro, miçangas e botões e por ter colocado milho no ouvido e ervilha no nariz; não na mesma hora, é claro. De qualquer maneira, a ideia de mais uma coisa acontecendo com Laila é muito horrível. Quando ela escuta seu nome, engatinha até Krish e escala a perna dele.

— Você engoliu o pingente, Lai Lai? — canta Krish com sua voz de criança.

— Kish Kish — canta Laila quando Krish a segura e faz carinho nela.

— É tudo o que precisamos ouvir! Vou checar a fralda dela — diz mamãe.

— Que nojo! — geme Krish.

Antes de ir para a cama, caço o pingente da vovó pelo quarto todo, abrindo caixas, bolsas e gavetas. Acho que se perdeu.

Segunda-feira, 23 de maio

Vovó diz que, se você pensar bem, morrer é como uma pilha perdendo energia. Seu coração para de bater e aí você morre. Por alguma razão, não consigo parar de pensar no cachorrinho peludo que dei para Laila. Ele costumava latir e andar e dar pulinhos, mas nunca trocamos a bateria porque ele, na verdade, era meio irritante, então agora ele fica lá parado na prateleira. Conto para vovó sobre o cachorrinho, e ela ri e diz:

— Isso, é mais ou menos isso. — Porém, quando penso melhor, não é nada assim porque você pode colocar a bateria nele se quiser e fazê-lo latir e dar pulinhos, e não dá para fazer isso com uma pessoa; não tem como simplesmente trazê-la de volta à vida. Digo para vovó que acho que ela está errada. Morrer não é como uma pilha perdendo energia. Ela ri e me abraça.

— Tão nova e tão cheia de opiniões, Mira.

Vovó segura meu pulso e procura pela pulseira.

— Ainda sem o pingente, Mira. Você não gosta dele?

— Eu amo, vó. O papai ainda não teve tempo de consertá-lo para mim — minto, rezando para Seiláquem Seiláoquê para que ela não pergunte ao papai.

— Sabe, estive pensando sobre aquelas camadas de proteção sobre as quais falei com você. Não preciso mais disso. Eu me livrei delas, de todas... todas essas pessoas que eu amo vieram me ver e eu estou em paz. Talvez essa seja a jornada... voltar ao estado de amor.

Viro as páginas do catálogo da exposição sobre William Blake na qual fomos juntas. É repleto de pinturas e desenhos de anjos e de pessoas morrendo.

— Posso pegar isso emprestado para a minha aula?

Ela abana a mão como se dissesse "Pode pegar. Não serve mais para mim."

Então fecha os olhos e deriva. É assim que vovó diz; não é dormir, é "derivar". Às vezes, tenho a impressão de que tudo é a mesma coisa para a vovó agora... a deriva e as conversas com quem quer que esteja visitando. É como se ela estivesse em um sonho, indo cada vez para mais longe de nós. Eu me levanto para ir embora, mas vovó me assusta quando segura o meu pulso com uma força que eu não sabia que ela ainda possuía.

— Coloque o pingente, Mira — sussurra ela.

Quando chego em casa, procuro o pingente em todos os cantos. Até pego uma lanterna para iluminar embaixo dos móveis, mas não adianta. Eu me jogo na cama e pego o celular para a fim de ligar para Jidé, mas mudo de ideia e o fecho de novo. O que diria para ele — que estou chateada porque perdi o pingente da vovó?

Marco Interrogação está inclinado sobre a cama da vovó segurando sua mão. Ele tira seu casaco e, embaixo dele, há uma asa branca enorme com penas. Ele a segura com força e a puxa de suas costas, com precisão e rapidez, da mesma maneira como arrancamos um curativo; se demorar, dói mais. Há um som alto de algo se partindo, como um osso quebrando. O rosto dele está cheio de dor. Ele entrega a asa para vovó que sorri para ele.

Terça-feira, 24 de maio

A escola está atrapalhando Jidé e eu. Não conseguimos arrumar tempo para ficarmos sozinhos sem o resto das pessoas olhando. No final da aula, ele corre até mim e me dá a mão, e nós caminhamos juntos.

— Quer ir para minha casa?

— Eu adoraria, mas tenho que ir ver a vovó. — Sorrio para ele.

— Desculpa não ter ligado... eu não sei mais o que dizer para você no telefone agora.

— Nem eu!

— Se a gente conseguisse ficar sozinhos, eu poderia *mostrar* o que sinto — diz ele, piscando para mim.

Dou uma risadinha e bato meu ombro nele.

— Machucou! — Ele se curva, fingindo sentir dor, e olha para mim com cara de súplica.

— Pode levantar, Jidé! — digo, rindo.

— Tá bom! Vou acompanhar você até a sua casa — diz, aceitando a derrota. Pega minha mão como se fosse o prêmio de consolação.

Quando chegamos perto da minha porta, ele vem me dar um beijo, mas, quando nossos lábios estão quase se tocando, vejo minha mãe olhando pela janela da frente. Ela sorri e sai.

Estou com o rosto muito vermelho quando entro em casa, então corro direto para o quarto.

— Vá se arrumar para irmos ver sua avó — diz mamãe.

Assim que a vejo, mostro meu desenho sobre o sonho que tive com o Anjo Marco.

— A senhora acredita em anjos, vó?

— Se você acredita em anjos, então tem que acreditar em demônios. Nunca gostei muito disso... mas acho que talvez tenha *mesmo* alguma coisa de outro mundo em Marco.

A voz dela é tão fraca e inconstante que só dá para delinear as palavras.

Ela aponta para que eu prenda o desenho na parede sobre sua cama.

Mais tarde, quando Marco Interrogação vem ficar com a vovó, ela mostra o desenho. Ele olha para cima e o examina. Quando olha para mim de novo, tenho a estranha impressão de que está olhando do topo de uma montanha muito alta.

— Você acha que anjos existem? — pergunta ele.

Dou de ombros.

— Você acha?

— Acho que não tenho nenhuma resposta — suspira Marco.

Krish está me enlouquecendo. Está na minha cama agora, insistindo em deixar a luz acesa porque precisa terminar seu desenho aborígene hoje.

— Por que você não pode fazer isso no seu quarto?

— Não quero ficar sozinho — diz ele, dando de ombros como se não fosse nada de mais. De vez em quando me esqueço de que Krish é mais novo do que eu. Sinto de repente que há uma distância bem maior do que dois anos entre nós.

Eu devo ter cochilado em algum momento porque, quando acordo, a luz ainda está ligada e Krish ainda está desenhando. Ele está com olheiras. Dou uma espiada por cima da coberta. É incrível. Bilhões e bilhões de pequenos círculos do tamanho de uma tachinha, começando com cores mais escuras do lado de fora e ficando mais claro e espiralado no meio. Os pontos do centro são laranja, amarelo e vermelho como o fogo, ou como o Sol. Quando você olha para o desenho de Krish, é como se a energia que ele dedicou em fazê-lo pulasse para fora da página, como bombinhas circulantes ou fogueiras à noite. Você fica sem fôlego. Digo para Krish que acho que é a melhor coisa que ele já fez. Pergunto se ele não se sentiu entediado fazendo aqueles milhões de pontos, mas ele apenas balança negativamente a cabeça. Pergunto se ele estava pensando na vovó quando os desenhou, mas ele diz que não; não estava pensando em nada, a não ser nas cores.

Quarta-feira, 25 de maio

— Nada do pingente? — pergunta papai no café da manhã.

Balanço a cabeça.

— Melhor não deixar a vovó preocupada com isso, então — diz papai, passando o braço por mim e me puxando para perto dele. — É meio misterioso, mas vai aparecer... provavelmente quando você não estiver mais procurando.

— Eu vou estar sempre procurando — respondo.

— Perdi o coração da vovó — sussurro para Millie enquanto Pat Print lê um exemplo de... é *isso*... falácia patética. Millie lança o olhar "Do *que* você está falando?"

— Millie, conta pra todo mundo a sua história dos Lockhart — grita Ben, que está usando o boné de beisebol para a frente hoje.

Millie lê em voz alta.

— Eu quero muito ler esse livro — exclama Ben.

— Viu, Millie... não tem como conseguir um incentivo maior do que esse — diz Pat, radiante.

— O problema é que eu ainda não sei o que acontece depois — suspira Millie.

— Conhece a expressão "Perder o fio da meada"? Então, é isso. Na vida real, a maioria de nós não faz muita ideia de aonde nossa vida vai. Podemos achar que sabemos, mas aí alguma coisa aleatória acontece e de repente você está em outra narrativa... Essa é uma das alegrias de escrever: você tem um pouco mais de controle sobre sua imaginação.

— Foi isso que fiz no começo — diz Millie.

— Então continue. No final, os personagens vão guiar você.

Millie concorda.

— Como assim, você perdeu o coração? — sussurra Millie enquanto Pat Print conversa com Jidé e Ben.

— Procurei em todos os lugares. Eu o perdi. O pingente de prata da vovó, o que ela me deu de aniversário.

— Quem trouxe um objeto para mostrar? — pergunta Pat.

Ben está sentado, pronto e esperando, com seu skate sobre os joelhos.

— Vamos lá, Ben.

Ele ajusta o boné, liga o iPod bem alto e começa a balançar o skate para a frente e para trás, acelerando o ritmo antes de prender nossa atenção com algo que, com certeza, ele ensaiou. Por estar com fones no ouvido, tem de falar ainda mais que o normal, mais que a batida pesada do rap.

Tenho tinta em mim.
Uma vez no mês preciso de
um trato
porque toda vez que ele me usa
no chão frio de concreto,
eu fico exausto.

Às vezes,
ele me leva embaixo do braço
para cruzar a listra branca
onde os pneus gigantes fazem fila,
mas se nenhum pai ou mãe espia
eu o levo voando para o outro lado.

Quando estamos juntos, nada pode nos parar.
Sinto o ritmo dos fones dele pulsando pelos
pés,
torcendo, rodando, deslizando, batendo, caindo
no ar.

Eu me sento e espero o dia todo pelo som dos pés dele,
a pisada do tênis nas minhas costas de madeira.
E aí vamos embora... voando pela ladeira.

Quando termina, Ben bate o pé nas costas do skate e ele parece pular com a ordem, parando direitinho nos braços dele!

— Amei, Ben. Você viu o mundo na perspectiva do seu skate. A descrição da rua com pneus gigantes em fila, e os pais espiando, é muito inspirada — exclama Pat Print, genuinamente impressionada.

Ben sorri.

— Essa é uma das coisas que vocês, com certeza, precisam fazer quando escrevem: ver o mundo em diferentes perspectivas. Alguém quer falar mais alguma coisa?

— Gostei do jeito como ele encenou, ele é um ator de verdade — diz Millie com uma expressão meio envergonhada.

— O negócio é achar a sua voz, esse tipo de confiança... Ben, você tem talento natural, mas, vamos encarar os fatos, com as suas cordas vocais, você já sai muito na frente de todos nós.

Dou uma gargalhada, o que faz Jidé rir também.

— O que foi tão engraçado? — pergunta Pat Print.

— A gargalhada da Mira. — Jidé sorri para mim e, dessa vez, consigo manter a cabeça em pé. — Parece que pertence a outra pessoa.

— Agora você está indo no caminho certo, Jidé, observando o comportamento humano em ação. Vou fazer uma previsão, se você me permite, Mira. Tenho a impressão de que algum dia, em breve, essa grande gargalhada e essa voz pequena vão se encontrar, e esse dia será um dia feliz para Mira Levenson. — Pat Print sorri para mim.

— Jidé, e você? Trouxe alguma coisa para mim?

Ele faz que sim e mostra uma foto dele sentado entre Grace e Jai. Estão abraçando ele, e os três estão com o mesmo sorriso. Ele parece ter uns 6 anos, mas ainda está segurando aquele pedaço de pano laranja. Dá para dizer tantas coisas sobre Jidé Jackson naquele retrato.

Eu me pergunto se, caso não conhecesse a história dele, conseguiria enxergar seu coração com proteção de guarda-costas... provavelmente não.

Meus olhos não são como os dele ou os dela, nem meu nariz, nem meus lábios, nem meu queixo, mas ninguém olha com cuidado porque tenho a pele cor de mel e um mais um somam dois. O que as pessoas falam para Grace e Jai é incrível... falam sobre mim. Uma mulher no ônibus 124, quando eu tinha 6 anos, olhou para Grace e sua pele pálida e seu cabelo dourado e seus olhos azuis, e olhou para Jai com sua pele marrom-escura e seus olhos pretos e depois se virou para mamãe e disse:

— Que olhos! Vocês realmente fazem os mais bonitos, não fazem?

E minha mãe disse:

— A senhora está falando exatamente sobre o quê? Está achando que fabricamos olhos? — A Grace é direta dessa maneira.

— Só escrevi isso — diz Jidé, e dá de ombros.

— Não foi só isso que você escreveu. O que você escreveu está cheio do que chamamos de subtexto. Posso ler centenas de outros pensamentos entre as suas frases, pensamentos não ditos, mas se você escrevesse de fato essas palavras, sua escrita não chegaria nem perto do poder que tem. — Pat faz uma pausa. — Algum comentário? — pergunta.

Ninguém diz nada, mas sinto de repente uma necessidade, pelo bem de Jidé, de preencher o silêncio.

— É como meu irmão Krish... Ele é praticamente louro. Apesar do vovó Bimal ser indiano e da vovó Kath ser inglesa, a minha mãe parece ser indiana e o meu pai tem cabelo escuro e olhos escuros, como a vovó Josie, e eu sou como sou... — resmungo.

— Você quer dizer que...? — interrompe Ben.

— Quero dizer que Krish, bem, ele é louro e não era de se esperar que fosse... e ele tem olhos azuis como a vovó Kath e as pessoas dizem coisas que realmente o irritam, do tipo "De onde você puxou esses olhos?" ou quando eu e Krish éramos pequenos e as pessoas achavam que a minha mãe estava só tomando conta do Krish. Às vezes até perguntavam para a mamãe se ele era adotado ou coisas idiotas do tipo: "Qual era a cor dos olhos do padeiro?" O mais engraçado é que o Krish é exatamente igual à mamãe, mas a maioria das pessoas não consegue ver isso porque ele é branco. Minha mãe diz que a genética é um pouco mais complicada do que aprendemos nas aulas de biologia, que é onde o conhecimento da maioria das pessoas para.

— E você quer dizer que...? — repete Ben.

— Entendi o que você quis dizer, Mira — diz Jidé, dando uma cotovelada nele.

— Cara, por que você fez isso? — exclama Ben.

— Millie, você gostaria de ser a próxima? — Pat sorri. Millie faz que não com a cabeça daquele jeito lento e determinado que faz com que você entenda que ela já se decidiu e não vai voltar atrás.

— Mira. Trouxe alguma coisa para mim? — pergunta Pat com um ar confuso e tentando mudar de assunto antes que a situação fuja de seu controle.

— Queria ter trazido o pingente que minha avó me deu, mas a pulseira arrebentou e agora eu o perdi. Era um pingente pequeno de prata em formato de alcachofra. Vou ler o que a vovó me disse quando me deu o pingente, se você quiser.

Pat Print concorda.

Volto algumas páginas no meu diário de capa de couro vermelho até o meu aniversário, o dia em que vovó me deu o pingente. Parece que já faz anos, e não dias.

Eu lhe dei isto, Mira, porque a maioria das pessoas, quando fica velha, cultiva pequenas conchas duras em volta do coração...

— Esse é um verdadeiro exemplo da falácia patética — diz Pat Print. — Quais poderes a avó de Mira acha que o pingente tem?

— Acho que pode ser um símbolo de como o amor é delicado — responde Jidé, sorrindo para mim. — Ela acha que os adultos aprendem a não sentir ao se proteger de sentir muito.

Pat Print concorda, olhando para Jidé e para mim. Ela percebe que tem alguma coisa acontecendo entre nós.

— O que *você* acha? — sussurra Jidé para mim.

— Eu não sei. Só me sinto péssima porque ela o usou quase a vida toda e eu o perdi — sussurro de volta.

Agora, quando Jidé fala comigo, sinto como se os olhos de todo mundo estivessem na gente, principalmente quando ele insiste em se sentar tão perto de mim. É terrível, mas por causa do Jidé eu não consigo me concentrar nas palavras de encerramento cuidadosamente escolhidas por Pat Print. É óbvio que ela ensaiou o que ia dizer, mas, mesmo assim, Pat Print é péssima em despedidas. Agora, está dizendo que devemos nos sentir orgulhosos do trabalho que produzimos e como espera ver nossas obras impressas um dia.

— Sem querer fazer um trocadilho com o meu nome! — Ela ri. A cor avermelhada está começando a subir pelo seu pescoço, como acontece quando fica emocionada com alguma coisa.

Quando saímos da sala, Pat Print chama Millie de volta, então eu a espero um pouco no corredor e analiso a trilha de lama que ela deixou de novo, como uma assinatura pessoal. Eu me pergunto por onde ela anda para ter tanta lama nos pés.

— O que ela queria? — pergunto para Millie.

— Perguntou por que eu estava tão quieta hoje

— Não percebi.

— Isso é porque você e o Jidé falaram muito!

— E o que você falou para ela?

— Eu disse que estava quieta porque fiquei tão impressionada de ver você falando daquele jeito... E eu não sei... estou tentando entender o que tem de tão diferente em você.

Eu me sinto muito culpada... porque não faz muito tempo que Millie sabia *tudo* sobre mim. Eu praticamente não conseguia nem entrar na escola se ela não segurasse a minha mão, mas, depois de Jidé... bem, não preciso mais tanto dela.

— Comecei a menstruar — digo bruscamente

— Sério? Quando? Você está bem?

— No meu aniversário. Ótimo presente!

— Isso faz séculos. Por que você não me contou?

Dou de ombros e me sinto mais culpada ainda.

— Então conta tudo; como é? — indaga Millie

— É sangue — respondo estupidamente.

— Cara, eu *sei* disso. Perguntei como é.

— Não sei. É como se tudo mudasse. Não tem como impedir que aconteça, tem?

Millie fica preocupada de repente.

— Então dói mesmo?

— Não é dor. Eu meio que me senti pesada, e um pouco dolorida... ah, e tive espinha.

— É mesmo! Agora eu lembro. — Millie ri.

— Obrigada!

— Sua mãe ficou surpresa?

— Um pouco — minto.

— Tomara que *eu* fique logo.

— Por que você *quer* ficar menstruada?

— Sei lá. Estou pronta para uma mudança. — Millie sorri.

Quinta-feira, 26 de maio

Jidé e Ben ficam comigo e com Millie no nosso muro durante o intervalo, mas por alguma razão não temos muito para falarmos uns com os outros, todos juntos assim.

Depois de um tempo, Ben e Jidé saem, deixando Millie e eu sozinhas. Eu me pergunto o que ela não está me contando sobre Ben, porque sei o que não estou contando para ela sobre Jidé. Apesar de ficarmos sentadas lado a lado, como sempre fizemos, podíamos muito bem estar em lados opostos da quadra.

Observo vovó dormindo. É a primeira vez que a visito sem que ela saiba. Dóris, Dr. Clem e Marco Interrogação vêm e vão com mais frequência do que antes. Tudo o que posso fazer é vê-la dormir e esperar. Ela está esperando... e nós estamos esperando... pelo fim.

Sexta-feira, 27 de maio

Quando vejo a cama vazia, vomito o chão todo. Escuto alguém berrando como uma sirene. Esse alguém sou eu. Marco Interrogação aparece, me coloca em uma cadeira e ajuda a me limpar.

— A sua avó foi para um quarto só dela — diz ele. — Você não se lembra? Nós contamos para você ontem.

Não me lembro.

— Ela vai morrer logo? — pergunto.

— Ela está bem fraca agora, Mira — diz ele me levando para o quarto novo da vovó. A mão do Marco é lisa e fria, como seda. No momento em que a minha mão toca a dele, começo a me sentir mais calma.

NÃO ENTRE, diz o aviso na porta da vovó. Marco Interrogação diz que a vovó não quer nenhum outro visitante, somente a "família imediata". Pergunto o que é "família imediata". Papai diz que é "só a gente".

Abro a porta, mas, por algum motivo, sinto que não devo entrar, então fico parada na entrada olhando a vovó. O Quarto de Morrer dela tem vista para aquelas casas enormes de Hampstead, casas que se parecem com aquelas de *Mary Poppins*, que voam "para o mais alto dos altos".

Lá fora, perto do Quarto de Morrer, há dois carvalhos começando a florir. A janela ocupa um lado todo do quarto. O sol entra e brilha no rosto da vovó, aquecendo seus cobertores. Papai pergunta se deve fechar as persianas, mas vovó sorri como se dissesse "não". Está gostando do banho de sol.

Vovó agora se expressa silenciosamente o máximo que pode. Acho que está guardando energia para morrer. Eu me sento ao lado dela. Não me atrevo mais a deitar porque ela está tão magra que posso amassá-la. Olho a rua pela janela. Dá para ver dentro de um lugar que parece um estúdio de um artista. Tem duas janelas enormes em cada lado, de modo que, pela janela mais distante, dá para ver o verde do Heath até o horizonte.

— Eles devem ter uma vista linda de Londres — digo.

— Perfeita — sussurra vovó. A voz dela está seca e arranhada. — Eu adoraria ver esse lugar.

— Imagine, vovó, se eu abrir a janela e se eles abrirem a deles, a senhora podia voar daqui, atravessar a rua, passar pelo estúdio deles e sair bem do outro lado.

Vovó aperta a minha mão.

— Como vai o alguém alguém? — sussurra ela, sorrindo.

Não tem muito por que mentir agora.

— Ele está bem — sussurro e sorrio de volta.

Aí, de repente, ela começa a tossir. Acho que a fiz falar demais. Dóris entra e a ajeita no travesseiro. Vovó chama Dóris de "a poeta" por causa da maneira que ela canta quando fala; você quase esquece o significado das palavras, dá para sentir o gosto doce na boca.

Dóris se senta sob a luz do sol na cama da vovó. Pega uma pequena bolsa branca do carrinho. Lá dentro há um palito mole, como uma escova de dente do tamanho de um cotonete, que ela passa nos dentes da vovó. Depois, ela pega uma pequena esponja, que coloca na água e depois aperta na boca da vovó. As mãos de Dóris são pequenas e brilhosas, como se ela tivesse passado óleo nelas. Acho uma pena ela ter de colocar as mãos naquelas luvas de borracha branca. Dóris coloca a esponja em água de novo e toca os lábios da vovó com cuidado, toque, toque, toque. Acho que nunca vi uma pessoa fazer uma coisa com tanto amor quanto a maneira como Dóris realiza a cerimônia de escovar os dentes da vovó.

Vovó suspira e fecha os olhos. Marco Interrogação entra em silêncio e pergunta se vovó está confortável. Ela faz que sim com a cabeça duas vezes, com os olhos fechados. Tudo parece ter ficado mais devagar aqui no Quarto de Morrer. Não tem nada na mesinha de cabeceira. Não há livros de arte, pinturas, frutas, água... não tem água.

Tento segurar a mão da vovó, mas seus dedos estão curvados.

Krish traz seu desenho aborígene. Minha mãe o colocou em uma moldura, então ficou melhor ainda. Ele não diz nada, mas levanta o quadro para que vovó o veja.

Ela fica olhando, perdida nas milhões de cores rodando, rodando. Aí olha para Krish e faz "obrigada" com os lábios, e Krish inclina a cabeça e a apoia nos joelhos da vovó. Depois de algum tempo, ele fica bem parado e sua respiração fica tranquila. Caiu no sono. Ela levanta a mão e a coloca na cabeça dele; só o esforço desse movimento já a deixa sem respiração. Conto para vovó que Krish ficou a noite toda acordado para terminar a pintura. Ela faz um gesto para que eu a coloque na mesinha dela. Quando saio do quarto, vovó está perdida no meio dos bilhões de pontos coloridos.

Na saída, damos uma passada na Sala da Família. Mamãe está conversando com Jay, que trouxe uma salada de frutas para vovó. Quando Jay abre a geladeira e vê que a prateleira está cheia de pequenos potes de plástico com comida que não foi tocada, ela coloca a salada de fruta de volta em sua bolsa e esvazia a prateleira da vovó. Lágrimas correm pelo seu rosto enquanto faz isso.

No asilo, todo mundo se comunica com os olhos, com um toque calmo no braço ou com um movimento positivo da cabeça. Você tem de olhar de verdade para ver o que está acontecendo. Duas vezes hoje, vi o Dr. Clem e a Dóris em conversas silenciosas com o meu pai e com a tia Abi. Eles têm essas conversas nas quais nenhuma palavra escapa quando passam um pelo outro no corredor. Depois de uma dessas conversas silenciosas, meu pai sai da Sala da Família com a cabeça e os olhos voltados para baixo.

Sábado, 28 de maio

Marco Interrogação liga do asilo.

Coloco meu relógio. É a primeira vez que o coloco desde meu aniversário. Eu o tirei porque achei que talvez ele estivesse fazendo com que o tempo se acelerasse... talvez o relógio tivesse alguma coisa a ver com o caixão da vovó chegando e com o começo da minha menstruação; achei que, se o tirasse, poderia deixar tudo mais devagar, mas agora sei que não tem volta. Você não pode mudar algumas coisas, não importa para quem ou para o que você reze.

Quando chegamos, a Mulher do Lenço rapidamente abre as portas de segurança. Geralmente, ela conversa um pouco ou faz uma piada, mas hoje simplesmente assente e depois inclina a cabeça para baixo. Quando passamos pela porta, eu a escuto falando no interfone.

— A família Levenson está subindo.

Dóris está esperando por nós. Está de cabeça baixa. Ela levanta o braço para irmos atrás dela até a Sala da Família, onde nos sentamos em cadeiras confortáveis para ouvir a notícia. Ela coloca as mãos nos joelhos e fica bem quieta por um tempo. Tem um sorriso gentil e triste no rosto.

— Josie faleceu esta manhã. Marco e eu estávamos aqui com ela, e Abi ficou com ela a noite toda. — Ela diz essas palavras com sua voz de mel. — Ela faleceu em paz, como uma pena na brisa.

— Que horas ela morreu? — pergunta Krish.

— Poucos minutos depois das dez, esta manhã.

São essas as coisas que você tem de saber... a data e a hora em que as pessoas morrem e nascem. Foi a primeira pergunta que as pessoas fizeram quando Laila nasceu.

No momento em que vovó morreu, quando seu coração parou de bater, estávamos passando por Hampstead Heath a caminho do asilo. Acho que sei qual foi o momento exato porque chequei meu relógio precisamente às 10h05. Precisamente às 10h05, há dezoito minutos, eu olhei ao redor: jovens, velhos, crianças, cachorros ao sol, cachorros enormes, cachorrinhos, todos os tipos de cachorros. Eu me lembro de pensar que todos eles podiam ser a minha avó Josie em partes diferentes da vida, aí pensei numa coisa que me deixou feliz. Quando vovó morrer e eu andar em Heath ou em Suffolk... posso pisar exatamente nos mesmos lugares onde ela pisou. Mesmo sendo péssima em fazer conta, concluí que vovó tinha andado tanto nesses lugares que a probabilidade de eu pisar onde ela pisou um dia era bem alta. Esse pensamento me deixou feliz exatamente às

10h05. Foi o momento no qual o coração da minha avó parou. Acho que é um cálculo básico.

A placa de NÃO ENTRE ainda estava no Quarto de Morrer da vovó. Tia Abi está sentada na poltrona ao lado da cama. Papai e tia Abi se abraçam por muito tempo. As costas do papai estão se mexendo para cima e para baixo, e ele está fazendo um som de choro terrível. Tia Abi está calma, mas seus olhos estão vermelhos e inchados.

— Eu estava aqui — diz Abi. — Fiquei sentada com ela a noite toda; fui ao jardim com o Piper esta manhã por alguns minutos e, quando voltei, ela se fora.

Papai não diz nada, mas as costas dele ainda estão se movendo. Piper está deitado sobre os pés da vovó como se guardasse seu corpo.

Alguém colocou um lírio laranja no travesseiro, ao lado da cabeça da vovó Josie. As janelas estão todas abertas e o quarto cheira a novo e vazio. Olho para o estúdio. A janela que dá para o asilo está escancarada, e a outra janela também. Talvez vovó tenha mesmo conseguido ir ver o estúdio, no final das contas.

Papai se senta na cadeira ao lado da cama da vovó e quase não se mexe. Seu corpo está quase tão parado quanto o da vovó. Achei que fosse ter medo de olhar para ela, mas, sem vida, é como se o corpo da vovó fosse uma concha vazia.

Não é como pensei que fosse ser... o fim... tão silencioso e quieto e final.

Dóris e Marco Interrogação dizem que podemos ficar no quarto com a vovó quanto tempo for preciso. É claro que, agora que vovó se foi, o que importa é o que *nós* precisamos. Mas sabemos do que precisamos, então começamos a arrumar suas coisas porque não parece correto ficar sentado olhando para o corpo dela quando a sensação é a de que ela já o deixou para trás. Então todos nós ajudamos a arrumar as roupas e coisas que trouxemos para o asilo.

A maneira como nos movemos pelo quarto, dobrando e guardando, é como uma cerimônia silenciosa estranha. Mamãe vai pegar o quadro aborígene do Krish, mas eu peço que ela não faça isso, ainda não. Peço que seja a última coisa. Não sei por quê. Aí pegamos as roupas de dentro do armário e colocamos os seus pertences com cuidado na bolsa de lona.

Alguém bate na porta. É Dóris com Laila. Dóris fez uma turnê com ela pela ala, mostrou-a para todos os pacientes... para dar um descanso à mamãe.

— Aqui está sua princesa — diz Dóris entregando Laila gentilmente para mamãe, que a leva pelo corredor para a Sala da Família, onde Krish assiste a futebol com o homem que se casou.

Esperamos por papai e tia Abi. Quando nos levantamos para ir embora, são 4h da tarde.

— Até mais, amigo — diz o homem, mexendo no cabelo de Krish.

— Até mais, Jo.

Eu nem sabia o nome dele. Nem percebi que Krish o conhecia tão bem, mas acho que eles assistiram a algumas partidas juntos desde o casamento. Jo se levanta e acena para nós, mas Krish fica parado com as mãos nos bolsos, olhando para Jo.

— Eu posso vir visitar você, se quiser — oferece Krish.

— Não, filho, fique lá fora e viva a sua vida.

De repente, Krish corre até Jo e passa os braços ao redor da cintura dele. Ambos choram. Todos estamos chorando porque agora entendemos os fins de verdade... como é difícil dizer adeus para sempre.

— Pra cima deles, Spurs! — exclama Jo conforme andamos pelo corredor.

Passamos pela Sala dos Homens, onde a mulher que se casou com Jo está arrumando flores em um vaso. Ela vem se despedir de nós. Mamãe a abraça e coloca a mão na barriga dela, o que acho estranho, mas aí olho para ela e vejo, pela primeira vez, que vai ter um filho.

— Mantenha contato, Lyn.

Mamãe escreve nosso número em um pedaço de papel. Papai e Lyn se abraçam, tia Abi e tia Mel a abraçam também, e até Piper tenta pular nela.

Os rostos de todo mundo estão vermelhos e inchados e encharcados de lágrimas. Tenho pena de nós pela morte da vovó. Mas para Jo, Lyn e o bebê que ainda nem nasceu, tudo está fora de ordem.

Passamos pela sala na qual Dóris e Marco Interrogação e as outras enfermeiras ficam. Meu pai diz "obrigado". Ouvi essa palavra tantas vezes na vida, mas nunca ouvi uma pessoa dizê-la da maneira que meu pai diz para Dóris e Marco Interrogação.

— O privilégio foi nosso — diz Marco, segurando a mão dele.

Papai pergunta se o Dr. Clem está de plantão. Ele não está, mas Dóris diz que ele sabe da vovó e que estava planejando aparecer para nos ver antes de irmos embora. Por algum motivo, sentimos que não é certo sair sem dizer adeus ao Dr. Clem.

Ficamos do lado de fora da ala Heath esperando pelo elevador. Demora uma eternidade para chegar. Krish nem tenta correr pelas escadas; fica em pé imóvel, esperando pacientemente. No primeiro andar, a porta se abre e o Dr. Clem aparece na nossa frente. Ele se afasta para sairmos e encosta a bolsa de compras na parede. Papai coloca a bolsa da vovó no chão, e o Dr. Clem olha para ela com tristeza. Ele diz que fica feliz de ter chegado a tempo de nos ver. Olha para nós com seus olhos caídos, cada um de nós, um por um. Um som escapa da boca do meu pai, alguma coisa parecida com uma tosse longa que sacode seu corpo. O Dr. Clem segura papai, como se quisesse equilibrá-lo. Aí ele abraça o Dr. Clem e eles batem as mãos nas costas um do outro. Eles me fazem lembrar de gorilas se confortando. O Dr. Clem deve ter visto mil pessoas morrendo, mas ainda assim liga para a vovó Josie, e para nós. Quando papai e o Dr. Clem finalmente se separam, ele percebe que eu e Krish estamos olhando a bolsa de compras dele, cheia de batatas e de limonada.

— São para a festa de aniversário da minha filha... então eu vou sempre me lembrar da sua avó nesse dia.

É óbvio que ele só veio aqui para nos ver porque se vira e sai do asilo de novo.

Nós o seguimos, e a Mulher do Lenço nos chama. Esquecemos a obra de arte do Krish.

— A sua avó Josie amava esse quadro. Acho que a ajudou no final. Sempre que abria os olhos, parecia estar perdida no desenho — diz o Dr. Clem, colocando a mão amiga no ombro de Krish.

Krish faz que sim com a cabeça bem baixa. Aí se vira para a Mulher do Lenço e diz:

— Aqui, pode ficar com ele.

Ela dá uma olhada para mamãe e papai, como se perguntasse se não tem problema, e vejo os dois sorrindo e concordando.

A Mulher do Lenço pega Krish pelo braço antes que ele tenha tempo de protestar e o abraça apertado.

— Você é um anjo — diz ela. Krish só ergue os olhos e dá de ombros.

O Dr. Clem vai andando pela rua, e sua sacola de festa faz barulho. Na esquina, ele para e olha para cima, para um bando de passarinhos voando pelo céu. Eu acompanho o trajeto deles, voando para cima, atravessando no ar. O Dr. Clem sorri, vira a esquina e desaparece.

O céu está azul-claro, e tem um calor de verdade no sol hoje. O clima é de férias. É como se Londres inteira tivesse decidido andar no Heath. Gosto do fato de que essas pessoas todas não sabem que vovó morreu. Passamos pelos lagos onde as pessoas estão nadando na água verde e no monte do parlamento, como fizemos tantas outras vezes antes com vovó e Piper. Krish não corre com Piper monte acima, como sempre faz. Tem gente tentando soltar pipa em todos os cantos, as rabiolas se enrolando... há pais, em sua maioria, prometendo fazer com que as pipas voem, mas não há vento suficiente

— Aonde estamos indo? — pergunta Krish.

— Para a casa da vovó — responde papai.

— Por quê? — pergunto.

— Porque acho que é o que devemos fazer agora — suspira ele.

Eu não acho que é isso que devemos fazer agora.

— Vou ficar aqui — falo para ninguém em especial.

Mamãe e papai se olham daquele jeito, quando querem checar o que o outro está pensando. Mamãe dá de ombros. Papai dá de ombros. Tudo está mudando. Ninguém mais sabe o que deve ser feito.

— Vá para a casa da vovó em meia hora — diz mamãe, entregando a coleira do Piper para mim. — Você está com seu relógio?

Mostro meu pulso para ela.

— Isso não é justo! Posso ficar? — geme Krish.

— Não! — Mamãe o abraça e o guia monte abaixo; papai anda ao lado empurrando o carrinho de Laila.

— Está com o seu celular? — berra ela.

Eu o balanço no ar para que ela veja. Aí me jogo no banco onde eu e vovó costumávamos nos sentar. Olho para o céu azul, mas não tem a vovó voando pelo ar nas costas do Claude, nem o Jidé. Não é como no meu sonho. Piper pula no banco, me empurra com o focinho e choraminga, como se estivesse procurando por vovó também.

Aí ele sai correndo monte abaixo latindo, com o rabo balançando freneticamente, e, quando tento enxergá-lo, eu a vejo andando na minha direção.

— Mira!

Pat Print se senta ao meu lado, e lá vem Piper correndo na nossa direção. Moisés e Piper brincam como se fossem dois filhotes.

— Está sozinha?

Tento falar, mas engasgo com a tristeza que cresce em mim como uma onda. É muito difícil dizer as palavras, principalmente na primeira vez... é como se as palavras fizessem com que o fato fosse verdade...

— Minha avó morreu esta manhã.

As palavras são quase como um sussurro. Pat Print não sabe o que fazer ou falar. O que faz é acariciar Piper na cabeça. Acho que é a maneira que encontra para me confortar. Piper geme.

— Tadinho do Piper... Vamos andar?

Caminhamos monte abaixo, seguindo Piper e Moisés pelo caminho de xixi deles. Aí Piper desaparece em uma pequena floresta no sopé do monte.

— Piiiiper — chamo, mas ele não sai, então vamos investigar.

Ele está parado em um tronco de um carvalho, latindo que nem um lunático. Deve ser um esquilo. Olho para a árvore e uma coisa vermelha chama minha atenção. É quando vejo o chapéu da vovó... o chapéu vermelho de crochê dela preso em um galho lá no alto.

— É da vovó. Ela o perdeu em uma caminhada comigo no Natal passado. Ela me fez procurar em todos os lugares.

— Como foi parar lá em cima? — diz Pat, olhando para os galhos.

— Você acha que consigo pegá-lo?

Pat Print balança a cabeça.

— Não, mas eu consigo — diz ela. Antes que eu possa argumentar, ela está subindo na árvore, galho por galho. Parece saber exatamente onde colocar os pés. Pat Print é craque em subir em árvores! Está tão alto que é perigoso; a maioria das pessoas nem pensaria em subir tão alto... Na base da árvore, Moisés está latindo loucamente. Pat Print chega no chapéu da vovó, mas não consegue alcançá-lo, então ela bate nele e ele cai para mim pelo meio dos galhos, assim como caiu da cabeça da vovó no meu sonho... deixando seu cabelo longo voando como uma pipa. Eu pego o chapéu e o coloco.

— Fica bem em você. — Pat Print sorri, pulando do galho mais baixo.

— Você escala muito bem.

— Nada me deixa mais feliz do que ficar sentada no topo de uma árvore bem velha. Sempre sonhei em morar em uma casa na árvore. — Ela ri. — Subo em árvores praticamente todos os dias desde que tenho 4 anos.

Andamos até o final do monte, onde o caminho se bifurca. Fico tão agradecida por ela não ter perguntado nada sobre a vovó. É uma pena que não tenham se conhecido, porque acho que vovó Josie e Pat Print teriam gostado muito uma da outra.

— Conseguiu escrever o resto daquele diário? — pergunta ela.

— Todos os dias, até agora.

— Eu achei que você fosse mesmo uma escritora de diário — diz Pat. — Adoraria ler o que você escreveu, se quiser. Você pode entregá-lo para a Srta. Poplar. Bem, o meu caminho é esse. — Pat Print aponta para o caminho do lago.

— E o meu é esse — digo, apontando para o beco onde os cachorros fazem cocô e para a rua.

— Bem, tenho certeza que nossos caminhos vão se cruzar de novo. — Pat Print sorri. — Moisééééééééés! — grita ela... E ele vai atrás.

Domingo, 29 de maio

Marco Interrogação ligou para o papai a fim de dizer que amanhã a vovó vai estar no programa de rádio chamado *Comece a semana*. Ele não queria que ouvíssemos a voz dela por acaso e levássemos um susto.

Não há nada para fazer. Nos domingos nós sempre visitamos a vovó. Apesar de o Dr. Clem ter dito que somos sempre bem-vindos para fazermos uma visita ao asilo, seria estranho sem a vovó. Enfim, o corpo dela não está mais no quarto. Foi movido para o que chamam de Capela do Descanso. Poderíamos ir e vê-la nessa capela, eu acho, mas papai diz que não acha necessário.

Deito na cama, lendo as mesmas frases do meu livro sem parar, sem absorver nada. Não me sinto sozinha por causa do cavalete da vovó. É um pouco como ter uma outra pessoa sentada no canto do quarto, olhando para mim. Não consegui dormir à noite. Fiquei sentindo a mão da vovó segurando o meu pulso e cantando: "Coloque o pingente, Mira... coloque o pingente... por que você não está usando o pingente?" Esta manhã, minha cabeça dói como se alguém estivesse pressionando ela com um grampo, então seria bom se a mamãe não estivesse aqui agora. Ela trouxe uma bolsa com roupas velhas da vovó para eu dar uma olhada.

— Algumas dessas peças são realmente de época, Mira. Seria uma pena jogá-las fora. Dê uma olhada e veja se quer alguma coisa.

Acho que meu silêncio disse muito, porque ela fecha a porta lentamente e me deixa a sós com a bolsa. Assim que abro o zíper, o cheiro de sândalo da vovó toma o quarto, como um gênio saindo da lâmpada. Tem uma jaqueta de camurça verde da década de 1960, duas calças jeans e várias camisas indianas lindas, sandálias de dedo e botas. Experimento os jeans e eles ficam perfeitos. Coloco a camisa laranja com miçangas da vovó, que ainda tem o cheiro dela. Adoro a sensação da roupa da vovó na minha pele. Estou tentando decidir se querer vestir isso é estranho, mas não me sinto mal... é como uma memória, e é isso que sobra quando alguém que você ama se vai... e o cheiro.

O que mais tem nessa bolsa? Uma caixa cheia dos papéis de embrulho da vovó. Tem alguns pedaços de cores lindas, e papéis inteiros que ela deve ter comprado para embrulhar alguma coisa... e fitas também, lindas e grandes, em todas as cores do arco-íris... para cada pedaço de papel e cada fita colorida, ela tinha alguém em mente... Tem fita azul-escura, papel branco e alguns adesivos com corredores. Krish faz aniversário daqui a uma semana. Aposto que era para ele.

Estou pensando em tirar o cavalete da vovó do meu quarto porque, no escuro, quando apenas o abajur faz sombras nas paredes, fica parecendo ainda mais que tem uma pessoa em pé no canto, olhando para mim. Não sei do que tenho medo, mas odeio a ideia do corpo da vovó deitado no asilo. Se ao menos ela pudesse ficar em sua casa ou na nossa para que pudéssemos cuidar dela. Papai diz que o corpo dela é apenas uma concha agora e que seu espírito está livre, e acho que está certo. Mas a pergunta é: onde está o espírito da vovó? No escuro, olho para o cavalete. Juro que está me chamando.

Segunda-feira, 30 de maio

Acordo com vontade de contar para Jidé sobre a morte da vovó... Eu não queria que estivéssemos de férias escolares. Pela primeira vez na minha vida, não queria estar de recesso. Aí lembro do celular. Apesar de querer falar com Jidé, ligo para Millie primeiro. O telefone cai direto na secretária eletrônica. Lembro que ela está viajando. Não é o tipo de mensagem que dá para gravar na secretária de alguém, não é? "Minha avó morreu, mas você pode ouvi-la no rádio hoje."

Então desligo e fico parada no nome do Jidé antes de conseguir ligar.

— Alô!

— Jidé!

— Mira!

Ele soa feliz e surpreso em ouvir a minha voz.

— Estou ligando por causa da minha avó.

— Ela morreu?

Ele fala por mim.

— Sim — sussurro.

— Você está bem?

— Na verdade, não — murmuro. — Ela vai aparecer no rádio hoje; eles entrevistaram ela no asilo... Achei que talvez você quisesse escutar.

Não sei por que quero que Jidé e Millie escutem a vovó no rádio, mas se tivesse o telefone da Pat Print, ligaria para ela também.

— Que horas?

Passo os detalhes e depois não consigo pensar em mais nada para dizer.

— Vou escutar — diz ele. — Quando é o enterro?

— No sábado.

— Quer se encontrar comigo? Quer dizer...

— Acho que não consigo... por causa de tudo que está acontecendo.

— OK, mas ligue se precisar de mim.

Antes de falar com ele, estava me sentindo bem, mas agora as lágrimas estão correndo pelo meu rosto e minha voz está engasgada.

— Espero que... bem... vou ficar pensando em você.

— Eu também — digo com a voz chorosa e aguda.

Assim que desligo, escuto ele chamando meu nome...

— Mira?

Espero para ver se ele vai ligar de volta, mas ele não liga.

Se alguém morre e aparece falando no rádio, é como se não tivesse morrido de verdade. É como se estivesse falando com você... conversa de fantasma. Se alguém que você ama morre e você fica ouvindo a voz dela no rádio ou a vê em filmes ou na televisão, dá para fingir que ainda está viva, é só escutar ou ver várias vezes.

Eu estava lá quando a mulher entrevistou a vovó para o rádio. Porém, quando escuto a voz, tudo soa diferente. Em primeiro lugar, eles adicionaram música, o tipo que tocaria no funeral do Papa. Quero dizer para Jidé que não tem nada a ver com a música que a minha avó escolheria. Outras pessoas que não conheço falam antes, descrevendo no que acreditam e como a fé afeta a maneira como se sentem em relação à morte. Eu me pergunto quais das pessoas falando ainda estão vivas.

Nós nos reunimos em volta do rádio, como já vi fazerem várias vezes em filmes antigos — quando mostram o momento em que Neville Chamberlain anuncia que a Grã-Bretanha está em guerra com a Alemanha. Nós nos aconchegamos, esperando para ouvir a vovó falar conosco, e de algum modo me ajuda pensar que Jidé está ouvindo comigo. Levo algum tempo para perceber que a vovó já está falando porque Laila está fazendo muito barulho falando com Su Su, a boneca dela. Mamãe faz um "Shhhhh" para Laila, que está viva, para conseguirmos ouvir vovó Josie, que está morta.

A voz da vovó está diferente, meio aveludada. Papai diz que os técnicos de rádio podem colocar sua voz em um filtro para que soe mais pomposa. Não acho que eles deviam mudar a voz das pessoas desse jeito. Até as coisas que ela fala, coisas que já ouvi antes, soam diferentes... mais importantes. Primeiro, alguém fala sobre o Papa. Aí Jo e Lyn falam do casamento deles e do bebê e sobre como têm "fé um no outro". Depois tem uma parte com a pessoa supostamente famosa, que, no final das contas, é *Crystal*! Papai diz que ela é uma atriz, mas nenhum de nós nunca ouviu falar nela. Aí ouvimos a vovó falando. Eu sei por que a mulher deu tanto espaço na história para a vovó — porque de todas as pessoas falando, ela é a que soa mais viva.

Terça-feira, 31 de maio

Mamãe e papai estão no telefone o dia todo contando a notícia para as pessoas. Não dá para acreditar na quantidade de coisas que tem de ser feita quando uma pessoa morre. Papai tem de registrar a morte da vovó. É no mesmo cartório onde Krish e eu temos nossas certidões de nascimento. Deve ser muito estranho ter um papel nas mãos que fala a data e a hora exatas da morte da sua mãe.

Vovó deixou várias instruções sobre o funeral e sobre quem ela queria que mamãe e papai chamassem, e quem ela quer que tia Abi e tia Mel chamassem. É como se ela tivesse preparado uma grande festa e nossa casa virou o escritório cerimonial, só que sem alegria alguma.

A caixa do correio bate e eu corro para o andar de baixo, esperando que seja a Millie com um plano de fuga. Queria sair desta casa mais do que tudo. Se tivesse coragem, ligaria para Jidé e perguntaria se posso ir para a casa dele. Em vez de ser Millie ou Jidé, quem está à nossa porta é uma senhora alta, longa como uma porta, de óculos quadrados. A maneira como ela move a cabeça me faz lembrar de Moisés — o homem do caixão, não o cachorro.

— É a casa dos Levenson? — pergunta ela.

Assinto, mas não a deixo entrar. Tem alguma coisa nela de que não gosto — talvez seja o sorriso morto por trás dos olhos.

— Quem é? — pergunta papai da cozinha.

— Diga para seu pai que eu sou a celebrante.

— É a celebrante — respondo.

Papai aparece no corredor e aperta a mão da mulher como se ela fosse alguém importante. Eu me sento e escuto a conversa deles por um tempo. Essa mulher é a pessoa que vai tomar conta do funeral, porque ela diz que vamos estar celebrando a vida da vovó Josie. Tudo bem para ela porque nunca conheceu minha avó. Como é que eu vou celebrar alguma coisa?

Não vejo por que precisamos dela. Não entendo por que vovó escolheu essa mulher. Ela nunca gostou de pessoas que falam muito devagar ou com muita calma. "Comportamento controlador", costumava dizer. A Mulher Celebrante faz as duas coisas ao se sentar com mamãe e papai, preenchendo formulários e tomando nota, planejando o funeral da vovó.

— E a Mira quer ler um poema ou falar alguma coisa. — Papai sorri para mim, tentando fazer com que eu me sinta envolvida.

— Ah — diz a Mulher Celebrante sem nem olhar para mim. — Quando chega a hora pode ser muito difícil para crianças lidarem com essas grandes emoções.

Eu posso ler para você — diz ela com um meio sorriso para mim. — Qual o nome do seu poema?

— Ainda não sei — minto, só porque sinto vontade de ser o menos prestativa possível. — Mas sei qual música a vovó queria.

— Sabe? Que bom. Você me conta depois — sussurra papai, dando uma olhada na Mulher Celebrante, que parece estar impaciente.

— Bem, mande para mim o título e o autor do poema assim que puder, e mande uma cópia, só para eu ter — diz ela, guardando seu caderno preto.

Não acredito que esse seja realmente o trabalho dela, o que quer fazer da vida. Planejar o funeral das pessoas.

Depois que ela vai embora, mamãe e papai voltam ao telefone. É como se eu, Krish e Laila não existíssemos mais. Laila foi colocada na frente da televisão em um ninho de almofadas e Krish está jogado no sofá ainda de pijamas. Não se moveu o dia todo.

Vou para o meu quarto arrumar alguma coisa para fazer. Mas lá está ele esperando por mim... o cavalete da vovó. Toda vez que olho para ele, não consigo evitar a sensação de que está me chamando. Tem alguma coisa na maneira como ele se posiciona. Hoje está mais inclinado para a direita do que nunca. Pego meus lápis de carvão. É como se eu estivesse indo na direção de outro ser humano, mas sei que é só um cavalete feito de madeira e manchado com as tintas da vovó Josie; é como se eu não tivesse escolha... Quando começo a desenhar, sinto alguma coisa da vovó dentro do cavalete. Não preciso nem ajustar a altura. Fica perfeito.

Não pensei no que vou desenhar. Apenas pego um espelho e o coloco na prateleira atrás do cavalete para que consiga me ver e desenhar ao mesmo tempo. É minha primeira tentativa de fazer um autorretrato e, assim que começo, percebo como vai ser difícil. Era muito mais fácil desenhar a vovó do que seguir as linhas do meu próprio rosto. Desenho durante horas, traçando linhas e apagando depois. Não é apenas a forma do rosto que faz com que você se pareça com você — tem de tentar captar o que aparece na superfície. É como no dia em que entendi que vovó estava presa em seu corpo. Não importa com quanta precisão você desenhe as linhas e as proporções; se você não capta isso, não consegue trazer a pessoa à vida. Finalmente, surge um rosto que tem alguma coisa de mim. É o melhor que posso fazer por enquanto.

Estou deitada na cama, olhando para a minha primeira tentativa de autorretrato no cavalete da vovó.

Ela bate na porta. Ela nunca bate.

— Está tudo bem, Mira? Você ficou muito quieta hoje.

Ela vai até o cavalete e olha para mim e para o desenho.

— É uma versão muito triste e sombria de você — diz, me abraçando.

Concordo.

Por algum tempo, ficamos deitadas juntas, olhando para a menina na figura, que sou eu.

— Ela se parece com o que imagino que você vai ser mais velha... talvez com 16 anos, mas essa tristeza terrível vai passar — diz mamãe, colocando o espelho de volta na mesinha.

— Eu só olhei no espelho e tentei desenhar o que vi — digo para mamãe.

Agora que terminei, o cavalete está reto. Não está mais me chamando.

Quando desligo a luz, não há nada no canto do quarto olhando para mim. É apenas o cavalete da vovó com minha primeira tentativa de um autorretrato. É como se estivesse em paz agora que fiz o que ele queria. Pode existir alguma coisa tipo um cavalete em paz? Pat Print diria que sim.

Quarta-feira, 1º de junho

Acordo com um gosto ácido na boca e uma dor na barriga... Sei o que está por vir, e na verdade quero que venha. Assim, quando chegar o dia do funeral, já vai ter passado. Hoje, sinto vontade de ficar na cama, não fazer nada, não falar com ninguém.

— Tenho uma missão para você hoje — diz mamãe, abrindo uma caixa cheia dos programas do funeral da vovó. Há centenas deles.

— Vem muita gente?

— Difícil saber, Mira, mas a Josie queria glitter, e é isso que ela vai ter.

Para a capa do programa, vovó escolheu uma foto dela perto do mar em Suffolk. Está jogando um pedaço de madeira nas ondas para Claude, o terra-nova. Ela queria que nós — eu, Krish e Laila — jogássemos gliter nas ondas da foto. É o que tentamos fazer, mas é impossível com a Laila "ajudando", porque ou ela fica tentando comer o gliter ou esfrega ele no papel. Mamãe diz que não importa, mas eu acho que importa. Vovó teria gostado da ideia de Laila nos ajudando, mas não se ela bagunçasse os cartões. Depois de arruinar uns cinco deles, mamãe finalmente percebe que não vai funcionar e a leva para o balanço.

Krish fica em silêncio, colocando a quantidade certa em cada onda com cuidado. Eu fiz uma mistura para que ficasse da cor do mar de Suffolk em uma noite de verão... azul prateado.

É fato que tem alguma coisa errada quando Krish está sentado assim sem se mexer, quieto.

— Fiz vinte; e você, Krish?

Isso o animaria o suficiente para que reagisse. Mas Krish simplesmente conta sem nem levantar a cabeça.

— Quinze — diz, dando os ombros como se não ligasse.

— Você está bem?

Não responde. Continua colocando cola e glitter.

Tem brilho na casa toda, mas nada para comemorar

Quinta-feira, 2 de junho

Tia Abi, tia Mel e Piper chegam a fim de levar Krish para comprar um terno. O primeiro dele. Vejo que mamãe já decidiu que vou usar o que a vovó comprou para o meu aniversário, porque ela lavou e passou a roupa e a pendurou atrás da porta do meu quarto. Será que ela viu o sangue? Acho que *tenho* de usar a roupa porque, se ela não viu o sangue, não tem desculpa para não usá-la.

Quando Piper vê Krish e eu, ele late e pula em nós, lambendo nossos rostos como se tivesse realmente sentido saudades.

— Podemos dar uma volta com ele? — pede Krish, dando pulinhos de alegria. É a primeira vez que o vejo parecido com o que sempre foi desde a morte da vovó.

— *Depois* de comprarmos o seu terno — diz Abi.

— Que saco! — suspira Krish.

Meu irmão quase nunca usa nada que não seja roupas esportivas ou, em dias especiais, jeans. Então ir comprar um terno não é exatamente sua ideia de diversão. Eu adoraria sair e escolher o que vestir, alguma coisa que eu realmente goste, mas não iria hoje para experimentar coisas... só por segurança. Uma coisa que anima Krish é que a tia Mel tirou o teto do velho carro esportivo dela. Eles partem e Krish acena como a rainha, provavelmente para me deixar com inveja. Por mais que ele seja irritante, estou contente por ele estar de volta ao humor de sempre.

Fico deitada na cama na maior parte do dia vendo os enormes livros de arte da vovó... Seus livros de arte *e* toda a coleção de catálogos de todas as exposições nas quais já foi em sua vida... ela deixou tudo para mim.

O telefone toca. Mamãe está berrando no mesmo tom insuportável do alarme de fumaça. De repente, o clima da casa muda. Para piorar, Laila começa a chorar. Pulo da cama e escuto do corredor.

— Como assim fugiu? Há quanto tempo?

Mamãe dispara perguntas e mais perguntas ao telefone. Corro para o andar de baixo e vejo que o rosto dela está da cor cinza Dolores. Papai está ninando Laila rápido demais, para a frente e para trás, tentando escutar o que está havendo mesmo com o choro. Mamãe está tapando a boca com a mão tentando se acalmar. Parece não acreditar no que está ouvindo.

— OK! Sam e Mira vão procurar com vocês. Se não o encontrarmos em uma hora, chamamos a polícia.

Papai entrega Laila para mamãe.

— Abi está com o celular — diz mamãe. — Estão no Heath procurando por ele.

— Vá se calçar, Mira — ordena papai.

Estamos em alta velocidade, indo para o Heath. É a segunda vez no mês que estou em um carro com meu pai completamente em pânico. Pat Print tem razão: muita coisa pode acontecer em um mês. Estamos na mesma rota que sempre fazíamos a caminho do asilo, e é por isso que tenho a ideia.

— Talvez ele tenha ido para o asilo.

— Por que ele faria isso, Mira?

— Não sei. Ele tem estado muito quieto desde a morte da vovó.

— Acho que vale a pena tentar — diz papai, pegando o celular para ligar para elas. No entanto, o celular toca na mesma hora.

— Uma... onde? Mira achou que ele pudesse... Correu até lá... Ligou para a Abi? Está bem. Vou buscá-lo.

Papai dá um sorriso como quem diz "Você sabe tudo" e dirigimos, com mais cautela do que antes, para o asilo. Quando chegamos, a Mulher do Lenço dá um abraço apertado em mim e no papai... a sensação é a de que estamos voltando para casa.

— Ele está lá em cima com o Jo. Veio correndo lá do outro lado do Heath. Dá para acreditar? — diz a Mulher do Lenço, e abre a porta para nós.

Dá. Não é muito mais do que as competições das quais ele participa.

Quando chegamos na Sala da Família, Krish está jogando futebol de mesa com Jo. Fica tenso quando vê o papai, como se fosse levar uma bronca, mas ele apenas o pega no colo e o abraça como se ele fosse do tamanho da Laila. Seria ridículo se tentasse me segurar assim.

— Nós teríamos trazido você aqui se tivesse pedido, Krish.

— Eu queria ver o Jo — choraminga Krish.

— Tudo bem, amigão — diz Jo, dando tapinhas nas costas de Krish. — Eram só algumas coisinhas que a gente tinha para resolver.

Papai se senta ao lado de Krish e Jo se senta do outro, ambos abraçando ele. Krish fica pequeno no meio do sanduíche, quase desaparecendo no sofá. Papai e Jo conversam com ele; os olhos de Krish ficam pesados e ele cai no sono rapidamente. Acho que não dorme desde que dei a pintura dele para a vovó.

— Acho que agora ele entregou os pontos. — Jo sorri.

Papai aperta a mão de Jo, dá um tapinha nas costas dele, coloca Krish nos ombros e o leva pelo corredor. Então desce o elevador e passa pela Mulher do Lenço.

— Coitadinho! — diz ela. — Deve ter se exaurido naquela corrida.

Papai o coloca no assento de trás e ele se mexe um pouco, abre os olhos e apoia a cabeça no meu ombro. Isso normalmente me irrita, mas não hoje.

Quando estamos prestes a sair, papai ajusta o retrovisor e se vê no espelho. Ele olha para o reflexo e passa os dedos nos pés de galinha.

— Eu envelheci neste mês mais do que em qualquer outra época da minha vida. Tem anos inteiros em que não envelheci tanto assim, Mira — suspira papai.

Eu também, penso em silêncio.

Sexta-feira, 3 de junho

Krish está enchendo o meu saco o dia todo. Quero mandar ele sair do meu quarto, mas, depois de ontem, acho melhor não arriscar.

— Por que você fugiu daquele jeito ontem? — pergunto para ele.

— Eu não pensei. Só corri. — Krish dá de ombros.

— Você queria conversar o que com o Jo?

— Dá para vocês dois irem dormir? — berra papai das escadas. — Amanhã vai ser um grande dia.

Quando Krish finalmente me deixa em paz, desligo as luzes, fecho os olhos e tento não pensar em nada. Estou começando a cair no sono quando escuto a porta abrir e alguém entrando nas pontas dos pés. Com a ajuda da meia-luz do corredor, vejo Krish indo na direção do cavalete da vovó. Não me movo, mas vejo claramente ele colocando o pingente da vovó no vão onde o cavalete fica apoiado.

Sussurro o nome dele: "Krish". Ele pula e se desequilibra, então cai e leva o cavalete com ele, fazendo uma bagunça no chão. É incrível que Krish seja um bom corredor porque ele sempre cai; assim como o peão da Laila, só tem equilíbrio quando está se movendo rápido.

— Por que você pegou o pingente? — sussurro.

— Ela nunca me *deu* nada como *deu* para você — escuto a vozinha ressentida de Krish no escuro.

A luz se acende de repente, e tenho de fechar os olhos por causa da claridade ofuscante.

— Mas o que diabos está acontecendo aqui? — berra papai, olhando para Krish enquanto ele tenta se livrar do cavalete.

— Nada — falo rapidamente antes que Krish tenha tempo de dizer alguma coisa.

— Ele só caiu.

— Por favor, vá dormir — implora papai, pegando o meu desenho e dando uma olhada cuidadosa nele.

— É você?

Faço que sim.

— Ficou bom... só parece mais velha do que você é — diz papai, se curvando para pegar o cavalete. Ele se ajoelha e começa a mexer no chão.

— Você não vai acreditar no que acabei de achar... — Papai se levanta, triunfante, e me mostra o pingente da vovó Josie. — Posso levá-lo e colocá-lo na pulseira para que você o use amanhã? Ele devia estar ali o tempo todo — diz. Eu pego a pulseira para que ele coloque o pingente.

— Devia mesmo — respondo, olhando para Krish, que se recusa a olhar para mim.

Papai dá um beijo de boa noite em mim e no Krish e praticamente quica escada abaixo.

O som das ondas preenche todos os sentidos do meu corpo, como se o mar estivesse entrando e saindo de mim. Escuto uma menininha cantarolando... o mar vai e volta em movimentos uniformes... uma doce canção de ninar... indo e vindo, cantando shhhhhhhhhh. A menina flutua até mim. Está com os dedos nos lábios. Shhhhh soa o mar, indo e vindo em algum lugar dentro de mim, mas ela continua flutuando. As ondas aparecem e desaparecem, uma menina de uns 4 anos.

— Quem é você? — pergunto, mas sei quem é. Tem o rosto de Jidé, seus olhos, sua expressão.

— Shhhhh — respondem as ondas. Ela leva os dedos aos lábios e cantarola.

— Qual o seu nome? — sussurro.

— Shhhhh — ecoa o mar.

Os lábios da menina estão selados.

É quando vejo, embaixo das ondas, o pano laranja vivo de Jidé brilhando através da água cinza, flutuando em minha direção. Eu sigo o pano no meio das ondas até que esteja seguro em minhas mãos. Shhhhh, suspira o mar. Aí a menininha tira os dedos dos lábios, sorri para mim e canta.

Sábado, 4 de junho

A primeira coisa que faço quando acordo é procurar o pano laranja de Jidé. Foi o tipo de sonho que segue você da noite para o dia. É claro que, quando o sono vai embora, percebo que não é real... mas encontro uma coisa que é.

Tinha de ser hoje, dentre tantos outros dias. Pego meu lápis e desenho brincos em formato de Lua no meu autorretrato. Alguma coisa boa tem de vir com a menstruação.

No café da manhã, papai pega minha mão e coloca a pulseira com o pingente em mim. Briga com o fecho por um momento até que finalmente consegue. Olho para ele e vejo que seus olhos estão cheios de lágrimas.

— A sua avó tinha muito orgulho de você, Mira.

Krish fica olhando para mim com uma expressão de preocupação. Ele acha que vou contar. Balanço a cabeça para deixá-lo tranquilo. Não vou contar porque acho que entendo o que ele sentiu.

— Ah, pelo amor de Deus — berra papai, batendo seu terno. — Tem glitter na minha roupa toda.

Eu rio. Quando o café termina, todo mundo está cheio de glitter... parece que é uma piada da vovó. Ela escreveu um bilhete no asilo dizendo que não permite que ninguém vista preto no funeral, então acho que está certo eu usar a minha saia de borboleta, rosa, verde, paetês... o presente da vovó no meu aniversário. Estou começando a achar que é minha saia da menstruação. Depois de hoje, não quero mais vesti-la.

Krish está usando seu novo terno azul com um colar indiano que a tia Abi e a tia Mel compraram para ele antes de fugir. Quando meu irmão veste azul, os olhos dele brilham. Ele fica mexendo na gravata como se estivesse sendo estrangulado. Acho que está tão desconfortável de terno quanto eu de saia.

Eu e Krish temos "papéis" no funeral. Vou ler um poema de um livro que a vovó me deu e Krish vai entregar os programas com gliter e uma biografia da vovó.

O corpo vai ser cremado no Crematório Golders Hill. Papai disse que é o mesmo lugar no qual vovô Kit foi cremado. Vovô Bimal diz que não se importa se for para lá também quando a hora dele chegar, porque gostaria de seguir os passos dos marajás cujos nomes estão nas paredes.

— Se é bom o suficiente para eles, vai ser bom o suficiente para mim!

Ser cremado significa que seu corpo vai queimar e só vão sobrar cinzas, que vão ser dadas para você. Eu me lembro da vovó rindo quando falou para nós que quer suas cinzas jogadas no jardim de Suffolk porque elas "enriqueceriam o solo". Acho que as cinzas só servem para os vivos porque é tão difícil imaginar que não restou nada do corpo da pessoa que elas querem qualquer coisa... e cinzas são melhor do que nada.

Estamos todos do lado de fora da capela. Várias pessoas que eu nunca conheci estão se encontrando e se abraçando.

Papai não consegue falar com ninguém. Está tentando "manter a linha". Fica olhando para o relógio... esperando pela chegada do carro funerário.

O carro é branco. É um carro qualquer, um daqueles compridos. O caixão está atrás. Meu pai, um amigo do meu pai, tio James e Dunwich Dan vão carregá-lo. Dan se voluntariou; disse que seria uma honra carregar o caixão da vovó. Ele o escorrega por umas rodinhas para fora do carro e aí eles têm de carregá-lo nos ombros. Lembro de papai e Moisés lutando para tirar o caixão branco do Volvo. Hoje, esses quatro homens o carregam sem problemas. Contam um, dois, três e o levantam exatamente na mesma hora. Tudo está sendo feito com graça, e isso faz diferença.

Mesmo que o caixão seja leve e que vovó estivesse tão pequena quando morreu, é difícil segurá-lo no ombro. Uma seda azul o cobre, mas escorrega quando é levantado. Escuto um suspiro de admiração. É quando a pintura aparece. Todo mundo fica em círculo e se aproxima para ver melhor. O burburinho se silencia e um círculo de pessoas começa a girar em volta do caixão.

Sinto tanta pena do papai porque está carregando nos ombros um caixão com o corpo de sua mãe.

Um barulho sai de mim. Vem do chão, passa pelo meu corpo e sai pela minha boca. É um som antigo que dá para reconhecer, apesar de você nunca ter escutado. É o mesmo barulho que saiu do meu pai no dia em que vovó morreu. Demoro para entender o que é. É o som de um coração se partindo.

Os homens andam devagar até a capela, e todos os seguem. Quando o caixão é colocado na mesa, Jay, a amiga da vovó cozinheira e artista, coloca uma pomba branca que fez de argila em cima de um ninho de flores. O caixão da vovó parece uma pintura do Matisse. No canto, vejo o cachorro fazendo xixi no mar. É como se vovó estivesse piscando para mim.

Tia Abi caminha atrás do caixão segurando a pintura *Pira Funerária* da vovó. Ela a coloca em uma mesa na frente da capela, que se parece com um altar de igreja. Na frente da pintura, a vela em formato de Buda da vovó. Abi a acende. Por um instante, tenho vontade de ir até ela e assoprar para que não derreta.

— Não quero meu caixão indo embora em uma esteira... é uma falta de dignidade... deixem que as pessoas passem por mim, mas acenda a minha vela do Buda e deixem que ela derreta até não sobrar nada. — Foram as instruções da vovó.

O cheiro de sândalo toma o ar. O perfume muda tudo. Agora, a capela parece mais com um templo separado do mundo exterior.

Olho para a pintura *Pira Funerária* que vovó fez quando foi para a Tailândia, depois de descobrir que o câncer tinha voltado. Duas meninas estão em primeiro plano de costas para nós, suas longas tranças balançando às costas. Estão se abraçando, em pé ao lado da chama vermelha e laranja de alguma pessoa amada sendo cremada. Mais distante, um grupo de pessoas: velhos, crianças e bebês sentados no chão. Também estão olhando para o fogo. As pessoas que conseguimos ver não estão tristes, estão... bem, interessadas, na verdade. Esse é o quadro com o maior contraste de cores que já vi vovó pintar. Dá para sentir o calor da chama. Não há nada privado nessa forma de morrer. Não como está sendo aqui na capela.

A celebrante fala muito devagar, apesar de, quando a conhecemos, ela ter insistido que "no dia" *nós* teríamos de ter cuidado para não falar por muito tempo!

Ela diz alguma coisa sobre a vovó, não me lembro o quê. Acho que os humanistas acreditam nos humanos e não em Deus, mas não acho que acreditam no espírito da maneira que vovó acreditava. O latido de Piper a está irritando um pouco, porque ela fica dando umas olhadas para tia Abi e tia Mel do tipo: "Será que dá para alguém calar a boca desse cachorro?"

Aí a família toda se levanta e diz alguma coisa sobre a vovó. São as coisas que ensaiamos antes, então sabemos o que dizer e em qual ordem. Só escuto algumas coisas, porque minha mente fica vazia. O sol entra pela janela do fundo da capela e mergulha todos em uma piscina de cores vivas. Ele ilumina o vidro com a forma de um anjo. Só consigo ver o gliter brilhando nas roupas das pessoas, nos cabelos e nos rostos, espalhando um brilho prateado pela capela.

Tio James diz que, mesmo quando criança, vovó era uma rebelde... costumava fugir pela janela do quarto para ir dançar quando tinha apenas 14 anos. Mamãe diz que ela era uma avó incrível para mim e para Krish, e que ficara feliz por ter vivido o suficiente para conhecer Laila. Papai diz para todo mundo que vovó era uma grande ativista, sempre escrevendo cartas.. Ele disse que, nos dias de glória dela, vovó escrevia cartas semanais para Margaret Thatcher. Papai acha que alguém devia escrever e avisar que ela perdeu uma velha inimiga.

É a minha vez. Olho para os rostos na minha frente. Vejo vovô Bimal e vovó Kath, e isso me faz sentir melhor. Mamãe me abraça e me aperta, mas não consigo falar. Balanço a cabeça. A celebrante estava certa... não consigo; as palavras estão todas presas no meu choro. Minha cabeça gira. A celebrante mexe em seus papéis e se prepara para ler o poema. Veio tanta gente no funeral da vovó que tem duas ou três fileiras de pessoas no fundo. Aí eu os vejo, Jidé Jackson e, ao lado dele, segurando sua mão, a menininha que vi no sonho... a irmã de Jidé. Ao lado dela, Pat Print. Eles me dão o mesmo sorriso encorajador... e, de repente, as palavras vêm à boca e eu nem reconheço o som da minha voz. Aquele tom agudo como um violino desafinado sumiu. Minha voz é doce e forte...

Estou prestes a começar o poema que escolhi para ler, mas não é mais o que quero dizer. De repente, escuto a voz da minha avó na cabeça... "Conte para eles alguma história minha", ordena ela.

— Minha avó me contava coisas engraçadas... que eu amava. Se eu ficasse muito séria, ela me dizia para plantar bananeira porque o mundo fica mais engraçado de cabeça para baixo... Ela dizia que era melhor ter um carro do que uma mansão porque você pode sempre mudar de paisagem com um carro...

Escuto a risada calorosa de Pat Print vindo do fundo da capela. Olho para ela e sorrio.

A celebrante está olhando para mim como se eu tivesse enlouquecido. Não foi o que ela planejou, mas Pat Print lança uma onda de risos pela capela.

O pingente de prata da vovó brilha no meu pulso, chamando meu nome.

— Ela me deu esse pingente de aniversário. Tem o formato de uma alcachofra. A maioria de vocês já deve ter visto ela usando isso. Quando me entregou o pingente, ela me contou sobre ele. Eu não entendi na hora, mas agora acho que entendo. Ela me contou que, quando somos crianças, nossos corações são macios, como o coração de uma alcachofra, e essa é a parte preciosa. Mas aí coisas acontecem conosco, coisa difíceis, e elas nos fazem criar camadas cada vez mais duras para nos proteger da dor. Mas essas camadas também nos impedem de sentir muito. Poucos dias antes de morrer, ela me disse que tinha se livrado de todas as camadas que havia construído em sua vida, que não tinha medo e que sentia amor de todos os lados... todos os seus amigos e sua família... todo mundo aqui.

Jidé Jackson faz que sim com a cabeça para mim de um jeito solene.

Tem muita gente chorando. Acho que é a ideia do funeral, na verdade, chorar e rir ao mesmo tempo.

Quando vovó estava morrendo, aprendi mais sobre a vida dela do que já sabia, mas quando olho para essa capela e para toda essa gente estranha... sei que nunca vou juntar todas as peças da vida dela porque só as peças que tenho pertencem a mim. Agora, a música italiana da vovó começa a tocar, a que escutamos enquanto pintávamos o caixão.

Ao sair da capela, as pessoas passam pelo caixão, pela *Pira Funerária* e pelo Buda que derrete. Tia Abi colocou uma cesta com pétalas de rosas vermelhas na ponta do caixão para que as pessoas pudessem jogá-las por onde passassem.

— Ela era uma mulher incrível — diz o homem que está em pé ao meu lado conforme dá uma volta no caixão. Ele inspeciona todos os lados e sorri quando vê Piper fazendo xixi no mar. — Que senso de humor. — Demoro um pouco para reconhecê-lo naquele terno cinza. É Dusty Bird, da loja de arte. Aí ele vê as marcas de mãos no lado do caixão. — Deve ser a assinatura dela.

— Uma é dela, a outra é minha — conto para ele.

Ele olha mais de perto, duas mãos de tamanhos iguais com linhas diferentes, e concorda.

— Qual a cor? — pergunta ele, sorrindo para mim.

— Azul ultramarinho claro — respondo.

— Vejo *você* na loja um dia desses. — Ele ri, pegando rosas e jogando-as sobre o caixão.

Quando saio da capela, a primeira pessoa que vejo é Pat Print.

— Eu avisei sobre a voz! — Ela sorri, colocando a mão sobre o meu ombro.

Olho para ela com expressão de dúvida. Ela está mesmo lá?

— Ouvi sua avó no rádio... Assim que ouvi a voz, sabia que era ela. Fui no asilo e me avisaram que o funeral era hoje.

— Obrigada... sério... por tudo.

Às vezes, as palavras não bastam, não é? Para dizer as coisas que você quer dizer...

— Tenho que ir agora, tem outra pessoa aqui ansiosa para falar com você.

Antes que eu consiga pensar no que mais falar, ela desaparece no meio da multidão. Olho para o chão; não há rastro de lama.

Jidé Jackson está vindo na minha direção com os braços abertos, igual ao meu sonho. Nós nos abraçamos no meio de toda essa gente... e não me importo com quem esteja vendo, porque sinto o coração dele batendo contra o meu, e isso é tudo o que importa.

Ele pega a minha mão, e vamos em direção ao sol para ver as flores que trouxeram em nome da vovó.

— Muitas pessoas amavam a sua avó — diz Jidé.

Não digo nada, mas é óbvio que ele consegue ler a pergunta no meu rosto... "Por que você está aqui?"

Jidé aponta para Grace e Jai, que estão sentados longe de todo mundo no jardim de rosas como se não quisessem se intrometer.

— Eu contei para eles sobre a sua avó morrendo... que você me ligou. Nós a escutamos no rádio, como você disse... e eu fiquei muito triste quando ouvi a voz dela, e falei para a Grace que não sabia o que dizer para você nem como ajudar. Não tinha nem como ligar. Aí eu acho que ela ligou para a sua mãe e ela perguntou se eu queria vir... e... eu nunca fui em um funeral antes... Você se importa?

Como dizer o quanto o amo por estar aqui?

Os pais de Jidé estão sentados abraçados, olhando para nós. Parecem tão calmos e tristes.

— Tantas pessoas em Ruanda sem um funeral — suspira Jidé.

Agora sei por que ela veio aqui... a irmã do Jidé. Foi para se despedir. Penso em contar para ele que a vi bem do lado dele... como ela cantou para mim no meu sonho... Mas aí eu a escuto suspirando docemente, shhhhh...

Papai está em pé ao nosso lado. Estou sentindo que quer que eu o apresente. Mamãe também olha e sorri. Acho que papai está tentando ouvir a nossa conversa. É um saco, porque sinto que estou ficando vermelha pela primeira vez hoje.

— Este é o Jidé, meu amigo da escola, pai.

Papai aperta a mão do Jidé, olhando bem dentro dos olhos dele.

— Gentil da sua parte ter vindo. — Papai sorri... um sorriso cintilante... Tem glitter no dente dele!

Jidé fica inquieto. Nunca o vi nervoso antes.

— Meus pêsames pela sua mãe — murmura Jidé, franzindo a testa.

Papai olha para Jidé e para mim com uma pergunta no olhar, mas, antes de poder dizer qualquer coisa, alguém o leva embora.

As pessoas estão em pé conversando. Na verdade, elas não conversam muito, apenas se amontoam como vacas embaixo de chuva. Jidé está cantarolando... com nervosismo. Acho que ele nem percebe que está fazendo isso.

— É a música da sua irmã? — sussurro.

Jidé faz que sim. Pela sua expressão, parece que acabei de tirá-lo de outro mundo.

Observo Jidé, Grace e Jai indo em direção ao metrô. Jai está com o braço nos ombros de Jidé. Agora sei por que ele disse que tinha sorte... ter uma família dessas. Pat Print tem razão, Jidé Jackson é corajoso, assim como Grace e Jai... e a irmã de Jidé.

Todas as pessoas do funeral da vovó começam a ir para seus carros, exceto por Simon dos Protestos, que está recusando caronas. As pessoas parecem não compreender que ele, além de não ter carro, se recusa a entrar em um.

— Vou andando — diz Simon. — Chego lá em meia hora... Se o trânsito estiver ruim, devo chegar antes de vocês!

Como previu, Simon é um dos primeiros a chegar, mas a casa da vovó começa logo a encher. A mesa está coberta de saladas, pães e queijos. Todos os amigos da vovó trouxeram um prato. Uma senhora com longas tranças grisalhas e olhos brilhosos passa seus braços enormes em volta de mim e do meu irmão. Krish tenta se livrar do abraço, e ela tenta nos manter nas dobras de seu vestido roxo florido que arrasta no chão. Chama-se *kaftan*. Vovó tinha alguns desses, mas, quando os vestia, parecia que estava de camisola. Esta senhora parece que está vestindo cortinas.

No começo, as vozes das pessoas estão baixas, quase sussurros, mas depois ficam mais altas, e algumas pessoas começam a sorrir e a rir. Eu vou para o lago ver os sapos. Simon está sentado lá como um elfo de jardim, com Piper deitado quieto ao seu lado. Ele aponta para os olhos de um sapo espiando por cima da água. Nós o observamos, nós três, e ele nos observa. Não nos movemos. Aí, de repente, ele pula e jorra água em nós. Piper dispara em latidos.

Depois que as pessoas vão embora, tem muita coisa para arrumar. Eu me enrolo no banco perto do lago onde costumava me sentar com a vovó. Pelo canto do olho, vejo o sapo voltar rápido para a água. Tenho a impressão de que esteve observando a gente o tempo todo. Penso em todos aqueles contos de fadas que vovó adorava me contar, sobre sapos que viravam príncipes, sobre princesas dormindo o sono dos mortos mas, bem no final, sendo magicamente despertadas pelo beijo de um príncipe... todos esses finais felizes.

Vejo os ombros tristes do papai quando ele tranca o portão de madeira do nosso jardim secreto... e de um tempo quando eu ainda acreditava em contos de fadas.

Domingo, 5 de junho

Hoje, não me sinto mais como eu. É como se, na minha vida toda até agora, eu tivesse sido outra pessoa. Olho para esse eu no espelho e tento ver quem é. Escovo o cabelo dela e lavo seu rosto, onde há um bando de espinhas sobre a testa que já foi tão lisa. Escolho algumas roupas para que ela vista. Todo mundo vai simplesmente ter de se acostumar com a ideia... a menina no espelho sou eu.

Mamãe entra e me abraça e nós ficamos ali, juntas, olhando para nossos reflexos. Tento gravar essa imagem, a maneira como mamãe encosta a cabeça na minha, o lugar onde sua mão segura meu braço, um quase sorriso no canto dos lábios. A maneira como ela é igual a mim, cor de pele, o mesmo cabelo, o mesmo nariz pequeno, o mesmo rosto redondo, o mesmo olhar... e as maneiras em que somos diferentes.

Ela vai até o cavalete, pega o meu desenho e olha para ele por um longo tempo.

— Esse é para você, mãe — digo para ela.

— Você já colocou brincos nas suas orelhas. — Mamãe sorri e olha para mim.

— Posso colocar? — pergunto, pronta para explicar a situação toda da menstruação.

— Pode; eu prometi, não foi?

Sem perguntas, nada.

— Que bagunça!

Mamãe anda pelo meu quarto arrumando, dobrando e pegando as roupas que joguei pelo chão. Geralmente, ela fica irritada e me manda arrumar tudo, mas hoje ela arruma e me pergunta de vez em quando se já usei algumas das coisas.

Ela abre o armário e suspira quando uma pilha de roupas, que joguei lá dentro em uma das minhas sessões de arrumação cai sobre ela em uma avalanche. Dou as roupas para ela, que as pendura nos cabides do meu armário. Eu me pergunto como é que ver a minha mãe fazendo uma coisa tão normal — pegando roupas, dobrando-as e apenas não falando nada sobre a minha menstruação nem sobre o Jidé Jackson — pode fazer com que eu a ame tanto.

Agora tenho 12 anos...

Coloco um pedaço de fita azul-marinho em uma pedra com furo, medindo seu tamanho em mim e deixando a fita bem lisa. Coloco várias camadas de papel, o suficiente para que ela não veja o formato do presente. Escolho papel prateado... a cor do céu no dia em que achei a pedra.

Colo um coração em cima do papel e jogo um pouco do que sobrou do glitter do funeral. Agora entendo por que vovó gastava tanto tempo e dedicava tanto carinho aos embrulhos... os presentes são o segredo de quem presenteia por um instante, só até passar de uma mão à outra.

A caixa de correio bate. Desço de três em três degraus, correndo para o andar de baixo e abrindo a porta rapidamente. Lá está Millie, com uma expressão de preocupação. Antes que ela diga qualquer coisa, ordeno que feche os olhos e estique as mãos, então coloco meu embrulho secreto em suas palmas. Ela abre os olhos sábios de coruja e dá uma risadinha, abrindo o meu presente... O momento logo antes de você ver o que tem dentro é o mais instigante. Millie sente a pedra com os dedos através das finas camadas de papel.

— Uma pedra com furo! Você achou uma para mim! — Millie me envolve em seus braços e me dá o abraço mais apertado do mundo, como se eu tivesse dado a joia mais preciosa de todas para ela. Quando nos afastamos, ela abaixa a cabeça deixando o cabelo escorregar em cachos dourados para que eu amarre a fita em sua nuca.

— Me desculpa por eu não ter ido ao funeral — diz ela.

— Não tem problema!

Checo meu relógio. Ainda está tão cedo, não são nem 8h, mas caminhamos para a escola mesmo assim. A primeira pessoa que vemos é Orla, esperando no banco fora dos portões da escola. Quando estamos já no meio do caminho, ela se vira para nós e parece contente em nos ver.

— Meus pêsames pela sua avó, Mira.

— Obrigada.

— Eu a ouvi no rádio. Eu e mamãe... no programa sobre o Papa. Por que você não falou que ela era famosa?

— Mas ela não era — respondo, dando de ombros. Não sei o que dizer. Orla nunca foi legal assim comigo.

— O que é *isso?* — pergunta, apontando para o cordão da Millie.

Lá vem, penso. Agora ela vai zoar.

— É um presente da Mira.

Aí Orla nota o meu cordão com uma pedra furada, que uso para dentro da camisa.

— Eu e minha avó costumávamos colecionar pedras da praia.

Orla assente.

— Você pode pegar uma para mim? — pergunta com um sorriso tímido.

Não acredito que Orla Banks quer que *eu*, Mira Levenson, ache uma pedra com furo para ela!

— Acho que a sua avó começou uma nova moda. — Millie ri.

No intervalo, Millie e eu nos sentamos no nosso muro como se nada tivesse mudado...

— Você achou o pingente? — Millie pega o meu braço para ver de perto.

— Acabou que eu não o perdi.

Ela me conta sobre o recesso e eu conto sobre o funeral da vovó. Quero contar sobre ter fingido ir na casa dela para tomar chá quando, na verdade, fui à casa do Jidé. Quero contar sobre ele e a irmã e Pat Print no funeral da vovó... e sobre os meus sonhos... mas, por algum motivo, não consigo encontrar uma maneira de contar essas coisas. De repente, eu me lembro do trato que fiz com Seiláquem Seiláoquê no dia em que vi Pat Print na praia; o dia em que encontrei a pedra com furo para Millie.

— Você acredita em fantasmas? — pergunto.

Ela me dá aquela olhada "Você tem de falar coisas tão aleatórias?"

— Não, Mira, definitivamente não.

É isso que amo em Millie. Está sempre tão certa das coisas.

— E em espíritos e anjos?

— Estou vendo alguma coisa... — Millie olha pelo furo da pedra dela e analisa o céu em busca de algum sinal.

— Nada — completa ela, rindo e olhando para o horizonte até que Ben Gbemi aparece.

E pelo furo da *minha* pedra eu vejo Jidé Jackson cada vez mais perto... A voz da vovó volta à minha mente...

— Pessoas que precisam de pingentes! Você vai saber quem são quando encontrá-las.

Agradecimentos

Escrever o primeiro romance é uma jornada e tanto. Apesar de o nome do autor estar na capa, há tantas outras pessoas por trás desse nome, pessoas que contribuíram enormemente para que o sonho se tornasse realidade. Primeiro, gostaria de agradecer ao meu marido, Leo, que me deu o amor, o tempo e o incentivo necessários para que eu escrevesse um romance enquanto crio uma família; meus filhos, Maya, Keshin e Esha-Lily, que são uma fonte constante de inspiração para mim. Gostaria de agradecer especialmente à minha filha, Maya Harrison, cuja relação extraordinária com sua avó é o coração deste livro.

Fui abençoada com a agente e a editora mais lindas (em todos os sentidos) no processo de publicação! Quero agradecer à minha agente, Sophie Gorell Barnes, da MBA Literary Agency, por fazer de *Corações de alcachofra* um romance premiado, e à minha editora, Samantha Swinnerton, da Macmillan Children's Books por ser tão apaixonada por este livro e por ter chorado quando o leu pela primeira vez (dizem que Sam não chora com facilidade, então as lágrimas dela fizeram com que a equipe editorial desse atenção ao romance!).

Obrigada também aos autores Maria Beaumont e Louise Millar, ao dramaturgo Noël Greig e à poeta Wendy Jones por seu incentivo e pelas primeiras revisões; à Maria Levenson, por ter emprestado seu sobrenome e por ter dado apoio caloroso; à Sophie Lockhart, pela crítica excelente e por ter dado permissão para que eu usasse um pouco de sua personalidade; à Gabrielle Bikhazi, que cuidou de Esha-Lily enquanto eu escrevia; ao incomparável Simon Gould; à Mira Basak, minha tia de quem sinto muita saudade e que batizou minha heroína; e gostaria de agradecer à minha mãe, Freda Brahmachari, pelo seu amor, coragem e espírito.

Finalmente, agradeço a Bill Tyler, Diana Tyler, Leo Harrison e Trilby Harrison por me permitirem escrever uma história inspirada em uma mulher extraordinária, amada e lembrada por tantos familiares e amigos. Em nome de nossa família, eu gostaria de expressar gratidão pelo trabalho do Marie Curie Hospice. Infelizmente, parte do crescimento envolve dizer adeus àqueles que amamos — talvez aqueles que partiram mereçam o nosso maior agradecimento pelos presentes que nos deixaram. Sendo assim, envio meus agradecimentos mais sinceros ao meu sogro, Bernie "The Book" Harrison; à inspiração linda e boêmia para este livro, Rosie Harrison; e ao meu amado pai, Dr. Amal Krishna Brahmachari.

Este livro foi composto na tipologia Berling LT Std, em corpo 11/16, e impresso em papel off-white no Sistema Cameron da Divisão Gráfica da Distribuidora Record.